人間の驕慢《きょうまん》を暴《あば》き戒《いまし》める宇江佐真理《うえざまり》さんの時代小説

奥井元生
OKUI Motoo

文芸社

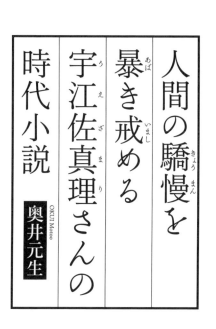

はじめに――挨拶にかえて

宇江佐真理《うえざまり》さん（本名伊藤香《かおる》）は、私が時代小説の分野で、生涯でただ一人愛読してファンとなった女性の時代小説作家であった。それまで私が愛読した時代小説はすべて男性作家の手によるものだったから。

ところが氏は先年（二〇一五年）、六十六歳の若さで亡くなった。死因は、生前の氏が大胆にも闘病記を公表されていたように乳癌《にゅうがん》であった（エッセイ集『見上げた空の色』）。その氏のご不幸が、晩年の私に、氏の作品を初めて知る機会を与えてくれた。

氏が亡くなった翌年（二〇一六年）、朝日新聞の夕刊が、追悼の意味もあったのであろう、氏の未完の遺作『うめ婆《ばあ》行状記』を連載した。

たまたま私はそれを全回読んだ。これが氏の名前を知り、作品を読んだ初めての出会いであった。もしこの連載を読まなかったら、私は宇江佐文学を知る機会を永遠に逃《のが》し、ついに何も知らないまま生涯を終えていたと思われる。氏のご逝去が、間一髪私を氏の文学のファンに導いていただいた、その幸運、僥倖《ぎょうこう》に私は感謝せずにはいられない。

さて、宇江佐真理氏の時代小説は、一般には江戸時代の無名の庶民の哀歓を描いた「市井の人情時代小説」として知られる（帯やカバーのキャッチコピー）。そして氏はその名手として定評があった。

私は右のコピーに異論はないが、一点だけ物足りない不満があった。氏の作品のファンの方々には理解されるかは自信がない。実は私だけが発見して強い衝撃を受け、深い共感を覚えた一つの特異な主題が抜け落ちていると思ったからだ。

それこそが、小著の表題《タイトル》に掲げた「人間の驕慢《きょうまん》を暴《あば》き戒《いまし》める」であった。

そこでここでは、私が宇江佐作品に発見した特異な主題（三つ）を概論して、挨拶に代えさせていただこうと思う。

一、宇江佐文学は、人間の驕慢という罪（＝欠点）を堂々と暴き、赤裸々に描く。これが私が衝撃と感銘を受けた第一の主題であった。
驕慢とは何か？　それが何故罪なのか？　などの詳細説明は本文（第一、二章）に譲り、ここでは省略する。
二、宇江佐文学は、その驕慢という悪を戒める根拠として、人間の本来持つ善意「人としての優《やさ》しさ、思いやりの心」（作品『無事、これ名馬』より）を、これまた堂々と懇切丁寧に描く。これこそ先のコピーの謳《うた》う、人間の「人情」にほかならない。
私はこれを従、つまり第二の主題とし、先の「驕慢を暴く」を主、第一の主題と考える。

その理由は後に改めて述べるが、ここでは宇江佐文学が単に人情一般だけを描くだけなら、そのような作品は他にもゴマンとあり、私はあまり新鮮味を感じない。驕慢という悪を堂々と描いて、これを人情に対置させた、その斬新さに私は惹《ひ》かれた。その点だけを記すに留めたい。

三、私が発見した三つ目の主題。それは先の主題「人を思いやる優しさ、すなわち人情を描く」の根底に秘められた、氏の何より子供達を大切に思い慈《いつく》しむ、氏の母性愛の存在である。

実際、氏の作品を通読すれば一目瞭然、子供達を描いた作品が実に多い。そしてそれらの作品にはすべて作者宇江佐氏の畢生《ひっせい》の願い（メッセージ）が込められている。それは、世の大人の人達はどうか力を合わせて、子供達のすべてを分け隔《へだ》てすることなく大切に育《はぐく》み慈しんでやってほしい、と願うものだ。

以上三つの主題が、私が発見した宇江佐文学の特異な主題であった。問題は、それらのいずれもが、実は生来の私の欠点であったことだ。

とりわけ第一の主題、人間の驕慢という欠点は、生来私が秘して来た宿痾《しゅくあ》（＝劣等感、トラウマ）のような最大の欠点であった。ここに先の第一の主題（驕慢）を主とし、第二の主題（人情）を従とする私の理由があった。

他人《ひと》を素直に愛せない人情の欠落も、また子供を積極的に慈しめない偏狭な性格も私の欠点であった。しかし私を一番打ちのめしたのは、くり返すが驕慢という思い上がりの心であった。

実際、宇江佐作品は、武家や町人、百姓などの身分を問わず、また男女の別を問わず、人間の持つ驕慢という醜さを容赦なく暴き、赤裸々に描き出す。私は自分と同じ欠点や醜さを持つ自分そっくりの登場人物を目《ま》の当たりにして、もう十分解《わか》った、勘弁してほしいと降参してひれ伏したほどだ。

何のことはない、私は宇江佐文学にこっぴどく叱《しか》られたのである。ところが、その叱られたことが私には不快ではなく、何故か嬉《うれ》しく、ありがたく思えて来たのである。

ここで私自身の人には明かせぬ生い立ちの一端について、一言私事を挟むことをお許しいただきたい。

私は孤児ではなかったが、これまでの生涯で自分を真剣に叱ってくれる大人に一人も出会わなかった（両親を含めて）。言い換えれば、私を親身になって褒《ほ》めたり、抱き上げたり、物を買ってくれたりと、普通の子供が喜びそうな、そんなふうに可愛がってくれる大人に一人も縁がなかった。その運の無さが私を一種の精神的孤児、求愛餓鬼にした。先の三つの欠点もここに起因すると思う。

それより重要なことは、私を叱ってくれた宇江佐文学が私にとって干天の慈雨、つまり私の心の渇望を満たす大人の慈愛に思えたことである。生涯の晩年のこの歳《とし》になって、生まれて初めて叱られることで大人の優しさの一端を知った私は、嬉しく、感激したのである。これこそ私にとっての宇江佐文学の一番の恩恵、魅力であった。宇江佐文学は、この世で私が叶《かな》えられなかった唯一の慈母のような存在に映ったのである。


小著はその慈母のような作者宇江佐氏に、求愛餓鬼の私が捧《ささ》げようと決断した感謝とお礼の一書であった。しかし、冒頭でも触れたように氏は亡くなり、今やこの世の人ではない。

とすれば何を以《もっ》て作者に恩返しをすべきか、と私は思案した。月並みな表現ではあるが、宇江佐作品をまだご存じでない方々に、氏の時代小説のわかりやすく面白いその魅力を案内したいとまず思った。同時にいささか僭越《せんえつ》な野望も。私が宇江佐文学に叱られて恥じ入った先の三つの主題。それを知ってもらうことは、氏の文学が秘める貴重な意義をこの国の人々に伝えることになるのではないかと。

すなわち、人間の心に潜む驕慢という思い上がりの心。二、それゆえの隣人を素直に愛せぬ、優しさや思いやりの欠如と薄情。三、子供達の未曾有の受難時代の不幸への無関心と無策。

これら三つの私の欠点は、作者によれば今やこの国を覆う一種の国民病と化しつつあるらしい。この宇江佐作品が暗示する、現代の私達への警告の意義。これを伝えることもまた、私を叱ってくれた宇江佐文学への何よりのお礼、恩返しになると思った。

そんな私の意のあるところをご理解していただいて小著をご笑読くだされば、私は嬉しく光栄に思う。

彼岸の氏のご冥福をお祈りしつつ、巻頭のご挨拶を終える。合掌。

目次

第一章　人間の驕慢《きょうまん》を暴《あば》く宇江佐文学

〈作品の主題を二章に分けて紹介〉

これが今後の作品紹介の方針の基本をなす。先の「はじめに」で、私は宇江佐作品に三つの主題を発見したと書いた。それらの主題を今後の作品紹介では便宜上、二章に分けて、それぞれに関連する作品を選び、紹介する。

とは言え、それらの分類は、あくまで際《きわ》立った特徴を基準にしたもので、この第一章の中に、次に紹介する第二章の内容が含まれていたり、あるいはその逆もまたあることをお断りしておく。私が発見した先の三つの主題は、氏の作品の中で渾然《こんぜん》一体となって存在しているからだ。

〈人間の驕慢という罪（＝欠点）とは何か〉

これこそこの第一章の作品紹介に移る前に、改めて確認、説明しておきたい内容である。まずはキョウマン（驕慢）という聞き慣れぬ言葉の意味である。簡単に言えば、人を人と思わぬ生意気というくらいの意味だが、辞典を調べると「おごりたかぶって相手をあなどり、勝手気ままにふるまうこと」、「自分だけが偉いと思い、他人を見くだして勝手な事をすること」などとある。同じ意味の言葉に「傲慢《ごうまん》」や「高慢」などがあること、読者は先刻ご存じかも知れない。小著では作者が作品の中で使用する驕慢に倣《なら》ってこれに統一する。

さて問題は、この驕慢という人間の罪（欠点）が、先の辞典の定義のようにそのまま単純明快に現れることはごく稀《まれ》で、多くの場合、他の様々な陰険で狡猾《こうかつ》な欠点に形を変え、屈折して現れることだ。それらの実態や具体例こそ後の作品紹介の見どころでここでは触れない。ただ、それらの変形して現れる諸悪——ちなみに私は驕慢は諸悪の根源だと考える——の外観の特徴のみここでは列挙する。

まず第一は嫉妬心（悋気《りんき》、やきもち）である。他人《ひと》の幸福や栄達、あるいは自分の上を行く優越を素直に祝福できぬ妬《ねた》みや僻《ひが》みの心と言い換えてもよい。これこそ氏の作品に頻繁に描かれる、人間が内に秘める一番哀《かな》しく醜い特徴である。

しかもである。彼らはその嫉妬心を自分の沽券《こけん》にかかわるため決して口に出さない。その代わり、相手を貶《おとし》める中傷や誹謗《ひぼう》にすり替えてうさ晴らしをする。

ここに第二の特徴、虚栄心が現れる。驕慢な人間は人一倍、自分の無能や弱点、あるいはその劣等感《コンプレックス》を他人に知られまいと必死に隠す。当然その反動として自分を強く見せるため強がりや空《から》いばりが欠かせない。つまりは見栄を張らざるを得ない。これが虚栄心である。先の嫉妬心を隠す狡《ずる》さも、自分の自尊心（プライド）を守る、苦肉の虚栄心である。

もう一つ挙げれば、自分の非や失態を絶対に認めず、すぐ他人の所為《せい》にして恥じぬ、その無責任極まる破廉恥《はれんち》、つまりは卑怯《ひきょう》である。

これは宇江佐文学を読むまでもなく、この国の連日の新聞報道を見れば一目瞭然である。この国の政界や財界などの指導層の、自らの責任を潔《いさぎよ》く取ろうとしない、その居直りの横暴や厚顔無恥。ここにも私はその根に彼らの驕慢の心があると思う。

その他、吝嗇《りんしょく》（けち）や弱い者いじめなど、驕慢という悪から派生する諸悪は枚挙に遑《いとま》がない。先にも書いたが、驕慢という罪（悪）を諸悪の根源だと考える私の理由がここにあった。

それにしても女性作家の宇江佐氏が、この人間の諸悪の根源、驕慢という悪に堂々と立ち向かい、これを容赦なく糾弾する。その勇気と一種の男気（義俠心）に私は改めて敬服、脱帽させられた。そのことを記して、このいささか冗長に過ぎた驕慢に関する前置きを終える。早速、魅力あふれる宇江佐時代小説の紹介に移る。

①『酒田さ行ぐさげ』（実業之日本社文庫）

〈輪作短編集の中の第六編〉

宇江佐作品の文庫本の特徴（構成）について一言触れる。この文庫本も同じだが、六編のそれぞれ独立した別個の短編小説が収録されている。それらは「輪作短編集」と呼ばれる。そしてその中の一編の表題が、そのまま文庫本一冊を代表する表題として使用されている。

この一冊では、私は全体を代表する表題ともなった第六編の『酒田さ行ぐさげ』のみを取り上げ紹介する。

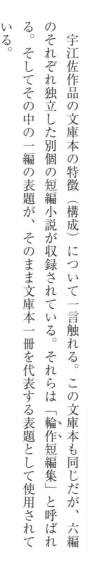

先の挨拶でも触れたが、「人間の驕慢を暴《あば》く」という、これまでどの作家も書かなかった特異な主題に私が初めて出会い、戦慄するほどの衝撃を受けた作品が、実はこの『酒田さ行ぐさげ』であった。そういう意味でこの作品は、私が宇江佐文学に惹かれ、ファンとなった運命的な作品だと言っても過言ではない。

さて題名『酒田さ行ぐさげ』は、一見聞き慣れぬ奇異な印象を与える。しかし巻末解説（島内景二氏）に拠《よ》れば、東北のさる地方の方言らしく、「酒田へ行くからな」という程度の意味で、作品の主人公の一人が旧友と別れる際に残していった言葉である。その平凡な別れの言葉が、実はこの作品の深く重い、そして何より哀しい物語を象徴していて、私は絶妙のタイトル（表題）だと感心した。

〈誰にも身に覚えのある、しかし口には出せぬ人間の驕《おご》りと弱さ、「驕慢」を描く〉

これがこの作品の一番の魅力、面白さだと私は思う。この世は競争社会であり、それは江戸時代も変わらない。当然、能力のある優者と、それに欠ける劣者が存在する。優者が劣者を見下《みくだ》し軽蔑するのは世の習いだ。

問題はその無能呼ばわりされた劣者が、発奮努力して優者の上を行く出世や栄達を手にした時、優者はどのような反応を示すか？　これがこの作品の圧巻の魅力で、人間の驕慢の弱さや醜さを実に平易に描いた、驕慢のお手本、入門書のような一編である。

〈仕事ができる栄助《えいすけ》は、愚図《ぐず》でのろまの仲間の権助《ごんすけ》を軽蔑、嫌悪した〉

これがこの物語の前半の内容である。

江戸は日本橋の廻船問屋「網屋《あみや》」で働く二人の若者の物語である。二人は網屋に奉公に上がったのも、手代になって大坂の本店《ほんだな》へ修業に行ったのも一緒。つまりは同期の朋輩《ほうばい》（同じ主人に仕える仲間）であった。

ところが二人の資質には大きな差があり、権助は機転が利《き》かず、何をやってもドジを踏むことが多い「愚図でのろまな男」だった。一方、栄助は目端《めはし》が利き、要領がよかった。だが、周囲の人間（店の主《あるじ》や先輩の番頭）の二人への対応は異なった。権助は根が真面目で人柄が純朴であったため、ドジを踏んでも権助なら仕方がないかと大目に見られ、不思議に叱られることも少なかった。

ところが有能な栄助は同じミスをすると大声で怒鳴られ、一、二発殴《なぐ》られたりもした。栄助は割に合わないと内心不満だった。ここに早くも栄助の驕慢（思い上がり）の性格の一端が垣間《かいま》見える。と私はひそかに思った。

さて、その二人が同時に大坂の本店《ほんだな》行きが決まった時、栄助は「よりによって何でこんな奴《やつ》と一緒にならなければならないのか」と内心で腹を立てていた。大坂へ一緒に行けば、またあれこれ権助の面倒を見る破目になるのは目に見えていたからだ。案の定、その通りになった。

権助は大坂に行っても片時も栄助の傍《そば》を離れない。たまらず栄助は、たまには俺《おれ》を一人にさせてくれと声を荒らげることもあった。そんな時、権助はいつも悲しそうな顔で俯《うつむ》いていたという。権助は有能な栄助を心底慕い、頼りにしていたのだ。

ここにもまた驕慢な人間の悲劇が垣間見える、と私は思った。人を見下す人間は容易に人を愛せない。それは当然としても、悲しいことは彼は人からひそかに慕われている、頼りにされているという、その相手の好意や善意がまるで見えないことだ。ここに他人《ひと》を愛せない、また他人から愛されることのない驕慢な人間の孤独が予感される。

さて、思わぬ異変が起きた。

〈権助が酒田に飛ばされた！　狂喜する栄助〉

その権助が三年後、突然生まれ故郷に近い酒田（山形県）の支店へ飛ばされた。この本店の方針に栄助は狂喜した。これでやっと自分は一人になれると。

しかし栄助は知らなかった。後に再会した権助が明かしたように、彼は自分の意思で酒田への転勤を申し入れ、許されたのだった。権助には彼なりの期するところがあったのだ。優者にはもともと、劣者の心の内の悲哀や屈辱など思いやる気など毛頭ない。実はこの時、二人の亀裂は始まっていたのだ。

そんなことなどまるで知らない栄助は、その後また江戸の網屋に復帰して如才なく有能に働き、網屋の発展に貢献した。

見る見るうちに頭角を現し、網屋始まって以来の若さで一番番頭に出世した。さらに網屋のお内儀《ないぎ》（主《あるじ》の妻）おたまの覚えめでたく、彼女の姪《めい》っ子のおすわを嫁に迎え、栄助の網屋における立場は盤石《ばんじゃく》のものとなった。

彼は自分のその異例の出世を、自分はそれだけのことをしたのだから当然とほくそ笑んだ。内心、得意になり、うぬぼれていた。

ふと思えば、権助と大坂で別れてから十四年の歳月が過ぎていた。以上が物語の前半だ。

〈権助が酒田の店の主《あるじ》に昇格して、江戸へ豪遊に現れた……栄助の衝撃《ショック》！〉

ここから物語の後半が始まる。

その日の夕方、栄助は得意先の掛け取り（集金）を無事済《す》ませて網屋に戻って来た。百五十両という大金を運んで来たその大役の労を、主人藤右衛門《とうえもん》に報告して、労《ねぎら》いの褒《ほ》め言葉の一つでもかけてもらおうと主人の部屋へ向かった。

話し声が聞こえ、来客らしい。女中に訊《き》くと、「権助さんが何年ぶりかで江戸へ出て来た」と告げた。一瞬、栄助はいやな気持ちになった。また奴《やつ》が江戸奉公になったのかと。だが、そんな呑気《のんき》な話ではなかった。

部屋に入ると、早速権助が陽に灼《や》けた顔をほころばせて嬉しそうに声をかけて来た。

「栄助さん、懐かしいのう。まめでいたが」

栄助も仏頂面《ぶっちょうづら》はできず、

「お前も元気そうでよかったよ」と、ここは無難に応じた。

ところがこの後、主人藤右衛門の言った言葉が栄助を打ちのめした。

「この度《たび》、権助は酒田の店の主《あるじ》に昇格したのだ。それは大坂の本店《ほんだな》の意向によるものだが」

と。

えっ⁉ そう言ったまま栄助は言葉を失った。昨年、風の噂《うわさ》に権助が番頭になったらしいことは聞いていたが、今や出店（支店）の主になったとは。前代未聞の出世ではないか。彼の心に一瞬、負けた！ という屈辱感と、同時に嫉妬心が湧《わ》いた。しかし男としてそれは決して口に出せない。驕慢な人間の一番悔《くや》しく辛《つら》いところだ。

すると、権助が栄助のショックを思いやるように気休めを言った。

「旦那《だんな》様、栄助さんがびっくりしていますちゃ。おい（私）のような気の利《き》かねェ男が酒田の店の主になるんですからの」

権助は照れ臭《くさ》そうに言ったが、藤右衛門は、「そんなことはない。お前は酒田でよくやった。北前船の船頭達もお前のことは褒《ほ》めていた」と、しきりに権助を持ち上げた。

どうやらこの日の話題の主役は権助らしい。主人から集金の労《ねぎら》いの言葉を期待していた栄助は、自分のおめでたい馬鹿さ加減に腹を立てていた。居場所がなくなった彼は、もはや周囲の話など聞いていなかった。

〈傷ついた栄助の自尊心を、妻の無邪気な言葉がさらに打ちのめす〉

帰宅した栄助に、妻のおすわが夕食の世話をしながら、さらに追い討ちをかけた。叔母のおたま（網屋のお内儀）から聞いたらしい、権助に関する新しい情報を二つ伝えた。おすわに悪気はないのだが、権助の羽振りの良さを無邪気に賛嘆して報告する彼女の無神経さは、今の栄助にはこたえた。

その一。大坂の本店は酒田の店を手放す方針らしく、なんと権助がその酒田の店を買い取り、今後は網屋とは別の店として独立し、権助がすべてを取り仕切るという。その資金は、権助の妻の実家——なんでも本間《ほんま》様とかいう地元の分限者《ぶげんしゃ》らしい——が、豪気にすべて援助するという。

権助は妻の実家の経済力にも恵まれた運のいい男だった。ここでも栄助はその権助の幸運を喜んでやるという気持ちより、そんな運のないわが身を呪い僻《ひが》む口惜《くや》しさが先に立つ。驕慢な男の心はこのように実に了見《りょうけん》が狭い。

その二。これも叔母から聞いたらしい、権助一行の、その金を湯水のように使う江戸での豪遊ぶりの派手さである。権助は妻や女中を連れて、箱根の温泉にも豪遊した。その間の彼らの江戸の逗留《とうりゅう》先は、西河岸町《にしがしちょう》にある高級な料理茶屋だと言う。

「料理茶屋を旅籠《はたご》代わりにするなんて大変なことですよ。権助さんがどれほどお金を持ってきたのか見当もつかないと、叔母さんも驚いていましたよ」と、おすわは目を丸くして言う。栄助はもう聞く気がしなかった。この時ほど彼が、女性の持つ無邪気な心の屈託《くったく》の無さを疎《うと》ましく腹立たしく思った時はなかったのではないか。と私は想像した。

〈権助の妻おちぬの、そのあまりの美しさに栄助は度肝《どぎも》を抜かれた〉

これこそ栄助の驕慢な自尊心を再起不能なほどに打ちのめした、権助の決定的なパンチだった。

実は権助は、「おいはお前さんと積もる話があるんだがよ」と、江戸に現れた当初からしきりに栄助を誘っていた。しかし栄助は仕事の都合などを理由にずっと断り続けていた。これ以上、羽振りの良さを見せつけられてはたまらない。これが本音だった。

しかし断り切れない誘いが来た。今度は栄助の女房も子供も一緒に、権助の逗留する高級料理茶屋「伊勢清《いせしん》」に来てほしいという豪勢な招待だった。女房のおすわが狂喜してとびついた。叔母のおたまも熱心に後押しして勧めた。こうなると栄助もこれ以上意地は張れない。

伊勢清の玄関で、栄助ら一行三人を明るく弾《はず》んだ声で、愛想よく出迎える一人の女性が現れた。栄助が初めて対面する権助の妻おちぬであった。江戸でもめったに見られぬ、そのあまりの美しさや別嬪《べっぴん》ぶりに、これが権助の女房？　と栄助は一瞬、目を疑った。そしてそれはたちまち、ああ俺はまた権助に負けたという悔しさと嫉妬に変わった。驕慢と嫉妬は表裏の関係だ。

初めて口にする伊勢清の豪華な食事や高級料理も、妻や子供は珍しがり満足したらしいが、栄助にはまるで味がしなかった。おちぬの美しさに圧倒され、腑抜けのような放心状態になった栄助の頭は、一つのことしか考えていなかった。こんないい女を権助は嫁にしている。それにひきかえ俺は……。

妻のおすわは決して不美人ではない。しかし、おちぬの群を抜く美しさの前では確実に見劣りがする。当のおすわはそんなことは全く気にしていない。ところが栄助の方がみじめになってしまった。世間では言う。美女を女房にできるのは男の甲斐性《かいしょう》だと。ここでも権助は俺を出し抜いて確実に俺の上を行く。

すると栄助は、嫁《い》き遅れのおすわを女房にして得意になっていた自分が、ことのほか小さい男に思えて、穴があったら入りたい気分になった。こんな男の腰の据《す》わらなさを、もしおすわが知ったら何と思うだろうか。

いずれにしても、栄助はそれまでの権助に対する自信や優越のすべてを失った。

打ちのめされた彼が思ったことはただ一つ。お前の顔など二度と見たくない。とっとと酒田に帰れ！　であった。栄助は早くもこの旧友との訣別《けつべつ》を決心したのであった。

〈権助の思いもせぬ不祥事が、栄助に起死回生のチャンスを与えた〉

しかし栄助は、顔を見たくない権助とまた対面せねばならぬ破目となった。

網屋の主人藤右衛門夫婦が、その日、一番番頭の栄助を呼び出し、意見と助けを求めて来たからだ。それは店に降りかかった突然の難儀――権助の強引な金の無心――の仕末に関するものだった。まず妻のおたまが口を切った。

「うちの人は、権助にお金の無心をされたのだよ」

不審顔の栄助に、藤右衛門が代わって説明を補う。それによると権助は、商売拡張のためのその仕度金がいるためそれを網屋に都合してほしいと頼んだらしい。

「わしも引き受けるつもりはないのだが、奴はなかなかしぶとい男で、色よい返事があるまで酒田に戻らないと言っている」と、藤右衛門は苦り切って言った。

最後におたまが用件を言った。「お前、権助に無心をやめさせておくれでないか。権助の店はもう網屋じゃない。あたしはすっぱり縁を切りたいのだよ」

栄助は話を聞いて、ふざけていると権助に腹を立てていた。彼とまた口を利かねばならないのは、正直煩《わずら》わしかった。が彼はおたまの言った頼みの、その役目を引き受けることにした。そこには今や万事太刀打ちできぬ権助の威勢に、彼の不祥事（金の無心）を理由に一矢報《いっし》いる意趣返しの思惑と快感があったからだ。

しかし、問題は権助の反応だった。栄助は、あいつは俺の言うことなら聞くと自信があった。しかしそれは十四年前のことで、彼は今や栄助をしのぐ酒田の店の主にまで昇格した男である。そこに栄助の思わぬ誤算があった。


〈金の無心の件など歯牙《しが》にもかけぬ権助に、栄助の思惑は全く外れる〉


いよいよこの作品（第六編）の一番の見どころ（クライマックス）に入る。かつての旧友二人の全面対決は、それぞれの思惑の違いが表面化し、収拾のつかない喧嘩《けんか》別れとなる。

栄助は箱根から戻って来た権助を近くの居酒屋に誘い、早速飲みながら、藤右衛門夫婦に頼まれた一件を切り出した。

「旦那様に金の無心をしたそうじゃないか。いったいどうなってるの？」と。

すると権助は少しも悪びれたふうも見せず、しゃらりと応えた。

「大坂の本店の旦那はおいに祝儀をくれた。したが江戸の旦那はさっぱりその様子がねェ。そいで、こっちから催促するつもりで無心の話ばしただけっちゃ」

「商売（拡張）のためじゃなかったのか」

「そんだ風に喋らねば、あのお人は承知しねェと思ってな」

「で、幾ら頼んだのよ」。「百五十両だな」と権助。

栄助はあっと言葉を呑んだ。百五十両⁉ 権助は先日栄助が集金して来た際の、藤右衛門とのやり取りを、その金額と共に抜け目なく覚えていたのだ。彼はその百五十両を祝儀として受け取り、返すつもりは全くないらしい。

それはタカリじゃないか。しかも俺が苦労して集めて来た金だ。ここに来て、ついに栄助の堪忍袋の緒が切れた。

「おきゃがれ！ のぼせたことを言うな。ようやく集めた金を何が哀しくてお前の祝儀にしなけりゃならねェ。おちぬさんの実家は力があるんだろ？ 酒田に戻ったら、そっちに頼め。網屋はお前が思っているほど儲《もう》かっていないんだ」

栄助の心にかつての権助への侮蔑と嫌悪が今、激しい憎悪となって甦《よみがえ》った。愚図でのろまな男が少し力をつけると、ここまでいけ図々《ずうずう》しい男になり下がるものかと。

しかし権助は泰然としていて、そのことについて何も言わない。頭に血をのぼらせて息巻く栄助の怒りなど全く無視して、平然と話題を変えて来た。そこには酒田の店の主《あるじ》に出世した男の風格と余裕があった。以下は私自身の推測である。

権助にしてみれば、奉公人が独立して新しい店の主《あるじ》になれば、旧恩の旦那様に祝儀を貰《もら》うことなど少しも恥ずかしいことではなく、むしろこの業界の常識、慣習であった。しかも、それを一介の番頭風情《ふぜい》（栄助）にとやかく言われるのは片腹痛い噴飯物《ふんぱんもの》でしかなかった。こうして権助は栄助の怒りなど全く無視して、平然と話題を変えて来た。彼には別に言いたいことがあったのだ。

〈権助は、かつての友達栄助の背信を詰《なじ》った〉

権助は話題を変えて一気に喋《しゃべ》り出した。

「おいは栄助さんを店の朋輩というだけでねぐ、本当のダチ（友達）だと思っていだ。何やらしても中途半端なおいを栄助さんは文句を言いながらも助けてくれだ。それはダチだからだと、おいは思っていだのせ。だが、違っていだ。栄助さんは胸の内でおいをばかにしていだ。そうだべ？」

栄助は虚を衝《つ》かれた。初めは何のことかわからずすっとぼけた。しかし権助の追及は執《しつ》拗《よう》で、彼は栄助を詰《なじ》り続けた。

「おいは大坂で栄助さんが本店の手代に愚痴を洩《も》らしたのを、たまたま聞いてしまったさげ」

「さあ、覚えていないな。お前のドジに呆れて冗談交じりに愚痴を洩らしたこともあったんだろう」

「そんでね」、権助は鋭い眼を向けた。

「愚図でのろまなおいと離れて仕事がしてェと栄助さんは言ったのせ。しェば、どれほど気が楽だろうってな」

権助はさらに続ける。

「おいはそれを聞いて、身体《からだ》の力がいっぺんに抜けだ。ダチだと思っていだ栄助さんが、実はおいを嫌っていだからせ」

「悪かったよ。だが、昔の話じゃないか。忘れてくれ」と、栄助は畏《かしこ》まって頭を下げた。

「忘れられね。おなごに振られるよりこたえたさげ。おいは本店の旦那様に大坂の修業ば終えたら、おいば江戸から離れた店に飛ばしてけろと頼んだのせ」

栄助がかつて内心で狂喜した権助の酒田転勤は、本店の意向ではなく、実は権助自身の意思によるものだったのだ。今、栄助は初めてそれを知って、自分の能天気を少しだけ恥じた。

「酒田は荒波がざんぶざんぶと打ち寄せてよ、行った当初は気が滅入《めい》ったものせ。だが、ここで弱音を吐いたら、おいは愚図でのろまの男のままで終わる。いづか栄助さんを見返すことばかり考えて踏んばったのせ。おいにも意地はあるっちゃ」

「酒田の店の主になったんだから、十分、見返しただろうが」

栄助が皮肉な口調で言う。

「まだ足りねと思った。若くてめんけェ嬶《カカ》ァを見せびらかして、江戸で湯水のように金を遣ってやるべと思った」

「それで江戸に来たのか」

「んだす」

「おめでたい男だ」

「何がおめでたいのよ。お内儀さんの姪っこを嬶ァにして網屋の一番番頭でございと得意顔してる栄助さんこそ、おいから言わせればおめでたい男ださげ」

権助はついに栄助の一番言われたくない、彼の弱みを衝《つ》いて来た。栄助はその動揺は隠して、居直るように激昂《げっこう》して言った。

「酒田に帰れ。江戸はお前のいる所じゃないよ」

するとと権助は一転してしおらしく、正直になって言った。

「ところが金が足りなくなっての、ここは網屋の旦那に何して貰わねば、にっちもさっちも行かねっちゃ」

「いい加減にしないか。さんざん遊び呆《ほう》けて、挙句の果てに金を都合してくれだなどと、酒田の主が聞いて呆れる」

この栄助の吐き捨てた悪態に、権助は、それでも屈せず、彼は最後に一番言いたかった真情をついに吐露した。

〈酒田の新天地で二人で一緒に仕事をしよう！　……権助の恩返しの友情〉

これが権助の本音であった。彼は言った。

「旦那に口利いて金を出して貰ったら、栄助さん、お前ェも酒田に行くべ。酒田には江戸にねェおもしろみがあるっちゃ。若《わ》けェ娘っこも、よりどりみどりっちゃ。年増《としま》の嬶《かか》ァなんざ、捨てちまえばえええって」

この時、権助の言った「お前ェも酒田に行くべ」こそ、十四年ぶりに江戸に出て来た彼が栄助に一番言いたかった友情の言葉ではなかったかと、私は推測した。何故なら、かつて愚図でのろまのため栄助にさんざん迷惑をかけた権助は、今その恩返しができる時が来たと、栄助を酒田に誘ったと思われる節があるからだ。

酒田の主にまで成長した権助は、自分もやっと一人前になれて、今度こそ栄助に迷惑をかけずに対等の力量と立場で仕事ができると自信を持ったのだ。その自信が権助に、今度こそ一緒に仕事をして、栄助のかつての恩義に報いたいという友情心となって現れた。

しかし、権助の友情心は栄助に通じなかった。権助の遠慮のない物言い「年増の嬶《かか》ァなんざ、捨てちまえ」が、実は栄助の自尊心（プライド）をまた傷つけていたことに権助は気付かない。

ここに権助の友情の限界があった。彼には、驕慢な人間栄助の持つ、その人並み以上に傷つきやすい弱さや脆《もろ》さが全く見えていなかったのである。権助にとって栄助はいつも、自信にあふれた強く頼もしい友達に映っていたからであろう。

案の定、気分を害した栄助は、もう権助の話など聞きたくないと席を立った。二人分の勘定を済ませると、彼は権助を店に残したまま不機嫌そのものの顔で店を出て行った。

これが十四年ぶりに再会した二人の旧友の結末、つまり訣別であった。


〈栄助さん、おい酒田さ行ぐさげ！　……この言葉を繰り返して権助は去って行く〉


物語の最後となった。

権助一行が船で酒田へ帰る日が来た。藤右衛門は、まさか百五十両は出さなかっただろうが、それでも幾らかの別れの餞別《せんべつ》は都合してやったらしい。権助も欲は出さず、藤右衛門夫婦に殊勝に礼を言い、丁寧な別れの挨拶を済ますと、夫婦に見送られて船に向かった。栄助は見送る気持ちなど微塵《みじん》もなかった。それでも主人夫婦に諭《さと》されて、店の外の蔵の横から見送った。その権助が船に足を掛けた時、そっと栄助の方を見て叫んだ。

「栄助さん、おい酒田さ行ぐさげ」

栄助は黙って肯《うなず》いた。権助の眼は赤くなっていた。

彼はもう一度「酒田さ行ぐさげな」と叫んだ。そして船の中へ消えた。彼のあの美人の妻おちぬや奉公人達がその後に続いた。やがて船は静かに岸を離れた。が、権助の視線はずっと栄助に注がれていた。

ここで物語は、実質終わる。作者は、権助ら一行を黙って見送った栄助について、最後に以下の一文を添えて物語の締めくくりとする。

「栄助には友と心から言える相手はいなかった。権助が唯一、そう言える男だったのに」

作品掉尾《ちょうび》を飾る名言である。驕慢な人間が行き着く先の運命は、孤独である。それも自業自得の孤独であった。

付記。紹介を終えて一言感想を記す。

主人公の栄助は私そっくり、まさしく私自身の姿であった。私はその衝撃で恥ずかしく戦慄した。しかしお蔭で、自分自身の欠点、驕慢の癖《へき》を改めて見つめ直す機会を得た。ここからである。宇江佐文学に叱られながら、魅せられて行く私の不思議な私淑の旅が始まったのは。

②『余《よ》寒《かん》の雪』（文春文庫）

〈若い女剣士は、その驕慢の鼻っ柱を見事にへし折られた〉

これがこの短編の骨子である。人間の驕慢を描く宇江佐作品の中で、実は私の一番好きな、実に愛らしい作品がこれであった。

この短編も輪作短編集の中の一編（第七編）で、その題名が全体を代表する表題として用いられていることは前作と同様である。私はこの第七編が断然面白く、傑作だと思うので、今回もまたこの一編のみを紹介したい。

ところで、この短編集『余寒の雪』は、宇江佐氏が三度目の受賞（第7回中山義秀文学賞）の栄誉に輝かれた記念碑的な作品でもある。

おそらく収録されている全七編の出来栄えの良さが受賞の理由であろうと推測する。が私はこの第七編の表題が一冊の表題に代表されていることから、この『余寒の雪』の評価が一番高かったのではないかと勝手に推測した。それは私自身の評価にも合致していたことで、私は内心で嬉しく思ったことを付記する。

〈結婚したがらぬわがまま娘に手を焼いた、父親と親戚一同の秘策〉

これがこの作品の物語の始まりである。

主人公の娘知佐《ちさ》（二十歳《はたち》）は、伊達藩に仕える原田文七郎《ぶんしちろう》の末っ子の一人娘である。父親文七郎は、このいささか変わり者で驕慢の気《け》のある一人娘に手を焼いていた。

知佐は女ながら剣術が得意で、その修行に励み、今や伊達藩の手練《てだれ》の剣士達と互角に闘うほどの腕があった。それだけではない。頭も男髷《まげ》に結い、袴《はかま》をつけた男装姿の知佐はどう見ても男、藩内で知らぬ者はなかった。

ちなみに知佐の夢は、いずれ別式女《べっしきめ》として御殿奉公に上がることだ。別式女は御殿女中に武芸を指南する女剣士のことで、伊達藩でも幾人かの別式女を抱えていた。しかしその資格は厳しく、選に入ったとしても一生独身を通す者が多いという。

父親文七郎の悩みはその点にあった。彼や妻は、月並みといえども、知佐が当たり前に人の妻となって子をなし、普通の女の倖《しあわ》せを摑《つか》んでほしいと願っていた。

しかし知佐はそんな父親の気持ちなど毫《ごう》も思いやらない。朝から晩まで剣術の稽古に励む毎日だった。

その知佐も今や二十歳を迎えて、かつてあった縁談話も今はなくなった。知佐は清々《せいせい》したとうそぶくが、文七郎や妻はハラハラして心安まる日がなかった。

そんな時、親戚の一人（文七郎のすぐ下の弟）、原田弥次郎から思いもせぬ知佐の縁談話が届いた。伊達藩の江戸藩邸に勤務する弥次郎が知り合った、北町奉行所の同心鶴見《つるみ》俵四郎《ひょうしろう》が、弥次郎から知佐のことを聞いて是非にもと所望したらしい。

父親文七郎はいささか強引だとは思ったが、藁《わら》にもすがる思いでこの縁談に乗る決心をした。こうして知佐には内緒で話を進める秘策が始まった。

幸い、文七郎の二番目の弟飾間《しかま》鉄三郎夫婦が、江戸の知人の婚礼に出席するという。それならばと文七郎は鉄三郎に秘策を授けて、娘の知佐の同行を頼んだ。

兄文七郎の苦衷を知るだけに鉄三郎は、この難しい役割を快く引き受けた。しかし内心はヒヤヒヤものだった。それというのも、子供の頃から自分を叔父として人一倍慕い、頼りにする知佐を、ついにだますことになるからだ。表向きは知佐に江戸見物をさせてやりたいという父親と叔父の親心を装うが、実は江戸で一挙に鶴見俵四郎との祝言（婚礼）を挙げさせてしまおうという、知佐が知ったらカンカンになって怒り出しそうな秘策、魂胆であった。

知佐は叔父夫婦との江戸行きに何の疑いも不安も感じず、むしろ嬉々として同行した。そこには知佐のひそかな期待があった。江戸には国許《くにもと》の仙台とは違って、剣術の道場があちこちにあるらしい。そこを訪れて自分の剣術の腕を存分に試《ため》してみたい、その野心である。かくて、同床異夢の三人は江戸へ向かった。

〈秘策がバレて知佐は激怒し、鶴見の母親も約束が違うと息巻いた〉

鉄三郎が探し当てた江戸の鶴見俵四郎の屋敷で、案の定、一悶着《ひともんちゃく》が起きたのは当然であった。三人を丁重に迎えた俵四郎の母親春江は、てっきり相手が息子俵四郎との祝言のために、はるばる江戸まで出て来たと思った。

ところが双方の挨拶や話の途中で、知佐が父や叔父の秘策を初めて知り、「おれは祝言の話など聞いてねえぞ」と、男のような物言いで激怒した。

これには春江も呆《あき》れて憤慨し、「飾間様、これはどういうことでございますか？　あなた方は知佐さんに何もお話しにならず、江戸へお連れしたのですか？」と気色《けしき》ばんだ。

この後、二人の女の怒りに挟まれた鉄三郎の苦悩は察して余りある。しかし彼はよくできた叔父で、まず春江に平身低頭して、謝罪と弁解に努めた。

「奥方さま、これには色々訳がございまして」、「今しばらくお時間を拝借願います。これから知佐に仔細を話しますゆえ」と、深々と頭を下げて詫《わ》びた。

しかし、春江の怒りは治まらず、

「このままでは埒《らち》が明きませぬ。とりあえず俵四郎の帰りを待ちましょう」と、春江の後ろにちょこんと座っていた子供の手を取ると、そそくさと部屋を出て行った。その子供こそ、先ほど春江が三人に紹介した時、人見知りして何も言わなかった俵四郎の息子松之《まつの》丞《じょう》であった。

〈叔父鉄三郎が知佐の怒りを諄《じゅん》々とほぐす〉

この後、物語は知佐の怒りをしずめる男達二人と、全く関知せぬ一人の子供のエピソードへと移る。まずは叔父の鉄三郎から。

春江がいなくなると、知佐はたまらず、一番親しく、また信頼していた叔父に、怒り心頭の表情で詰め寄った。

「叔父さん、どういうことだ？　説明してくれ」「なぜ、話してくれなかった？」

この詰問に叔父はしゃらりと応えた。

「話せば、お前は納得したか？」

知佐は一瞬黙った。一番痛いところを衝《つ》かれて応えられない。親のすすめる縁談や結婚話にことごとく反発し、まるで耳を貸さなかった自分のわがままが思い出されたからだ。

叔父の言う通り、事前に聞いていたらこんな江戸に出てくることはなかったはずだ。

それ見たことかと、叔父はこの後、この姪っ子の若さと無知を諄々と諭《さと》すように説《と》いた。

まず、お前は剣は強いが別式女となる器量はない、と知佐の夢を厳しく打ち砕いた。となるとお前はこれからどうする？　いつまでも原田の家にはおられず、嫁に行くしかないだろう。そして次に今回の祝言の話を説明した。

弥次郎兄さんが、伊達藩の江戸藩邸勤務中に知り合った、北町奉行の同心鶴見俵四郎殿にお前のことを勧めたのも、決してお節介ではない。みんなお前が倖《しあわ》せになってほしいと心から願っておるからだ。

俵四郎殿は奥様を病で亡くされ、松之丞君《ぎみ》のためにも新しい母親を見つけねばと思うものの、また見合いする相手が病で倒れるのではないかと不安で、二の足を踏んでおられた。弥次郎兄さんはその話を聞いていたく同情し、お前のことを紹介されたのだ。自分の姪にすこぶるつきの丈夫《じょうぶ》で、おまけに剣術の達人がおると。すると俵四郎殿はぜひにもと弥次郎兄さんに懇願されたのだ。

この時、黙って聞いていた知佐が突然口を挟んだ。

「身体《からだ》だけはすこぶるつきの丈夫だと？　おれは牛や馬か？」

この皮肉に、私は思わず吹き出してしまった。この高慢な女剣士は案外ユーモアを解すると、いささか見直したものである。

結局、叔父は最後は穏当なところで話をおさめた。まずは俵四郎殿に会ってからのことだ。お前がどうでも不承知ならば無理強いはせぬ。おれと一緒にまた仙台へ戻ろうと。

そして思い出したように付け加えた。

「ああ知佐。俵四郎殿は鏡心明智流《きょうしんめいちりゅう》の手練《てだれ》であるそうだ。相手に不足はないだろう」

さすがに老練な叔父は若い姪っ子の野心を喚起することも忘れなかった。

すると知佐は間髪を容《い》れずに言い返した。

「剣の相手に不足はないが、町方役人の後添《のちぞ》えというのが気に喰わぬ」と。いかにも驕慢な知佐らしい正直な返事であった。

それにしても、叔父鉄三郎の情理を尽くした説得は見事であった。彼は兄文七郎が託した難役を見事に果たし、面目をほどこしたのだ。知佐の怒りはかなりしずまっていたから。


〈帰宅した鶴見俵四郎の、謙虚で大様《おおよう》な人柄が知佐の心をさらに軟化させた〉

知佐の驕慢な怒りの鎮静化に貢献した二人目の人物が、なんと話題の人、鶴見俵四郎であった。彼は勤めから帰って来ると、まず母親の春江と鉄三郎夫妻から、昼間の行き違いの話を聞いた。その間、知佐は別室で待たされた。俵四郎は思いのほかさばけた人で、話を聞くと、自分にも責任のある両家のトラブルを詫び、間に立った鉄三郎の苦労にも理解を示した。その上で、別室に待機する知佐を招いて、ここでも丁重に詫び、円満な解決策を提案した。

「こちらが早とちりを致しまして、知佐殿には大層、ご迷惑をお掛け致しました。お許し下さい」

知佐は案外物分かりのよさそうな俵四郎（初対面である）にほっと安心し、さらに怒りが薄らいだ。彼はさらに言った。

「お詫びに、しばらく江戸見物などでお楽しみ下さい。せっかく江戸へ出ていらしたのですから」

するとと鉄三郎が、示し合わせたかのように知佐に言った。

「知佐、わしらは弥次郎兄さんの家に泊めて貰う。お前は鶴見様のお屋敷でお世話になりなさい」

知佐はぎょっとなって言った。

「そんな、叔父さん。おれもそっちに行く」

すると叔父はまたしても俵四郎と話がついているかのように巧みに知佐の不満を封じた。

「お前は剣術の腕を試したいのだろう？　俵四郎殿が道場に案内して下さるそうだ。それにはここでお世話になった方が都合はいい。なに、二、三日したら迎えに来るから」と。

すると、またしても俵四郎が鉄三郎を立てて言った。

「知佐殿、ご遠慮なく。知佐殿がどのような剣を遣《つか》うのか、拙者も大層楽しみでござる」

こうして息の合った二人の男達の説得に、若い知佐は完全に籠絡《ろうらく》されてしまった。

かくてその日知佐は、叔父夫婦の帰った後、なんと一人で鶴見家に泊まることになった。それは知佐の思いもしなかった新しい運命の始まりであった。

〈俵四郎の息子松之丞《まつのじょう》（五歳）との出会いが、知佐の女性本能を目覚《めざ》めさせる〉

これが鶴見家に逗留《とうりゅう》することになった知佐の新しい運命の始まりであった。それは知佐の驕慢の怒りをしずめるため、先の二人の男達の他にこの少年の存在も一役買ったことを意味する。知佐はこの少年に何故か心惹かれて目が離せなくなって行く。それが彼女の新しい運命の始まりであった。

話は溯《さかのぼ》る。知佐が松之丞と二人きりになり、初めて言葉を交わしたのは、例の俵四郎ら大人四人（春江や鉄三郎夫妻）がトラブル収拾のための密談中に、別室に待機させられていた時であった。

誰にも構ってもらえない松之丞が、知佐が一人で待機する部屋にひょっこり入って来た。この時の二人きりのやり取りが秀逸に可笑《おか》しい。することがない知佐が仕方なしに松之丞に話しかけた。「年は幾つだ?」と。

松之丞は黙ってもみじのような手を拡《ひろ》げ、知佐の前に突き出した。

「ふうん、五つか。ぬしのおっ母《か》様は病で死んだそうだな。おっ母様がいなくて寂《さび》しいべ?」

「寂しくない」と少年は即座に応えた。

「そうか。それでおれも気が楽になった。おれはおぬしのお父っ様の後添えとして連れて来られたが、あいにく、おれはその気持ちがないゆえ、ご免被《こうむ》るつもりだ。ぬしもそのつもりでいてけれ」

「女？」

松之丞が突然、不思議そうに訊《き》いた。

「おれのことか？　いかにもおなごだ」

「女がどうして男の恰好《かっこう》してる？」

「それは、おれが剣術の修行をしておるゆえ、この恰好の方が都合がいいからだ」

「変なの」

「………」

「変な女」

そう言った松之丞を、知佐はきつい顔で睨《にら》んだ。しかし、松之丞は怯《ひる》むことなく、「変な女、変な女」と繰り返した。知佐はもう少年に相手する気もなく、そっぽを向いた。すると、別室の大人達の話が終わったらしく、知佐は叔父の鉄三郎から呼ばれて部屋を出た。

この後の顚末《てんまつ》については先に書いたので略す。

興味深いのは、松之丞がその夜、蒲団《ふとん》に入って寝る時にもまたしつこく「変な女」と知佐に言ったことだ。松之丞の蒲団は、知佐のために準備された蒲団の隣にあった。松之丞はその知佐の方に尻を向けて「変な女」を連発した。

知佐も負けずに「変な子供」と応酬した。知佐はこの生意気な子供を少しとっちめてやろうと少年の尻をつねってやった。すると相手はムキになって「変な女」とさらに声を張り上げた。すると相手は起き上がって、祖母の春江に知佐のいたずらを訴えに行こうとした。

そうはさせじと、知佐は松之丞を抱き締めて身体《からだ》の自由を奪うと、「おっかねえ話ばしてやる。厠《かわや》に行かれなくしてやる。おっかねえぞう」と脅《おど》し、恐山《おそれざん》（南部宇曾利山《なんぶうそりさん》）にまつわる怪談を話して聞かせた。

すると効果覿面《てきめん》、松之丞は恐ろしさに静かになり、知佐の胸に強くしがみついた。しかし効《き》き過ぎたらしく、翌朝彼は寝小便をしたというおまけが付いた。

重要なことは、知佐のこの悪戯《いたずら》半分のお仕置きで、二人の間の距離が狭《せば》まり、互いに親近感を持つようになったことだ。松之丞は、彼が長い間飢えていた母親の感触を、知佐の悪戯に見出していたのかも知れないと、私は推測した。

〈俵四郎は知佐の剣の腕前を正直に褒《ほ》めた〉

知佐の新しい運命の扉は、俵四郎との関係でも開いた。その日、知佐の待ちに待った日が来た。非番になった俵四郎が約束を守って知佐を、かつて自分が修行した道場に案内した。

町道場にしては狭かったが、門弟の数は多く、稽古する男達の気合いが外まで響いていた。道場主の斎藤周蔵に挨拶すると、知佐は早速稽古着に着替えて、道場に入った。門弟達は入って来た知佐が女であると知ると、一様に驚いた様子を示した。慣れている知佐は無視した。道場主の周蔵が年少の若者に知佐の相手をするよう指示した。若者は一瞬、不服そうな表情をした。女の相手などできるかというもので、これにも知佐は慣れていた。周蔵と俵四郎は正面の床の間を背にして、穏やかに笑って知佐の稽古を見物した。

周蔵の笑顔が消えた。最初の者、次の者、三人目、四人目と、知佐はあっという間に相手の竹刀《しない》を弾《はじ》き飛ばして、苦もなく門弟達を倒したのだ。周蔵がすっかり不機嫌になり、門弟達の稽古の甘さを声を荒らげて叱った。

一方、知佐は何だこんなものかと、あまりにも簡単に勝負がついて拍子抜けしていた。つまらなそうに竹刀を袋に収め、帰り仕度を始めた。門弟達の眼にもはや、彼女をからかう色は消えていた。これも知佐には見慣れた光景だ。

「大したものでござる。これほどできるとは思っておりませんでした」

帰り道、俵四郎はお世辞ではなく言った。

「俵四郎殿も相手をして下さればよかったのに」

知佐は少し不服そうに言った。


〈俵四郎の意外な返事が、知佐の自信を打ち砕《くだ》いた〉


「いや、道場では知佐殿に負けてしまいます」と俵四郎は言ったのだ。

謙遜であろうと知佐は、俵四郎が鏡心明智流の遣い手だと聞いていると反論した。

すると俵四郎は、さらに知佐を驚かすことを謙遜ではなく正直に言った。

「拙者のは下手人《げしゅにん》（凶悪犯）を捕らえるための喧嘩《けんか》兵法でござる。竹刀《しない》を持っての稽古から遠退《とおの》いて久しい。今では竹刀の感触すらも忘れております」

「真剣ばかりで勝負しておると？」

「さよう。竹刀は所詮、竹刀でござる。道場で強い者が真剣でも強いとは限りませぬ。手ごたえも違えば……何より、相手をその剣で死に至らしめるかも知れないのです。峰打ちにすることも、ちょっとした技術が要《い》ります。まあ、慣れでしょうな」

知佐は黙ってしまった。衝撃であった。竹刀剣法で得意になっていた知佐が、初めて聞く真剣勝負の世界を生きる男の話だ。上には上があった。知佐は自分の無知を恥じた。

すると俵四郎は、黙ってしまった知佐を見て、少し刺激が強すぎたかと後悔し反省した。

彼は知佐の心を奮い立たせるかのように、今度は、一転してまた褒《ほ》め言葉を続けた。

「しかし、仙台新陰流がこれほどだとは思いも致しませんでした」

知佐は俵四郎に褒められて、気を取り直し、思わず自分の覚えているその流派の由来の一端を説明しかけた。が、ふと気が変わって自分がかねてより疑問に思っていた一件を、この俵四郎に訊《き》いてみたい気持ちになった。

同じ藩の剣士の中に井伊直人《いいなおと》という男がいて、彼の妻さだのことが忘れられない、と知佐は言った。彼女は大和流の薙刀《なぎなた》の達人で、薙刀の腕は亭主に勝《まさ》っていた。さだは亭主の尻を叩《たた》くように剣術修行を勧め、直人は三年の間、全国を歩いて修行を積んだが、戻って来てもなお、さだの腕には敵《かな》わなかった。直人はさらに今度は江戸に出て三年の修行を積み、仙台に戻った。ところが、さだはどういう訳かそれ以来、直人と手合わせすることはなかった。

知佐は「おれはその理由がわからない」と、俵四郎に言った。

黙って聞いていた俵四郎は一言だけ、

「直人はその後どうしたのですか?」と訊いた。

知佐が、彼は町道場を開いていた父親の道場を引き継いだらしいと応えると、俵四郎は
「なるほど……」とうなずいた。

「俵四郎殿はさだの気持ちがわかるのですか?」と知佐が訊《き》いた。

「おおよそ……」と俵四郎。

すかさず知佐が「どんな?」と性急に問う。

俵四郎の答えは、知佐の考えたこともない意外なものであった。彼はこう言ったのだ。

「それはご亭主の体面を汚してはならぬという、さだの妻としての気遣《づか》いでしょう」

「………?」。知佐にはわからない。

「恐らく、江戸の修行を終えた後も、さだの腕は直人に勝《まさ》っていたと思われます。しかし、駄目駄目と叱咤《しった》するばかりがよいとは思えません。さだは、その加減を心得ていたのでしょう。まこと、あっぱれなおなごです」

知佐は呆然《ぼうぜん》としていた。そんなことは考えたこともなかった。自分はただ強いさだに憧れだけを感じていたのか。二十歳の女剣士には、ただ強いこと、勝つことだけが人間の値《ね》打ちのすべてであった。世の中はそれだけではないのだ。知佐は自分の若さゆえの未熟と無知を、また俵四郎に思い知らされた。

するとまた俵四郎が、悄然《しょうぜん》と落ちこむ知佐を、彼一流の気遣いで優しく励ました。

「知佐殿もさだのように立派なおなごになって下さい」と。

知佐はまいったと思った。


〈俵四郎の人柄に惹かれて、知佐は普段口にせぬ愚痴まで洩《も》らした〉

知佐は俵四郎の話に、心の中で感激していた。この男《ひと》は少しも偉《えら》そうにせず、言うべきことはきちんと言い、しかも知佐を追い込まず最後は思いやりを忘れない。こんな大人に出会ったのは生まれて初めての体験だった。

知佐の心にふと甘えのような生意気が生じ、彼女は皮肉のような愚痴をこぼした。

「本当はおれに腹を立てているんだべ？」

俵四郎は怪訝《けげん》な顔になった。

「苦労して銭を送ったのに、おれが素直に言うことを聞かなかったから……」

何も言わない俵四郎に、知佐はついに本音を口にした。

「叔父さんはおれを置いて、さっさと仙台へ帰ってしまった。きっとおれの親も親戚もおれがいつまでも家にいることが鬱陶《うっとう》しかったのだろう。厄介払いができてほっとしておるんだろうな。おれが春になって国に帰っても皆は喜ばねえの」

さらに、「おなごが剣術を志しても何の役にも立たねえと、よっくわかった。おれはおなごに生まれたことが、つくづく恨めしい」と続けた。

するとそれまで黙って聞いていた俵四郎が、ここで初めて口を開き、厳しい顔をして言った。

「知佐殿がおなごに生まれたことは宿命でござる。それはどうすることもできません。（中略）それよりも自分に何ができるのかを、じっくり考えられるのがよかろう。拙者が言えるのはそれだけです。知佐殿の人生は知佐殿のもの、誰もそれを勝手に指図することはできません。仙台のご両親と、ご親戚は少し強引でした。拙者も知佐殿と初めて会った時から松之丞の母親になるのは無理と悟りました。ですから、拙者のことについては余計な気遣いはなさらぬように。せっかく江戸に出て来たのですから、何かを見つけてお帰りになって下さい」

俵四郎は、嚙《か》んで含めるように知佐に言った。その言い方はまたしても知佐を感激させた。

彼は知佐を微塵も子供扱いせず、大人として対等に向き合い、扱ってくれた。この時、知佐の心に初めて、その感激の喜びとは裏腹に後悔の思いが生じた。こんないい男《ひと》との縁談を自分は、わがままと無知で断ってしまった。知佐は若さゆえの自分の未熟と生意気を悔い、呪った。それは知佐が俵四郎に惹かれ、彼を慕う乙女《おとめ》心の始まりでもあった。

〈俵四郎の機転で、知佐は春まで鶴見家に留《とど》まることとなった〉

ところで知佐を迎えに来るはずの叔父鉄三郎は、いつまで待っても現れない。なんでも鉄三郎の妻の父親が病に倒れたため、彼らは急遽《きゅうきょ》国許の仙台に帰ったらしい。さては謀《はか》られたかと知佐も仙台に戻る決心をした。

ところが俵四郎が止めた。若い娘の一人旅は危険であること、それに冬は峠が雪のため閉ざされ通行不能になる。春まで待って飾間殿（鉄三郎）が迎えに来られるのを待ってはと。それだけではなかった。

俵四郎はこの時、絶妙の機転で知佐が気にしていた祝言の仕度金の話を持ち出したのだ。

「ものは相談でござるが、春までわが家に留《とど》まり、松之丞の相手などして下され。それで送った金子《きんす》を相殺《そうさい》することに致しましょう。いかがですかな？」と。知佐はまた参ったと思った。

俵四郎の知佐の苦衷を思いやる、心憎い提案に知佐は感激し、感謝した。彼の申し出を断る理由など何もなく、知佐は何のわだかまりもなく鶴見家での滞在延長を快諾した。彼女の新しい運命がさらに拡がった一瞬だった。


〈誰にも構ってもらえぬ、独りぼっちの松之丞に知佐の情が移る〉


鶴見家に滞在する間に、知佐はこの一家の日常のおおよそを知った。知佐が一番心を痛めたのは、昼間の松之丞が誰にも構ってもらえぬ全くの独りぼっちの子供であったことだ。

俵四郎は朝飯を済ませると奉行所に出仕し、毎晩遅くならなければ帰宅しない。祖母の春江も出かけることが多い。近所の屋敷に集まって女房同士、内職に精を出すらしい。薄給の同心の家計の不足を補うためだ。女中のお久も仕事があるため、松之丞がつきまとうとうるさがる。つまり彼は友達も遊び相手も誰もいない全くの孤独、独りぼっちであった。知佐はそんな彼を見ると、仙台の自分の家を思い出し、松之丞が可哀想《かわいそう》になった。知佐には三人の兄もいたし、奉公している男衆《おとこし》や女衆《おなごし》も多く、彼女が退屈するといつも誰かが遊び相手になってくれた。しかし松之丞には、母親が死んで以後ずっと、そんな相手はいないらしい。

知佐の心はチクリと痛んだ。そのため知佐はつとめて松之丞の相手になってやった。庭に積もった雪を見てはしゃぐ彼を見ると、一緒に雪玉をぶつけ合って遊び、二人とも着物を濡《ぬ》らして女中のお久に叱られたりした。

ところがその松之丞に異変が起きた。

〈留守番を引き受けたその夜、松之丞が熱を出して倒れた……懸命に看病する知佐〉

正月の三が日が過ぎたその日、知佐は祖母の春江に恩返しがしたくて留守番役を買って出た。その日春江は、娘時代から親しくしていた友人から茶会の誘いがあった。しかし、女中のお久が休みを取って、妹の家に二、三日泊まりに行ってしまったため、春江はその誘いを断るつもりだった。ところが知佐が留守番は引き受けるからと、春江に外出を勧めた。春江はこれに感謝して、嬉々として出かけて行った。知佐は感謝するのはこっちだと思っていた。

実は正月になった日、知佐は春江から着物を貰っていた。彼女が若い頃に着たものを仕立て直してくれたのだ。知佐は恐縮した。自分は後添えになる話を断り、その上図々しく居候《いそうろう》までしているというのに……。春江は「松之丞の面倒をよく見て下さっているので、そのお礼ですよ」とさらりと言った。根は優しい人らしい。その好意への恩返しの留守番であった。

留守番をする昼間は問題がなかった。知佐は松之丞を連れて、彼に道案内させてあちこち近所を散歩した。子供相手のおもちゃ屋や駄菓子屋は正月でも開《あ》いていた。知佐は松之丞に凧《たこ》と駄菓子を買ってやった。普段は無駄遣いなどさせてもらえない少年は大層喜んだ。

問題はその夜起きた松之丞の異変だった。外は雪が一寸ほど積もって、春江は雪で足留めを喰ったのかなかなか戻ってこない。俵四郎も同じだった。知佐は松之丞を先に寝かせて心細い思いで二人を待った。その時、寝間から松之丞が出て来て、気分が悪いらしく、

「おっかねえよう」と泣き出した。

「おれがだっこしてやる」と、知佐は彼の小さな手を取ってギョッとした。火のように熱い。汗ばんだ額も熱い。松之丞は発熱していたのだ。昼間、彼を長い間連れ廻したからだ

と、知佐はとっさに責任を感じた。

ぐったりと力を失い、ものも言えず知佐にすがりつく松之丞の身体《からだ》を抱《かか》えて、知佐は焦り、途方に暮れた。自ら引き受けた留守番で、松之丞の身にもしものことがあったら取り返しがつかない。人一倍責任感の強い、知佐の必死の奔走と介抱がここから始まった。

積雪で歩きにくい夜の道を駆けて、近所の医者を呼びに行った。往診に来てくれた医者の指示に従って、知佐は懸命に介抱した。その詳細は略す。その甲斐あって松之丞は落ち着き、やっと口を利いた。

「もうどこにも行かない？」と。彼は先ほど、知佐が医者を呼ぶため家を空けたその一瞬の不安にさえ脅《おび》えていた。

「ああ、もうどこにも行かない。だから松ちゃん、おとなしく眠ってけれ。したら病はすぐ治るから」

松之丞はその知佐の言葉にこっくりと頷《うなず》き、やがて薬が効いたのか、穏やかな寝息を立て始めた。知佐はほっと安心すると、途端に疲れがどっと出た。松之丞を庇《かば》うような形で眠ってしまった。

気がついた時、知佐の身体《からだ》にどてらが掛けられていた。帰って来た俵四郎が松之丞の枕許に座っていた。彼は、

「知佐殿、拙者の留守に大層、松之丞がお世話を掛けました」と、律儀に頭を下げた。

知佐は「松ちゃんが熱を出したのはおれのせいだ。礼など無用だ」と、相変わらず可愛げのない返事をした。

その時、眠っているはずの松之丞の口許がかすかに動き、うわごとのように知佐の名を呼んだ。この一事がこの一晩の知佐の涙ぐましい孤軍奮闘、献身ぶりを雄弁に物語っていた。


〈仙台の叔父が迎えに来るという……少しも心が浮き立たぬ知佐〉


松之丞は、発熱が癒《い》えて以来、格別の親しさで知佐にまといつくようになった。散歩も湯屋（風呂）も寝るのも知佐と一緒。まるで新しい母親を得たかのような懐きようだ。知佐も今やすっかり松之丞に情が移り、悪い気はしない。

その日の夕方も、知佐が庭で竹刀の素振りの日課に励むのを、松之丞は縁側で腹ばいになって見物していた。

「知佐と父上はどちらが強い？」などと無邪気な質問をしながら。

その時、俵四郎が勤めから戻って来た。そして知佐のすっかり忘れていたことを告げた。

「知佐殿。仙台の飾間殿があなたを迎えにいらっしゃるそうです。原田弥次郎殿のお言付けでござる」

一瞬、知佐は心が少しも浮き立たない、そんな自分に面喰らっていた。それもそのはず、ふた月ほど鶴見の家で暮らすうちに、知佐の情はすっかり松之丞に移っていたのだ。それだけではない。俵四郎を慕う気持ちも日々強まっていたからだ。

ここに来て知佐は、ついに厳しい選択を迫られる羽目となった。松之丞との約束――どこへも行かない――を守るか、それを反故《ほご》にして仙台に戻るか。その苦渋の思いが、ふと知佐に不遜な独り言を言わせた。

「おれはとうとう、俵四郎殿とお手合わせもせぬまま国に戻ることになる……」

すると、その知佐の驕慢な響《ひびき》を持つ一語を、俵四郎は聞き逃さなかったのである。彼は毅然《きぜん》として言った。

「真剣でよろしいのなら、相手になりまする」と。

真顔になった俵四郎を見て、知佐はまさか⁉　と一瞬うろたえた。

「冗談が過ぎる。そのようなこと、できる訳がない。俵四郎殿は人が悪い」

「拙者は冗談を言ってはおらぬ。道場で次々と大の男を倒した知佐殿ならば、真剣を以《もっ》てしても充分にできるはず」

「おれは峰打ちの技は心得ぬ。もしや俵四郎殿に怪我《けが》をさせるかも知れぬから、それは断る」

「ほう、それは拙者の腕が知佐殿に劣ると決めた物言い。甚《はなは》だ承服できかねる」

「ここで真剣で勝負をしたら、小母さんもお久さんも腰を抜かす」

「真剣と聞いて怖じ気《おけ》をふるわれましたな。ならば、拙者と手合わせしなかったなどと未練がましいことは申されぬな」

いつになく俵四郎の顔に厳しいものが感じられ、知佐はハッとした。しかし俵四郎が立派だったのは、この後すぐに語調を柔らげて、いつもの温和な彼に引き下がったことだ。

「お国に戻り、さらに剣の修行に励み、立派な剣士になって下さい」

またしても泣かせる言葉ではないか。知佐は思わず涙が出そうになった、と私は推測する。俵四郎は今、知佐の驕慢という悪癖をやんわりと窘《たしな》めたのだ。が、それ以上の追及や咎《とが》め立てはしない。この男はこれまでもそうだったが、決して相手を威圧しない。窮地に追い込むことは彼の好みではない。いつも一歩手前で身を退《ひ》き、一転して相手を思いやる配慮や激励を忘れない。これこそこの男鶴見俵四郎の何よりの美質、魅力であった。

いつしか知佐が俵四郎に理想の男性像を見出し、彼の求愛をひそかに夢見る、恋する娘に変わって行ったのも、この俵四郎の人柄の魅力にあった。


〈俵四郎との真剣勝負を決断した知佐の勇気と矜持《きょうじ》〉

さて、いよいよこの作品のクライマックスとなった。それは表現を換えれば、知佐の驕慢の真価が問われる時でもあった。

ところがこの時、松之丞が先の父親の知佐へ惜別の言葉を敏感に察知して、突然声を上げて泣き出した。「知佐が帰る、知佐がいなくなる」と。

これを聞いた知佐も泣きたくなった。それより今、俵四郎がここで知佐に一言「この家に留《とど》まって下さい」と言ってくれればすべては解決するのに……と、知佐は心の中で叫んでいた。

しかし、自分の吐いた驕慢の一語が俵四郎を怒らせてしまい、そんな虫のいいことは望めない。ついに知佐は退路を断たれて決断した。

さすがに知佐には、女といえども剣士としての矜持と覚悟があった。彼女は自分を奮い立たせるように松之丞に言った。

「松ちゃん、泣くな。おれはこれからお父上と勝負する。ぬしはどちらが強いか、しっかり見てけれ」

知佐は竹刀を傍らに置くと、かつて一度も抜いたことのない真剣を取り上げ、腰に差した。

「お願い致しまする」と一礼して、俵四郎に向き合った。

俵四郎は一瞬、驚いたような顔をしたが、そこは真剣勝負の手練《てだれ》、黙って紋付羽織を脱ぎ、襷《たすき》で袖をくくった。いよいよクライマックスの始まりだ。

「いざ」

「いざ」

俵四郎は雪駄を脱ぎ捨て、大上段に構える。知佐は正眼に構えた。

知佐が突き出した一刀は、振り下ろされた俵四郎の刀と交差し、金属的な音とともに火花が散った。すぐに元の姿勢に戻り、知佐はまた正眼に構え、隙を窺《うかが》う。俵四郎も正眼に構える。それから少し長い間があった。

俵四郎の脇《わき》が僅《わず》かに甘いと思った。そこを突けば知佐は勝てる。そう思った時「父上、負けるな」と、松之丞の声がした。

知佐の気が弛《ゆる》んだ。「うりゃ」と俵四郎の気合いが聞こえ、間一髪、切っ先が知佐の胸の前で止まった。知佐は身動きできぬまま「参りました」と応えていた。

俵四郎は、しばらく知佐を見つめていた。

知佐も俵四郎を見つめる。

「さだの境地になられましたな」

俵四郎は、ゆっくりと刀を鞘《さや》に収めると、そう言った。知佐は全身に汗をかいていた。

「父上の勝ち！」

松之丞が掌《てのひら》を叩《たた》いて喜んでいる。知佐は不思議に悔しさを感じなかった。松之丞の手前、これでよかったのだと思う。それに俵四郎は知佐の心の動きを読んでいた。それが嬉しく、また悲しかった。

「おれは、さだの境地より、さだそのものになりたかった」

知佐は、俵四郎の顔を見ずにこの言葉を呟《つぶや》いた。いかにも負けん気の強い知佐らしい言葉で、彼女の改心を暗示して秀逸だと思った。知佐は俵四郎によって、今初めて驕慢の鼻っ柱をへし折られたのであった。

この後、知佐は刀をその場に置くと、井戸に走った。汗とともに涙も洗い流したかった。その時、俵四郎が井戸端に知佐を追って来た。彼は乱暴に知佐の腕を取ると言った。

「知佐殿、飾間殿（知佐の叔父）が迎えにいらしても、国には戻らぬと言うてくれませぬか」

なんと、知佐が待ちに待っていた俵四郎の求愛の言葉であった。俵四郎に抱き寄せられた知佐の返事に否はなかった。そして作品は以下の一文で終わる。

俵四郎の肩越しに余寒の雪を被る富士の山が見えた。雪は知佐の眼に滲《し》みた。白く、この上もなく白く……。


付記。紹介を終えて二点、感想を添えたい。

一、この作品は、人間の驕慢を改心させたハッピーエンドの物語として、宇江佐作品の中では珍しく異色の心温まる傑作である。

主人公の若い女剣士は、二人の人物（少年松之丞と彼の父親俵四郎）と出会い、彼らを愛し、愛されることで驕慢の癖《へき》を脱することができた。驕慢という人間の罪は、決して不治の病でないことを暗示していて秀逸だと思った。

二、この物語は、一人の若い娘の恋物語《ラブストーリー》としても秀逸だと思った。

ちなみに言えば、宇江佐文学には男女の恋物語を正面から描いた作品は意外に少ない。そういう意味でこの作品は、作者が内に秘める恋愛観や理想の男性像を吐露した稀有《けう》の作品として、私は瞠目《どうもく》し興味深く読んだ。

作者宇江佐氏の理想とされる男性像は、まぎれもなくこの作品の主人公鶴見俵四郎のようなタイプの男性であったと、私は推測した。

③『昨日みた夢』――副題「口入れ屋おふく」（角川文庫）

〈短編連作集の中の一編（第六話）〉

これまでは短編輪作集の中の一編を取り上げて来た。本作品は初めての連作短編集の中の一編である。その違いとは。連作集は、全編主人公も舞台も共通して同じ。ただ描かれる物語（事件）だけが異なる。そういうことらしい。

さて私は、例によってこの短編集（全七話）の中の第六話（連作集のため今後、第○話と表記する）のみを紹介したい。言うまでもなく断然面白く、私の注目する主題「人間の驕慢」を、今回は初めて武家の世界のそれに焦点を当てているからだ。

ちなみにこの文庫本の表題も、第六話の『昨日みた夢』を代表させている。この事実からもこの第六話が「本書の白眉の一編」（巻末解説、池上冬樹氏）であるらしいことを知った。この一編を選んだ私の感動も間違っていなかったかと、正直安堵《あんど》した。

〈武家の一家の異常な驕慢に耐える、若い嫁かよの悲劇〉

これがこの作品（第六話）の第一の内容である。第二は、そのかよの不幸に同情して、彼女の救出に協力する同じ年頃の若い娘おふくの友情の物語である。おふくはこの連作集の一貫した主人公で、作品の副題「口入れ屋おふく」がそれを暗示する。

物語は、そのおふくの紹介から始まる。

おふくは二十五歳。「きまり屋」という屋号の口入《くちい》れ屋——個人営業の職業紹介所——で働く、今で言う非正規社員である。

契約して派遣した女中が三日も我慢できずに逃げ出す（よくあるケースらしい）。そんな時、おふくは相手の雇《やと》い主の怒りを鎮めるため、また店の信用を守るため、次の女中が見つかるまで短期の女中奉公に出かける。要するに人手が足りない時の後始末を引き受ける、便利なピンチヒッター的要員である。

もちろん、おふくはただ働きだが、それでも不満や愚痴は一言も言わず、いつも明るく気さくに仕事を引き受け、店に貢献する。おふくはこの店で食べさせてもらっているため、「あたしは出戻りの居候《いそうろう》の身ですから、たまには役に立ちたいのよ」。これが彼女の口癖《くちぐせ》であった。

実はおふくは一度結婚に失敗していた。父親の友蔵《ともぞう》と伯父の芳蔵《よしぞう》（二人は双子の兄弟）が経営するこの「きまり屋」に出戻って来たのである。

その間の事情について一言触れると……。

五年前、おふくは一目惚《ぼ》れした勇次《ゆうじ》と一緒になり所帯を持った。ところが夫の勇次が、何故か奉公する店の金を持って突然行方をくらました。一年経っても勇次は戻って来ず、結局、その後始末（金の弁償など）はすべて先の双子の父親と伯父がやってくれた。

その上、彼らはおふくに優しく、このきまり屋に戻ってくることを勧めた。その時、幼くして母を失ったおふくを、母親代わりに育ててくれた伯母のおとみ（芳蔵の妻）もまた、おふくに同情して快く迎えてくれた。そのこともまた、おふくにはありがたかった。そんな訳でおふくには、このきまり屋の人々に足を向けて寝られぬ恩義があった。

ところで、消息を絶った勇次のその後の物語は、この作品の従であるため略す。主はあくまでおふくが目撃した武家の世界の驕慢の実態の物語であるため、そちらの方を優先する。


〈武家の女が二人、きまり屋に女中を一人頼みに来た〉


これが物語の始まりである。父親の友蔵が早速、おふくに「仕事を頼まれてくれねェか」と話を持って来た。聞けば、「八丁堀《はっちょうぼり》の旦那《だんな》のお屋敷」が女中を一人必要としていると言う。八丁堀は江戸の南北両町の奉行所の役人達が暮らしているところだ。「お武家かあ……」と、おふくは一瞬ため息をついた。

これまで商家の女中奉公は何度か体験している。しかし、奉行所の役人の家、つまり武家の女中奉公は初めてのことで、あまり気が進まなかった。武家というのは気位が高く身分を笠に着るから、揉《も》めた時に厄介《やっかい》だ。粗相をすれば無礼討ちにされないとも限らない。

しかし、伯母のおとみがその不安を解いた。何かあった時は懇意にしている岡っ引きの権蔵《ごんぞう》親分に間に入ってもらって、よしなに計らってくれるだろうから心配はいらないと。

それもあったが、おふくは結局その武家の女中を引き受けることにした。それは彼女の生来の好奇心の強さが、先の来客の二人の女には何か訳がある、と敏感に予感させていたからだ。そしてその予感は当たっていた。

二人の女は、その一家の大奥様と若奥様だという。おふくはてっきり、若奥様を女中だと思った。その風体は女中のそれと寸分違《たが》わなかったからだ。だから何故女中がまた一人要るのかと疑問を持った。

父親の友蔵の話によると、なんでも大奥様の旦那が卒中で倒れたらしい。その世話を若奥様がするため、若奥様はその世話に追われて台所をする者（つまりは女中）がいなくて困っているという。大奥様は何もしないらしい。病人（旦那）の世話も台所仕事もすべて若奥様の負担になっているらしい。

どういうこと？　おふくは疑問を抱かずにはいられない。この疑問こそ、実はおふくの好奇心を刺激し、彼女が初めて武家の女中奉公を引き受けた一番の理由であった。

〈卒中で倒れた夫の世話を全くしない、妻（大奥様）いせの冷淡の異常〉

翌日、おふくは身の回りの物が入った風呂敷包みを持ち、八丁堀に向かった。

おふくは八丁堀の同心（下級役人）の屋敷など初めてで道がわからない。そのため五歳年下の彦蔵《ひこぞう》についてきてもらった。彦蔵は伯父芳蔵夫婦の次男坊で、「きまり屋」の走り使いをしている男だ。おふくとは小さい頃から一緒に住んでいたため、気が置けない弟同然の従弟《いとこ》だ。

彦蔵が同心高木家の勝手口から訪《おとな》いを入れると、ほどなく二十四、五の女が現れた。これが昨日「きまり屋」に現れた若奥様、つまり当主高木文左衛門《ぶんざえもん》の息子の嫁かよであった。かよは、

「それでは母上様に紹介致しますので、どうぞお上がり下さいませ」と、おふくを中に招じ入れた。彦蔵は用が済んだので、

「そいじゃ、姉《ねえ》ちゃん、おいら帰《け》ェるわ」と、かよに頭を下げると、先に引き上げて行った。

おふくは、かよの案内で、茶の間の姑《しゅうとめ》いせ（昨日現れた大奥様）と対面した。見るからに武家の役人の妻らしい威厳があった。

おふくが三つ指を突いて頭を下げると、いせは、

「よろしく頼みますよ」と、読みかけの本から目を離して言った。おふくも、

「至りませんが、精一杯、努めさせていただきます」と、殊勝に挨拶した。

その時、奥の方から、かよ、かよ、と呼ぶしゃがれた声が聞こえた。隠居の主《あるじ》、高木文左衛門らしい。

「はい、ただ今」と、かよはただちに腰を上げた。いせはその様子をちらりと見るだけで、動く気配は全くない。また本に目を戻すと読書の続きを装った。この妻のいせは、夫の世話はすべてかよにまかせて、自分は何もしないようだ。

おふくは最初の不審を抱えて台所に行った。ところが、流しはきれいに片づき、板の間も掃除が行き届き塵《ちり》ひとつない。これでは派遣女中おふくの出る幕がない。

その時かよが、舅《しゅうと》文左衛門の着替えた物を抱えて台所にやって来た。外の井戸まで持って行って洗濯をするらしい。

「若奥様、洗濯はあたしが致します」とおふくが言うと、

「いいのですよ。父上様のお世話はわたしの役目ですから。それより、お昼の用意をお願い致します」と、初めて用を頼まれた。それは近くの「辰見屋《たつみや》」という蕎麦《そば》屋でうどん玉を買って来ることだった。かよは帯に挟んだ紙入れから代金をきちんと渡してくれた。

おふくが気を利かせて「葱《ねぎ》はございますか」と訊くと、

「裏に畑があります。葱を植えているので引き抜いて下さい」と、平然と言った。

おふくは心底驚いた。「若奥様は畑もなさっているのですか」

「わたしは百姓の出ですから」と、かよは当然のように応えた。

辰見屋に行くと、おかみらしき女が、うどん玉を手渡しながら、おふくの気になっている高木家の内情について訳知り顔に話してくれた。

「おかよさんがいなけりゃ、あそこの家はやって行けないよ。大奥様は何もせず、芝居だの、茶会だの、寺の開帳だのと、出かけてばかりだからね。その掛かりも相当のもんだ。その皺《しわ》寄せで、家の中は切り詰めるだけ切り詰めているんだよ。全くわからない家だよ」

おかみは高木家の内証の苦しさをそれとなく示唆した。しかし、卒中で倒れた夫の文左衛門の面倒を全く見ようとせぬ妻のいせの薄情については、聞きそびれて不明だった。この夫婦の冷え切った関係の原因には何かあると、おふくは疑惑を深めている。


〈かよを母親として敬《うやま》わぬ娘達の生意気〉


女中奉公に来たおふくを呆《あき》れさせた二つ目の事実が、この娘達の躾《しつけ》の悪さだった。

かよには二人の子供がいた（八歳と七歳の年子《としご》の娘）。おふくが二人の娘を初めて見たのは、その日、手習所《てならいどころ》や音曲《おんぎょく》の稽古に出ていた二人を、かよが午後の八つ（二時）過ぎに迎えに行って一緒に帰って来た時だった。

その時の二人の娘の態度は、とても母親に対するものとは思えなかった。戻って来た途端に、道具の入った風呂敷包みを座敷に放り出す。「お八つを出しておくれ」と生意気な口調でかよに言う。仏壇に供えられていた麦落雁《むぎらくがん》をかよが与えると、「また麦落雁？　たまにはもっとおいしいお八つが食べたい」と文句を言う。

するとかよが、

「ええ、ええ。今度あなた達のお好みのお八つを用意しましょうね」とやんわりいなし、娘達の道具を部屋に運ぶ。

一体どうなっているんだ？　これではかよさんは娘達に仕える女中ではないか、とおふくはまた腹を立てていた。

その間にも文左衛門のかよを呼ぶ声がする。と、かよは慌《あわ》ただしく飛んで行く。一日暮らしただけでも、おふくは、かよが休む間もなく身体《からだ》を酷使する、その一家の奴隷のような境遇にいたく同情した。たまに姿が見えないと思えば、裏の畑に出てせっせと作物の世話をしていた。この時だけが、かよにとって安らぐ時間なのかとおふくは思ったほどだ。

畑と言えば、かよの夫高木文之丞《ぶんのじょう》の冷たさもおふくは気になっていた。彼は勤めから帰宅して、少しでもかよの出迎えが遅れると、「また畑か」と吐き捨てるように嫌みを言う。畑は家族を養うためのものではないか。そんなことも理解できぬ文之丞の暗愚さにおふくは呆《あき》れた。そして思った。この男は妻を愛していない、少しも感謝していないと。

このように、姑《しゅうとめ》のいせ、わがままな二人の娘、そして暗愚な息子と、この一家には口クな者がいないと、おふくは歯ぎしりしたいほどの憤懣《ふんまん》を覚えていた。

〈様子を見に来た彦蔵が、かよの不幸な過去の一端を明かす〉

二、三日すると従弟《いとこ》の彦蔵がおふくの陣中見舞に現れた。伯母のおとみの配慮で、彦蔵は豆大福や煎餅《せんべい》など、おふくの大好きな食べ物を土産に持参した。おふくは食べることが大好きな娘で、その癖を知る伯母の優しい気遣いだ。

「どうよ、この家は」と彦蔵は開口一番おふくに訊《き》いた。幸い屋敷の中には二人のほか誰もいない。いせは朝から出かけていたし、かよは畑にいた。二人は遠慮なく話ができた。

「どうもこうもないよ。お武家はやっぱり苦手だ。商家のほうがずっといい」と、おふく。

すると彦蔵が訳知り顔で「やっぱりな」と頷《うなず》いた。

「やっぱりって、どういうこと？」

おふくは、すかさず気になって訊いた。この後、彦蔵は「きまり屋」と懇意にしている岡っ引きの権造《ごんぞう》親分から聞いた話だと前置きして、高木家の「てェへんだ」という内幕を話した。

それによると、この高木の家では大旦那（舅《しゅうと》）の文左衛門より、息子の文之丞の方が「てェへん」、つまり大変な問題児らしい。彼は奉行所の中でも「偏屈者で通っている」厄介な男らしい。

「嫁のきてもなく、女中をしていた今の若奥様に手をつけて、餓鬼まで孕《はら》ませたそうだぜ」

おふくは耳を疑った。彦蔵は続けた。

「そこまではいいさ。だが女房にしたら、それなりの扱いがあるというもんだが、相変わらず若奥様のことは女中にしか見ていねェんだと」

これを聞いておふくは初めて合点が行った。そして言った。

「そういう大人のせいで、お嬢さん達も母親のことを下に見ているのよ。あたし、腹が立って腹が立って」

それにしても、子まで孕ませた女をいまだに女中扱いするとは。おふくの疑惑は募った。

その時だった。畑からかよが、笊《ざる》に大根や青菜を山盛りにして戻って来た。二人の話は一旦中断した。


〈かよの思わぬ親切と好意が、若い両者の垣根を取っ払った〉


畑から戻って来たかよは、気さくで優しい性格らしく、二人に思いもよらぬ親切と好意を示した。

「ちょうどよかった。少し青物を持って行って」と、大根や青菜を手際よく渋紙《しぶがみ》に包んで二人の前に差し出してくれた。

彦蔵が正直に「お袋が大喜びしますサァ」と感謝の礼を言った。すると、かよが、

「わたしの作る物を喜んでくれるなんて、お世辞でも嬉しい」と言った。

すかさず彦蔵が「お世辞じゃねえですよ」と返す。

おふくも彦蔵を応援して、負けじと言った。

「そうですよ。若奥様が丹精した青物をいただけるなんて、本当にありがたいことですから」と。

するとその言葉に、かよが突然涙ぐんだ。

「そう言ってくれたのは、おふくさんと彦蔵さんだけですよ」

感謝されることに飢えていたらしい。二人は思わず、顔を見合わせた。どうやら高木の家の者は、かよのこの家計を思う野菜作りの努力や苦労の意義を、誰も評価せず、感謝していないらしい。額に汗して働く百姓の苦労を知らぬ武家共通の驕《おご》りである。

それだけに今かよは、赤の他人とは言え町家の二人の若者が、自分の苦労や努力を素直に認め、感謝してくれたことが、涙が出るほど嬉しかったのだ。

そしてここからである。少し心の軽くなったかよが、これまで誰にも話せなかった自分の過去の苦労についてポツリポツリと打ち明け始めたのは。そこには年の近い若者同士の気の置けない親しさがあった。中でもおふくが派遣女中として培って来た、他人《ひと》の不幸を

思いやり、巧みに話を聞き出す、彼女の聞き上手があった。
そして注目は、そのかよがおふくや彦蔵に打ち明けたそれまでの苦労と忍耐の物語こそ、実はこの作品の核心をなす一番の内容、つまりクライマックスであったことだ。

〈高木家の女中だったかよは、息子文之丞《ぶんのじょう》に犯され懐妊した〉

これこそがかよの語った不幸な物語の、一番痛ましく惨《むご》い事件だった。
以下、それまでの経緯を要約して紹介する。

一、かよの実家は津軽（青森）の百姓だった。兄は稲刈りが済むと、冬の間、江戸に出稼ぎに行く。かよは一度でいいから江戸の町を見たくて、無理を言って連れて行ってもらった。兄は日本橋の廻船問屋の仕事をしていた。かよはそこで最初、台所仕事を手伝っていた。ところが廻船問屋のお内儀《かみ》が、親切心から江戸で働く気はないか、女中奉公すれば年に四両ほど稼げると、かよに水を向けた。
かよはお金を持って帰れば母親が喜ぶと、単純にこの話に飛びついた。兄は反対した。しかしかよが執拗に頼むと、兄もお内儀の好意をむげに断れず、結局、渋々妹の女中奉公を許した。

二、廻船問屋のお内儀が紹介してくれたのが、ほかならぬ同心高木文左衛門が当主の高木家だった。お内儀はその文左衛門の妻いせとは茶の湯の稽古を一緒にする仲で、いせが、雇っていた女中が嫁入りのために暇を取ったので、誰か適当な女中はいないかと相談した。お内儀は深く考えもせず、かよを紹介した。

かよはこうして、最初は高木家の女中として働く身となった。いせは当初、くるくるとよく働くかよに好感を持ち、大層喜んでいたという。

三、ところが高木家の不肖の息子文之丞が、かよの運命を狂わせてしまった。先に彦蔵がおふくに話した、かよの思いもせぬ受難劇の勃発である。文之丞は、母いせの眼を盗んで女中部屋に忍び込み、あろうことか、かよを孕《はら》ませてしまった。女に好かれぬ男が、その欲求不満を弱い立場の女で晴らす。世間によくある男の卑劣な手であった。

四、問題はその後の夫婦の考え方の対立にあった。母親のいせは世間体が悪いので、何がしかのものを持たせてかよを津軽に帰そうと考えた。ところが父親の文左衛門が強く反対した。かよの腹の子は高木家の血を引くものだからそのようなことはできない。それに、かよを津軽に戻し出産させたとしても、その子がててなし子と苛《いじ》められるのが不憫《ふびん》だとも言った。一見正論のようだが、後のかよの不幸を考えると一概に正しかったとは言い難い。何故なら妻のいせが、この夫文左衛門の考えや処置に猛然と反対したからだ。気位の高い彼女は、息子の嫁は百姓出身の田舎娘ではなく、しかるべき武家の家から迎えたいと、最後まで譲らなかった。

しかし当時（江戸時代）の慣習として、妻は夫に絶対服従、夫に逆らうことなどまず許されない。いせは泣く泣く、かよを息子の嫁とする夫の意見に従わされた。が、この時の不満や屈辱をいせは、その後も執念のように根に持って、片時も忘れない。

さらにかよにとって不運だったのは、彼女を庇護する立場の文左衛門が病に倒れて寝込み、高木家の主としての発言力を失ってしまったことだった。ここに妻いせの驕慢が増長する理由があった。誰もいせを咎《とが》める者がいなくなったのだ。

五、こうして高木家の今の惨状が現出した。夫が無力化したいせは、それをいいことに自分の驕慢を押し通した。かよを高木の嫁とは認めず、これまで同様ただの女中と見下してこき使った。さらにあろうことか、夫文左衛門への腹いせとして、彼の病を一切無視して、その世話をすべて「女中」のかよに押しつけてしまった。まさに鬼女を思わせるいせの冷酷で非道な仕打ちである。

こうして見ると、高木家の驕慢の主犯が、いせであることは明らかだ。しかし、息子の文之丞のお粗末、出来の悪さも目に余る。自分に甘い母親いせの尻馬に乗って、彼もまた公然とかよを見下して女中扱いして恥じない。一人の女性を凌辱《りょうじょく》した反省や責任の自覚は微塵もない。この男の人間性や倫理観の欠如も、母親いせに劣らず罪深い。二人は同じ穴の狢《むじな》だ。

以上が、かよが高木の家で四面楚歌、じっと孤独に耐えて来た不幸の概略であった。

〈おふくは女同士の気安さから、さらにかよが胸の奥に秘める本音に迫る〉

先にも書いたが、この作品（第六話）の見どころは、かよが打ち明けた高木家の秘める武家の驕慢の実態にあった。そのため読者は「もう沢山《たくさん》」と食傷されるかも知れないが、あえて右の表題に関して、おふくが聞き出したかよの本音について今少し紹介を続けたい。以下三点ほどに要約する。

一、姑《しゅとめ》いせの、かよを嫁として認めぬ冷たい仕打ちに対して、かよは意外にも「それほど辛いとは思っていない」とおふくに応えた。それは舅《しゅうと》の文左衛門がかよのことを、まるで「実の娘のように可愛がって下さいます。わたし、それが嬉しくて……」。どうやら文左衛門だけが、この高木の家におけるかよの唯一の味方、生き甲斐であったらしい。それだけに、病に倒れた彼の世話をかよだけが親身になって懸命に尽くす理由がここにあったかと、おふくは納得した。かよは決して四面楚歌ではなかった。話は聞いてみなければ判《わか》らない。

二、おふくは次にかよの夫文之丞にについて水を向けた。彼の父親文左衛門にこれほどかよが尽くしているのだから「さぞ、お喜びになっていらっしゃるでしょうね」と。

しかし、かよは暗い表情で否定的なことを言った。

「いまだに旦那様が何を考えているのかわからない」と。

おふくが「子供を二人ももうけたご夫婦じゃないですか」と詰《なじ》ると、かよはそのことを後悔するかのように、とんでもないこと——夫婦の閨《ねや》の秘密——まで明かして苦笑、自嘲した。

「わたし、この家に奉公に上がった頃、閨のことは何もわからない子供だったのです。旦那様が夜中に忍んで来て、騒ぐなと言われてじっとしていただけです。子供はああいうことをして生まれるものだと、織江《おりえ》（八歳の長女）を孕《はら》んでようやくわかったのですよ。ばかでしょう?」

そこには、愛されることのない、ただ男の肉欲の吐け口だけに利用された女の無念と悲哀、そして静かな怒りが感じられた。

それでもおふくはかよを懸命に慰めることを忘れない。

「若旦那様が、もう少し優しくして下されば、若奥様も気が楽になるでしょうね」

「駄目ですよ。旦那様も母上様と同じで、わたしのことを女中としか見ていないのですもの」。かよはにべもなく冷然と言った。
三、おふくが最後に訊かずにはいられなかったのは、かよの産んだ二人の娘のわがままについてであった。これについてもかよは、おふくの信じられぬ絶望と諦《あきら》めの言葉を平然と口にした。
「娘達は高木の娘で、わたしの娘ではないと考えるようになりました」と。なんとかよは、自分の産んだ二人の娘と、とっくの昔に縁も未練も断ち切っていたのである。

もちろんかよも母親として、娘の躾《しつけ》は忘れなかったらしい。そんなわがままではどんな大人になるか先が思いやられると。ところが夫の文之丞や姑のいせが、少しも叱らず甘やかす。そのため娘達はますます図に乗って、母親の言うことを聞かない。

「一度、こっぴどくわたしが叱ったら、旦那様（文之丞）に高木家の娘に向かって生意気だとぶたれました。娘達は、さもいい気味という表情をしておりましたよ。もうわたしの出る幕もありませんよ」

さすがのおふくもここまで言われると慰めの言葉がない。彼女は暗然として初めて黙ってしまった。

するとかよが、今度は、おふくの沈黙に初めて自分の饒舌《じょうぜつ》に気付いたのか、詫《わ》びるように言った。

「でも、おふくさんに胸の内を明かして、少し気が晴れました。ありがとうございます」

かよはそう言って二人に頭を下げた。とんでもないと、おふくは顔の前で掌《て》を左右に振ったが、胸は鉛でも詰め込まれたように重かった。と作品は記す。

〈文左衛門の死で、高木の家に秘められていた驕慢の闇《やみ》が一挙に表面化した〉

さて物語は、かよの身の上話から一転して、右の表題の高木の家が秘めていた驕慢の裏面——打算と奸計《かんけい》——の露呈へと移る。一種の推理小説《ミステリー》のような展開、飛躍となる。

それは病で寝込んでいた高木家の当主文左衛門の急逝から始まった。かよの懸命の介抱や医者の対応も空《むな》しく、文左衛門の病状の回復はならず、ついに彼は帰らぬ人となった。

かよは高木の家におけるただ一人の心の支え、生き甲斐を失い、それは彼女の役割が終わった一つの転機でもあった。彼女の心の中にただ一人の味方を失った一抹の寂しさはあったが、同時に静かな決意が生まれたことも確かだった。そのかよに突然、思いもよらぬ理不尽な驕慢の嵐が襲った。

まるで文左衛門の死を待っていたかのようにいせと文之丞の奇怪な、かよに対する非難攻撃が始まったのだ。

二人はかよを呼び出して言った。文左衛門の死はかよの手落ちだといきなり罵《ののし》り始めたのだ。まずは姑のいせ。

「やはり、百姓の出の嫁は用が足りませぬ。このような仕儀になるとは情けない限りでございます」と。

夫文左衛門の病を無視し続け、介抱のかの字の手助けもしなかった妻のこれが言葉だった。とくに「百姓の出の娘」という一語に、かよを息子の嫁にした文左衛門への積年の恨みや憎しみが凝縮していた。女の執念のような恨みはおぞましい。

しかしかよは、姑いせの罵倒をいつものことと黙って俯《うつむ》いて聞き流した。

すると今度は母親の尻馬に乗ったマザコン息子の文之丞までが、虎の威を借りたかのようにかよに吠《ほ》えた。

「去れ！　お前のようなおなごは、この家から即刻立ち去れ！」と。

この文之丞の突然の芝居がかった強気で虚勢を張った発言も、異常で奇怪である。しかし、かよはたじろがなかった。驕慢な人間は自分にやましいところがあると、それを隠すために余計、威丈高《いたけだか》になる。この時の文之丞の発言がその典型であった。

かよは、彼のその威丈高な言葉の裏に秘められている、この男のかねてよりの狡猾な打算と奸計《かんけい》を、実は察知していた。

そしてそれこそが、先の表題に掲げた「高木の家に秘められていた驕慢の闇」の核心だった。

文之丞は一年ほど前から、彼の姉の友達の女性（夫に先立たれた）とひそかに交際していた。かよを離縁したあと、その後釜にその女性を妻に迎える算段をしていたのだ。

だが父親の文左衛門が生きている間は、その世話のためにかよを手放せない。しかし、文左衛門が死んだ今、文之丞は大手を振ってその女性を妻に迎えることができる。それが先のかよへの強気の罵倒「お前のようなおなごは、この家から即刻立ち去れ！」であった。

ちなみに言えば、作品ははっきり書かないが、私はこの文之丞の奸策の首謀者は母親のいせだったと推測する。女に好かれる甲斐性などまるでないこのマザコン息子に、新しい嫁を見つける才覚や力量などあろうはずがない。武家の出の嫁にこだわるいせが、嫁に行った彼女の娘達の家に足繁《しげ》く出かけて、彼女達に弟の新しい嫁の物色を頼んでいた節がある。

いずれにしても、いせや文之丞にとって、文左衛門亡き後のかよの追放（離縁）は、予定の行動だった。そう考えると、先の二人のかよに対する罵倒の発言も、実はかよ追放劇の始まりだった、と言えなくもない。

〈かよは、高木の家を出て新しい人生に出発する決断を固めた〉

いよいよ物語は最後、かよとおふくの別れのエピソードとなる。

文左衛門の通夜や葬儀も終わり、初七日を迎えた日。かよは台所で洗い物をしていたおふくに、

「色々お世話になりました。あなたはきまり屋さんにお戻り下さい」と別れの挨拶を言った。そして自分の今後についてもおふくに正直に話した。

「わたし、この家をお暇《いとま》して、津軽に戻ろうと思っているのです。国の母も年なので、兄が以前から度々、帰って来いと手紙を寄こしておりましたもので」

おふくは驚いて色々訊いたが、かよの決断や覚悟は固く、また高木の家との話もついているらしかった。かよは言った。

「旦那様から三行半《みくだりはん》（離縁状）をいただいております」「大奥様から道中の路銀もいただきました」

そして最後に「後始末をつけたら、わたしは津軽へ戻ります」と。

おふくが「後始末って何ですか？」と鋭く聞き咎《とが》めて訊いた。かよが、

「そのう、父上様が使われたお蒲団とか、お部屋の障子の張り替えとか……」と言いかけ

た時、おふくがぴしゃりと言った。

「そんなこと、うっちゃって置いたらいいんですよ」「お人よしにもほどがあります。明日の朝、あたしと一緒にきまり屋に行きましょう。そこでしばらく過ごし、気持ちが落着いた頃に津軽にお帰りになったらいかがです？」

かよは「畑の始末もありますし……」とまだ迷っている。しかしおふくの以下の決めの言葉にやっと愁眉《しゅうび》を開いて頷《うなず》いた。

「この家を出ましょう。若奥様がいらっしゃらなくても、この家は回って行くのですよ。後のことなど気にする必要はありません」

するとかよは、やっと決断がついたらしい。

「明日、夜の明ける前にこの家を出ます」と、ついに言った。

おふくは思わず、かよの手を取った。かよは泣き笑いの表情になり、おふくの身体《からだ》にしがみついた。二人の若い女の心が通じ合った、この作品一番の感動的な抱擁《ほうよう》の一瞬であった。


〈おふくさんのことは死ぬまで忘れねェ〉

作品はこの後、二人の惜別の対話を描いて終わる。

翌日の夜明け前、おふくとかよは手に手を取って、高木の家を出た。急ぎ足で歩いた。かよは安心したのか津軽訛《なま》りで喋《しゃべ》った。

「もう、若奥様でねェもの。吾ァ《わ》（私）は津軽のおなごだあ。これから津軽に戻って田圃《たんぼ》と畑をやるんだ。江戸で夢を見ただけだはんで」

「夢？」とおふくが訊く。

「そうだ。江戸で暮らしたのは夢みてェな話こだったのよ。これから本当の暮らしが始まるのせ」

「ようやく自分を取り戻すことができたのね」

「ああ。おふくさんのお蔭だ」

「あたしは何もしていないよ」

「吾ァに味方してくれた。嬉しかった。心底、嬉しかった。高木の家で暮らしたことを思えば、どんな苦労も乗り越えられる。後始末なんて必要がないと言ってくれたおふくさんに吾ァは感謝している。もう我慢はしねェ。吾ァは一生分の我慢をしたはんで」

「そうね、おかよさんは我慢したものね」

「初めておかよさんと呼んでくれたなや。吾ァ、おふくさんのことは死ぬまで忘れねェ。背中を押してくれたのはおふくさんだはんで」

「そう思ってくれたら、あたしも嬉しいよ」

この時、かよの言った言葉、「おふくさんのことは死ぬまで忘れねェ」が、結局、おふくの聞いたかよの最後の言葉となった。何故なら、この後かよは、当初の約束だったきまり屋には寄らず、日本橋の廻船問屋「弁天屋《べんてんや》」に直行し、お内儀に直接船を頼んで国に帰ると言い出したからだ。

そこにはきまり屋に迷惑をかけたくない、「吾ァのことは知らん振りしてけれ」というかよの気遣いがあった。おふくはその配慮を理解した。

しかし、おふくは実はもっとかよと話がしたかった。出奔して音沙汰のない、かつての夫勇次のことなど相談に乗ってもらいたかった。

けれど、元気に手を振って弁天屋の中に消えて行くかよの最後の姿を見送って、おふくはこれでいいのだと考え直した。かよはこれまでの長く辛かった人生を、今やっと振り切って勇躍して新しい人生に出発する。そんな晴れの門出に、昔の亭主との湿っぽい話などで引き止めるのは失礼だ。ここは気持ちよくかよの将来の幸せを祈って見送ってあげるべきだと、自分に言い聞かせたのだった。

おふくは、かよが津軽の地で元気いっぱいに野良仕事に精を出す姿を想像して、自分もかよのように勇気を持って――かよは自分の産んだ二人の娘を捨てた！　――胸を張って生きて行こうと改めて心に誓うのだった。

以上が若い二人の娘の友情の物語の結末であった。

④『彼岸花《ひがんばな》』（光文社文庫）

〈輪作短編集の中の第四編に一番惹かれた〉

この表題『彼岸花』の一冊にも、例によって独立した別個の短編が六編収録されている（輪作短編集）。その中の第四編のこの『彼岸花』に私は強く感銘を受けた。そのためこの一編のみを代表として紹介したい。

ちなみにこの第四編の表題がこの文庫本を代表する表題として使用されている。恐らく編集者や作者自身の意向や評価もこの第四編が一番高かったと私は推測する。偶然の一致とは言え、この作品を選んだことに私は安堵した。

〈農家の三人の女性（母親と二人の娘）の、凄《すさ》まじい驕慢と確執〉

これこそこの作品が描く、今まで紹介した宇江佐作品になかった斬新で特異《ユニーク》な主題と内容である。従来私は思っていた。人間の持つ驕慢という悪徳は、支配者である武士階級や、威張《いば》りたがる男性に多いものだと。しかしこの作品は、そんな私の偏見や無知を容赦なく吹き飛ばして、私をいたく驚かせた。

何故ならこの作品が描く驕慢な人間の主人公は、武士ではなく――武士の驕慢の物語も一部登場するがあくまで従――、中心は農民（百姓）の、しかも女性であるからだ。つまり農家の女性（庄屋クラスの富農層）の内に秘める驕慢の性《さが》を、作者は赤裸々に描いて見せた。これこそ先にも書いたこの作品の一番のユニークな魅力だと、私は言いたいのだ。

もう一点、私を驚嘆させたのは、女性作家宇江佐氏の、女性達が日頃内に秘めて表に出さぬその心の闇――驕慢やその変形の嫉妬や僻《ひが》み、見栄や意地など――を知悉するその炯《けい》眼《がん》である。この作品で氏が赤裸々に描いて見せる女性同士の、その心の闇をぶつけ合う口論の激しさ（修羅場）の迫力は、まず男性作家には望み得ないこの作品一番の見所である。氏は元々、同性の女性に対して厳しい観察眼の持ち主である、とは私自身感じていた。そういう意味ではこの作品は、氏のその鋭い女性観察力が最高度に発揮された、氏の独壇場とでも呼びたい力作である。

さて前置きはこの程度にして、物語に移る。


〈主人公の長女おえいは実の母親とそりが合わず、好きになれない〉

おえいは、江戸の小梅村《こうめむら》で代々庄屋を務める家の長女として生まれた。奉公人や小作農民を抱える家柄だから、まずは恵まれた裕福な農民（豪農）の部類に属す。今は昔ほどの羽振りはないが、父親の春蔵《はるぞう》が亡くなってからは、気の強い母親のおとくが一家を切り盛りし、おえいはそのおとくと同居して暮らす。

おえいは女きょうだいばかりの長女であったため、婿《むこ》養子を迎えてこの家を継いでいた。婿養子の三保蔵《みほぞう》は働き者で温厚な夫であったため、おえいは彼との間に二人の息子にも恵まれて、今や一家は一見何の不足もない暮らしをしていた。とは言え、不満がない訳ではない。

実はおえいは、実の母親のおとくと、子供の頃から反《そ》りが合わない。「自分の気に入らぬことは一切受けつけない」、そんな母親がおえいははっきり言って嫌いであった。

物語はそのおえいの若かった頃の、母親を恨んだ、辛く哀しい話の回想から始まる。

おえいには、かつて生まれて初めて一緒になりたいと心ときめかせた男性があった。谷《たに》源四郎《げんしろう》という青年で、今は江戸の津軽藩邸で藩儒を務めている。彼は、おえいが慕っただけではなく、実はおえいを初めて妻にしたいと告白してくれた男性でもあった。

しかし、その二人の相思相愛の思いは結局叶わなかった。母親おとくの異常なほどの猛反対にあって、二人は生木を裂くように別れさせられ、以後別々の人生を歩むことになったからだ。尤《もっと》も今となっては、おえいの源四郎に対するかつての焦《こ》がれるような思いはとっくに消え去っている。彼女は今や二人の息子を持つ母親であったし、源四郎も妻帯したらしいと聞いていたから。
問題は、二人の結婚に猛反対した母親おとくの、その理由にあった。彼女は実は、源四郎の母親おとせを異常なほど嫉妬し、憎んでいたのである。

〈おとせの実家、「猿面《さるめん》の家」を嫉妬するおとくの驕慢〉

おとせの実家は村の同じ庄屋でも「猿面の家」と呼ばれていた。その昔、時の将軍が小梅村で鷹狩《たかが》りをした時、祖先が親身に世話をした功績で、能の猿面を与えられたという。以来、その由緒ある家柄が村では「猿面の家」と呼ばれ、一段格上《かくうえ》の響きを持つようになった。おとくはそれが面白くない。とにかく、妬《ねた》ましく悔《くや》しいのだ。ここに早くも、おとくの驕慢の性《さが》が顔を出す。他人の幸運を素直に祝福できず、これを妬《ねた》み僻《ひが》むという驕慢の哀しく醜い裏面だ。
おえいがその事をはっきり知ったのは、先にも書いたが、源四郎との結婚に激怒し猛反対した、その理由であった。おとくは言った。二人の年齢が近過ぎる（当時源四郎は十八歳、おえいは十五歳）とか、あんな貧乏侍の家に嫁いだところで先は見えているとか。ここまでならまだ聞き逃《のが》せた。しかし、「あの女は色じかけで谷の家に入りこんだのだ」と、源四郎の母親おとせを公然と貶《けな》したのだ。おえいは、何を根拠にそんな悪口を言うのかと愕然とした。おえいが母親おとくの人格に疑問と不信を抱いた、これが最初の体験であった。

実はここにもおとくの嫉妬と悔しさがあった。彼女はおとせが武家の家に望まれて輿入《こし》れしたことが羨ましかったのだ。自分にはそんな縁が全くなかったから、それを僻み妬んだ。

さて問題は、おえいにとっておとせは、おえいが子供の頃から一番慕う、大好きで優しい大人の女性、つまり小母さんであったことだ。それだけに母親のおとくが、おとせを根も葉もない中傷で口汚く罵《ののし》ったことが許せなかった。自分達の結婚に反対されたこともショックだったが、それ以上におとくの品性の卑しさに幻滅していた。

そう言えば思い当たることがあった。ここからおえいの回想は、おとくから、おとせ小母さんのそれへと移る。

〈おえいは、子供の頃からおとせ小母さんの優しさに惹かれていた〉

先にも書いたが、おえいの源四郎へのかつての恋い焦《こが》れる思いは今やない。しかし彼の母親おとせへの好感や思慕の思いは、今も変わることなく続いている。その回想である。

おとせは、おえいと同じ小梅村に住む庄屋の娘だったが、望まれて武家の谷家に輿《こし》入れした。そのためおえいが子供の頃、おとせは少年の源四郎を連れてよく帰省した。それは武家の息子の源四郎を一時《いっとき》、田舎でのんびり遊ばせてやりたい母親の配慮だった。小川で魚釣りをしたり、下帯ひとつで水浴びをしたりする源四郎をおえいは見ている。

そんな時、おえいが嬉しかったのは、そのおとせが気さくな人柄で、道で会うといつもおえいに優しく声を掛けてくれたことだ。幾《いく》つになったの、習い事はしているの、家の手伝いをして感心ね、などと褒《ほ》めてくれることもあった。ある時には、源四郎の姉が着ていた着物や帯を進呈されたこともあった。おえいは自分の母親が苦手であるだけに、この優しいおとせに気に入られていると思うと、嬉しく倖《しあわ》せな気持ちになれた。

ここで先に書いたおえいの「思い当たる」話が登場する。それはおえいがおとせの先のせっかくの好意を伝えた時だった。おとせから貰った着物と帯を見せると、おとくは何と言ったか。

「古着をくれておえいを嫁にするつもりか」と口汚く罵《ののし》ったのだ。おとくはさすがにそれらを返すことはしなかったが、それでももち米の五升《ごしょう》も届けるという大層な返礼をして（おとくの見栄である）、かえっておとせを恐縮させた。おえいはせっかくのおとせ小母さんの親切を裏切ったようで、子供心にも恥ずかしく心苦しかった。

今思えば、その時のおえいの恥ずかしかった気持ちも、おえいの結婚におとくが猛反対した理由も根は同じだった。猿面の家のおとせに嫉妬や敵愾心《てきがいしん》を隠さぬ母親おとくの、生来の驕慢の気性のなせる大人げない所業だったのだ。

さて、ここでおえいの回想は終わる。物語ははじめて現実に移る。この現実の物語こそが、先のおえいの回想に輪をかけて凄まじい。何故なら、血は争えないという言葉があるように、おとくの驕慢の性《さが》は二人の娘にもきっちり引き継がれていたからだ。

〈妹おたかの不運な結婚が、一家に厄介をもち込む〉

その日また、おえいの妹のおたかが、いつものように大八車《だいはちぐるま》を引いて、おえいの住む実家に、無心に現れた。おえいはこれが面白くない。大八車の中には大きな籠《かご》が載せられていて、その中には十足ほどの草鞋《わらじ》が入っている。おたかはそれと引き換えに、実家から米や豆、青物（野菜）の類を籠いっぱいに積みこんで持って行く。家計の足しにするのだ。おえいは、母親のおとくも黙認していることだし、それを構わないとは思うが、おたかがそれを当たり前のような顔をしているのには腹が立つ。口にこそ出しては言わないが……。

今日もおたかは、自分に甘い母親のおとくとまず話し込んでいる。話の大半は、おえいの聞き飽《あ》きたおたかの亭主渋井為輔《しぶいためすけ》の愚痴である。ここでおたかの不幸な結婚について一言触れねばならない。

おたかは二十歳を過ぎるまで、これと言った縁談に恵まれず、実は焦っていた。下の妹のおすずがおたかよりひと足先に嫁に行っていたことも一因だった。仲人が旗本の渋井為輔との縁談を持って来た時、おたかはその話に飛び付き、しがみついた。姉としておえいは、仲人の言った後添《のちぞ》え（後妻）というのが気になった。しかしおたかがすっかり乗り気だったので、あえて反対はしなかった。

問題は人を見る目のある父親春蔵の意見を聞けなかったことだ。彼はその時まだ生きていたが、病を得て臥《ふせ》っておりろくに話もできず相談など不可能だった。つまり、女達だけの拙速な判断で話を進めたことが、後々まで祟《たた》り、これがおたかの不幸な結婚の一因となった。

何故なら、相手の男渋井為輔の身持ちの悪さは尋常ではなく、評判のくわせ者であったからだ。為輔は最初の妻に一年程して逃げられていた。彼のすぐ暴力をふるう乱暴な性格に先妻はたまらず渋井の家を飛び出して行ったのだ。この一事が為輔という男の出来の悪さを象徴していた。仲人はもちろん、そんなことは言わなかった。

おたかが渋井の家の異常に気付いたのは、為輔の父親（おたかの舅《しゅうと》）が亡くなって、息子の為輔が後を継いだ頃からだった。父親はよく出来た人で旗本屋敷の用人《ようにん》を務めていた。ところがその父親が亡くなると、とたんに為輔の品行の悪さが目立ちはじめ、ついに彼は家禄を削《けず》られる破目になった。それに不満な為輔は、あろうことか主家を飛び出し、浪人（失業武士）の身に転落した。

この夫の短慮な愚行のため、渋井の家計は一転して火の車となり、その負担のしわよせが一度に妻おたかの双肩にのしかかった。この時からである。おたかが小梅村の実家を頼って、頻繁に無心に現れるようになったのは。

しかし先にも書いたが、姉のおえいは何故かこの妹の無心を快く思わない。それだけではない。妹の不幸な結婚にも何故か同情が薄く、冷たいのである。一方、自分で貧乏くじを引いたおたかはその不運や悔しさを誰にも抗議できず、一人で耐えるしかない。しかし、いいくじを引いた姉への羨ましさや嫉妬は隠せない。だが勝気なおたかは意地でもそれを口にしない。こうして驕慢な姉妹同士の、それぞれの思惑を秘めた確執の暗闇が始まる。

〈おたかの意地と、おえいの正論の対決〉

さておえいは、いつまでもおたかを無視できず、母親と話し合うおたかの話に加わった。この日おたかの用件は、やはりまた金の無心だった。おたかの一人娘おりくの習い事の月謝を母親おとくに無心しているらしい。

それを聞いておえいは早くも呆《あき》れてしまった。家計が火の車なら、一人娘のためとはいえ、手習所や茶の湯、さらには琴の稽古などに金を遣《つか》っている場合ではないだろう、とおえいは思う。おえいの得意な正論である。

それに月謝と言えば、おえいにはかつて苦い記憶があった。自分の息子の嘉助《かすけ》が夜だけ近所の塾に通って勉強したいと言い出した時、おとくは百姓に学問はいらないと、にべもなく反対し、びた一文出してくれなかったのだ。

幸いその時は、夫の三保蔵が瓦焼《かわらや》きの仕事を増やして嘉助の月謝を工面してくれたので助かったが。ちなみに婿養子の三保蔵は、もともと瓦職人だった。普段は田圃《たんぼ》や畑の世話をしているが、農閑期には昔の親方の所に出向き、仕事をさせて貰っている。その際、三保蔵の稼ぐものは、おえいの家の貴重な現金収入となっていて（実はおえいのへそくり）、おえいは感謝していた。

さて、おえいは注目した。自分の息子には払ってくれなかった月謝を、おたかの娘おりくには払ってやるのかと。ところが思いもしないとばっちりがおえいにかかって来た。

「三保蔵さんに、もう少し瓦焼きで稼いで貰えないかね」と、おとくが言ったのだ。おえいは呆れてすかさず口を返した。

「おっ母さん、冗談言わないで。おりくちゃんの習い事の月謝を、どうしてうちの人が工面しなけりゃならないの？　馬鹿も休み休み言ってよ」

「三保蔵は、わしの家の婿《むこ》だ。婿が姑《しゅうとめ》の言うことを聞くのは当たり前だろうが」

「それとこれとは別よ」。おえいの声が尖《とが》った。その剣幕の強さに、おとくはそれ以上無理は言わず、貯《た》めていた金の中から、幾らか融通すると渋々言った。おとくが金を取りにその場から去ると、おたかが「ごめんね、姉《あね》さま。いやな思いをさせて」と、殊勝に謝った。おえいも、嘉助の一件を話して、「あたしもつい、きついことを言った」と弁解した。

ここで一言、余談を挟ませていただく。先の妹の娘おりくの月謝の件で、姉のおえいは突如気色ばみ激昂《げきこう》した。私はここにおえいの異常、つまり驕慢の性を見たと思った。おえいは先の回想でも明らかなように母親おとくの驕慢の癖《へき》を激しく憎み、軽蔑した。しかし、今彼女がおとくに言い返した「冗談言わないで」、「馬鹿も休み休み言ってよ」などの辛辣な言葉は、おとくが日頃口にする驕慢の悪態とさほど変わらないと私には映る。何故なら、おえいが母親を嫌うのは仕方がないとしても、こういう口の利き方は、これが実の娘の母親に取る態度かと、私は疑問に思うからだ。さらに、おえいのこの母親への激昂は、彼女が妹のおたかや、おたかの娘おりくに対しても姉としてあるいは伯母として少しも愛情を持っていないことを告白している。おえいは姉として妹の娘おりく（姪っ子である）が可愛くないのであろうか。おえいは母親に劣らず驕慢で、性悪《しょうわる》な女ではないかと、私は思った。それでは妹のおたかは？　実は彼女も姉に劣らぬ驕慢な女であったことが、以下のエピソードで判明する。

〈姉の親切な提案に、妹は煮え湯を飲ませるような逆襲に出た〉

この作品の最初の見所、クライマックスに来た。話は先のおたかの「ごめんね、姉さま。いやな思いをさせて」に戻る。

この後おたかは、姉を怒らせたバツの悪さを取り繕《つくろ》うように、おえいの夫三保蔵を褒《ほ》める追従《ついしょう》を言った。「わかっているよ。義兄《にい》さん（三保蔵）は嘉助のためにがんばったんだ。義兄さんはいい亭主だよ。姉《あね》さまが本当に羨ましい。それに比べてうちの旦那様と来たら何もできないくせにいばってばかり。二言目にはこのどん百姓って馬鹿にするの。そのどん百姓の実家から米や青物を恵んで貰っているのを忘れているんだよ。勝手な人さ。いっそおりくを連れて離縁したいほどさ」。

離縁⁉　おたかが初めて口にしたその言葉を、おえいは思わず真《ま》に受けた。いい折だと、日頃姉として考えていた妹を思いやる提案を、この時はじめて口にした。

「ねえ、おたか。幾らお武家さんでも食べられないのじゃ、どうしようもない。その気があるのなら、こっちに戻ってきたら？　小作の卯平《うへい》さんが残していった家があるよ。少し手直ししたら母娘《おやこ》二人なら十分暮らせると思うのだけど」。数年前に死んだ卯平の家は、今は空き家で納屋代わりに使っているだけだ。

しかし、おたかはにべもなく断った。

「悪いけど姉さま。そんな気持ちはないから」と。それだけならおえいも驚かなかった。

ところが、おたかはさらに言ったのだ。「姉さまが卯平の家に住むというなら、考えてもいいけどさ。そんなこと不承知でしょう?　あたしはこの家が大好きだけど」。おたかがついに秘めていた本音をむき出しにした一瞬だった。おえい、言葉を失って呆然とした。

何とこの妹は、後を継いだ私を追い出して、自分がその後釜《あとがま》にすわるという、とんでもない野望を平然と口にしたのだ。おえいは、この妹が内に秘める嫉妬と恨みの深さをはじめて知って、ぞっとした。この妹は自分が焦って貧乏くじを引いたその結婚相手の失敗の悔《くや》しさや恨みを、あろうことか姉のあたしに向けて晴らそうとしている。まるであたしがいいくじを引いた果報者のように勘違いして、妬《ねた》み僻《ひが》んでいる。あたしが源四郎さんとの結婚を泣く泣くの思いで断念して、親の決めた婿養子を取ってこの家の後継ぎにさせられた、その他人《ひと》に言えない苦渋の思いなど、まるで理解していない。きょうだいとは所詮この程度のものか。しかしおえいは、姉の分別でそこまでは口に出さず、精一杯の皮肉でおたかに応えた。

「そうね、いっそ、おたかがこの家を継げばよかったのよ。そうしたらあたしも身軽になれたのに。でも、もう遅いよね」

おえいは、これ以上おたかの相手をする気になれず、立ち上がってその場を去ろうとした。

ところがまだ帰る気配を見せぬおたかが、先程の姉への驕慢な言い草などけろりと忘れて、またぬけぬけと図々しい注文を口にした。
「姉さま。昔、猿面の小母さんから貰った着物と帯、貰えないかな。おりくに着せたいのよ」。おえいはまた腹が立った。娘の月謝を自分に甘いおとくにねだる。離縁したいなどと心にもない嘘を平然とつく。あげくの果てに、今度はおえいの大好きだったおとせ小母さん（源四郎の母）が、あたしのためにくれた思い出深い品までむしり取って行く。強欲な女め！　するとまた母親のおとくが、おたかに味方して言ったではないか。
「おえい、おりくに上げなさい。おりくも着たきり雀《すずめ》じゃ可哀想だから」と。おえいは呆れて、もはや抗《あらが》う気力は失せていた。黙って自分の部屋の簞笥《たんす》からそれらを取り出すと、風呂敷に包んでおたかに渡してやった。おたかは満面に笑みを見せ「ありがと、姉さま」と、一応は礼を言った。おえいは聞いていない。お前の顔など金輪際見たくない！　早く帰れ！　これがこの時のおえいの口に出しては言えぬ本音だったのではないか、と私は推測した。

〈おとせが病のため実家に戻って来た……早速見舞に飛んで行くおえい〉

さて作者はここで巧みに話題を変える。驕慢な三人の女が演じる先の暗闘（いさかい）の物語はさすがに迫力がある。がこんな重苦しい陰湿な物語は、おえいならずとも読者も疲れる。賢明な作者はその点を心得て、話題を転ずる。おえい一家を離れて話はおとせ一家に移る。

母親のおとくが、近所の茶飲み話で聞いたおとせ（源四郎の母）の異変を、おえいに告げた。「猿面の家におとせさんが戻っているようだ。子袋（子宮）に腫《は》れ物ができて、実家で養生する気になったらしい」。

おとくの物言いには、例によって同情と言うより猿面の不幸を喜ぶ毒がある。おえいは気にせず、早速手土産の卵を持って、猿面の家に飛ぶように見舞いに行った。おとせ小母さんは先にも書いたが、おえいが子供の頃から、こんな女性《ひと》が自分の母親だったらいいのにと憧れ続けた、心優しい小母さんだった。

玄関で訪《おとな》いを入れると、源四郎の姉の澄江《すみえ》が、「まあ、おえいちゃん」と、明るい声で懐かしそうに出て来た。この女性《ひと》もおとせ同様、驕慢とは無縁の心優しい人で、しかもしっかりと芯《しん》を持った、おえいの好きな女性だった。

その澄江が手短《てみじか》に話した所によると、彼女は婚家の「旦那様」の許しを得て、「母上をしばらく看病すること」にしたらしい。澄江が傍にいなければならぬとは、おとせの病状は決して芳《かんば》しくはないのだと、おえいは察知した。

おえいが土産の品を渡すと、「わざわざお見舞に来て下さったの？　ありがとう」と素直に喜んで、早速、奥の部屋へ促した。

おとせは確かに病人らしく憔悴《しょうすい》していた。それでもおえいの訪問をことのほか喜んでくれた。「おえいちゃんは優しいねえ。源四郎の嫁とは大違いですよ」と早速愚痴を言った。茶を運んで来た澄江が「また、そんなことを言って」と、母親を窘《たしな》めた。

おえいはふと思い出した。源四郎は、おえいが三保蔵と祝言を挙げた三年後に、珠代《たまよ》という女性を娶《めと》っていたはずだ。とすれば、他家に嫁いだ澄江が実家の母親に付き添い面倒を見る義務はない。そういうことに敏感なおえいは訊かずにはいられない。「珠代さんは小母さんの看病ができないのですか?」と。

澄江が言い難《にく》そうに言葉を濁して応えた。珠代はおとせの看病を十日ばかりしたが、疲れが出て倒れ、今は実家に戻っていると言う。おとせは、あれは仮病だと手厳しく言ったが。

おえいは瞬時に見抜いた。源四郎夫婦のおとせへの情愛の薄さが、他家に嫁いで今や谷家の人間でない澄江一人に看病の負担を強いている。するとおえいの心に突如むくむくと、一種の義侠心のような決断が生まれた。

澄江さんには婚家の義務があり、いつまでも小母さんに付き添ってはいられない。ならば近所のあたしが代わって度々《たび》お見舞いに来てあげよう。おえいがこの作品ではじめて見せた他人《ひと》を思いやる優しい親切心だった。

おえいはその気持ちをおとせに約束して、猿面の家を辞した。「きっと来ておくれね」

と念を押すおとせの姿が哀れで、おえいの決心はいよいよ固まった。こうして以後、三日に一度はおとせを見舞う、おえいの新しい日課が始まった。それは、おとせに理想の母親像を見出したおえいの、実の母親おとくでは叶えられなかった親孝行のまねごと、償いでもあった。

〈妹おたかの、想像を絶する惨状を、澄江が心配しておえいに告げた〉

おえいがいつものように猿面の家におとせを見舞ったその日、久し振りに澄江がいた。澄江は留守中に「いつも母上を慰めて下さった」おえいに、律儀に丁寧に礼を言った。この時、おえいの口にした本音が興味深い。「いいえ、小母さんの顔を見ていると、あたしもほっとするので」と、おえいは正直に笑顔で応えた。この澄江にはなぜかおえいは身構えることなく素直に本音が言える。妹のおたかや母親のおとくにはそれが出来ない。不思議だった。

ここで先走った余談を挟む。実はこの澄江の存在が、後におえいの驕慢を改悛に向かわせるきっかけの一つとなる。その伏線がここから始まっているのである。

さて、その澄江が親切心からおえいに明かした、おたかの身辺の異常事態こそがこの日の会話のすべてだった。澄江が、おたかの家（渋井家）の近くに住む友人から聞いた惨状や窮状とは？　要約すると以下の二点となる。

一、渋井為輔とおたかの夫婦喧嘩は毎日らしい。それも為輔がおたかを一方的に殴る、蹴るという卑劣な暴力のため、おたかは血相を変えて、裸足《はだし》で家から逃げ出す場面がしばしばらしい。この惨状を近所の住人（澄江の友人）が目撃して心配のあまり、澄江との話の中でつい洩《も》らしたらしい。喧嘩の原因は為輔の失業による家計の逼迫《ひっぱく》だが、彼はそれだけでなく家の中の片づけが出来ていないという口実でおたかを激しく罵《のの》り、挙句の果てに暴力に及ぶらしい。しかし渋井の家では今や女中や下男に暇を出したため、家事を手伝うものは一人もいず、すべておたか一人の負担となっていた。何の事はない、おたかは今や失職した男の八つ当たりの暴力と、奴隷のような酷使、虐待に必死に耐えているのだ。彼女は逃げて行った先妻のようになぜこんな男と別れないのか。そこには後に明らかになる彼女の意地があった。

二、澄江が声を潜めて次に明かしたのはおたかの窮状である。おたかは路上に筵《むしろ》を敷いて、青物や干し柿を売っていると言う。おえいは一瞬、耳を疑った。妹は実家から持って行ったものを、何と金に換えていたのだ。そこまで渋井の家計が窮迫していたとは。おえいはショックで二の句が継げない。

澄江は最後に、差し出がましいがと断った上でついに言った。「おえいちゃん、お母さんと相談して、おたかちゃんを実家に戻してはどう？　このままではおたかちゃん、倒れてしまうかも知れませんよ」。

そう、それこそが世間の常識、分別というものであろう、とおえいは理解できる。しかし、その話（離縁して実家に戻る）は、おたかには通用しないのだ。おえいは忘れていない。おえいが家を出るなら考えてもいいと、まるで煮《に》え湯を飲まされるような侮辱《ぶじょく》を受けたことを。そんな一家の恥は、とても澄江には明かせない。おえいはひとまず、澄江の親切な忠告に感謝の礼を言って、猿面の家を辞した。しかしその足取りは重く心の中は暗澹《あんたん》としていた。澄江の忠告を生かせる可能性はまず考えられなかったからだ。

〈澄江の忠告を平然と無視する母親おとくの薄情〉

案の定、母親のおとくは、おえいが澄江から聞いたおたかの惨状を話しても、顔色ひとつ変えず冷然と無視して言った。

「そんなことは、とっくにわかっていたよ。おたかは渋井の家の人間になったんだ。今さらおめおめと実家に戻れるものかいな。金が足りないのなら、亭主がさっさと勤め口を見つけることだ」

日頃おたかに甘いおとくが、この時は珍しく一刀両断に切り捨て、おえいの話を打ち切ってしまった。おえいは余りのおとくの冷淡、非情に怒りすら感じた。そこには澄江の感化による妹への不憫《ふびん》な思いがあったからだ。

しかし問題はそのおえいにもあった。母親の冷酷に憤《いきどお》りを感じたというそのおえい自身、結局、おたかに救いの手を差しのべる努力は何ひとつしなかったからだ。その点ではおえいもおとくと同様、同じ穴の狢《むじな》と言えた。

いや、おえいの方が実はおとくより残忍で罪深かったと言えるかも知れない。それを暴露する、この作品一番の修羅場が登場する。

〈へそくりも出さぬおえいのどケチぶり……姉の薄情に妹は絶望し切れた〉

年が明けたその年の二月、母親のおとくは村の親しい女達と川崎大師《かわさきだいし》へお参りに出かけた。向こうに三日ほど泊まってくる予定だ。そのおとくの留守中、妹のおたかがまた小梅村の実家に現れた。おえいはおたかを見てギョッとした。前歯がすっかり抜け落ち、そのやつれようは異常で度肝を抜かれた。これが澄江から聞いた夫渋井為輔の暴力をふるう虐待の痕跡《こんせき》かと、胸を衝《つ》かれ同情した。

しかし、おとくの不在を知ったおたかが、その用向きの話をおえいに向けて来た時、おえいの顔色はこわばり、同情は一遍《いっぺん》に消えた。ここからこの作品がはじめて明かす、おえいの驕慢の正体――吝嗇《りんしょく》（けち）――が現れる。

おたかは上目遣いでおえいに切り出した。「姉《あね》さま、少しお金の工面をお願いできないかな」。そら来たとおえいは身構え、「困ったね。おっ母さんがいないから、あたしはどうすることもできないよ」と無難に断った。

するとおたかが「おりくのおさらい会に、ちょっとお金がいるの。姉さま、後生だ。何とかして」と悲痛な声で訴えた。おえいは、おさらい会と聞いて、とたんにまたむっと腹が立った。そんなことより食べる方が先だろう、まだそんな寝言を言ってるのか。日頃からおえいが思っている得意の「正論」である。しかしこの時はたまらずついにそれを口に出して、相手を窘《たしな》めにかかった。

「おたか。おりくちゃんは、よそ様のお嬢様とは違うのだよ。家が大変なことを話して了簡《りょうけん》させなければだめよ」

この正論が火に油、おたかを激昂《げきこう》させた。

「そんなことは大きなお世話でございます。それでなくても、おりくの母親は百姓上がりだと陰口を叩かれているんだ。あたしは人並みなことをおりくにしてやりたいだけ。あたしはどうなってもいいの。おりくさえ一人前にしたら、他に望みはないのよ」

ここへ来ておたかはついに、自分の生きる目的、生き甲斐のすべてを告白した。結婚に失敗し、実家に迷惑をかけ続ける自分の不面目や負い目を回復する道は、おたかにとって、一人娘のおりくを武家の娘として一人前に育て、嫁に出すこと、これしかなかったのである。それは不遇な結婚に耐えるおたかの、この世を生き抜くための執念のような悲願であり意地であった。しかし、安穏な暮らしに甘んじるおえいにはその妹の悲愴な願いは理解できない。

それでもおたかは諦めない。必死のおたかはついに、なり振り構わず姉のへそくりを衝《つ》いて来た。「義兄《にい》さん（三保蔵）は瓦焼場で内職をしているんでしょ?」と。それを一時的にでも立て替えてよと、おたかは最後の哀願をした。ところがおえいは、へそくりは認めたが、ここでも信じられぬ奇怪な言い訳をしておたかの願いをつっぱねた。

「おっ母さんのことだ。お前が勝手にしたことだから知らないよって、そっぽを向かれるのが落ちなのよ」。おたかは呆《あき》れてしまった。

何と妹を助けるために立て替えた金を、母親が返してくれなかったら自分は損をするからいやだと言ったのだ。母親への日頃の嫌悪や不信を口実にして、目の前の妹の苦境を平然と無視する。これが血を分けた姉の、妹に取る態度であろうか。おたかならずとも呆れるおえいの異常である。おたかは今改めてこの姉の正体を知った。日頃、尤もらしい屁理屈で自分を説教し非難するこの女は、実は金に吝《しわ》い、自分が損をしたくないだけのどケチ、守銭奴《しゅせんど》にすぎないのだ。

おたかはついに切れた。屋敷中の奉公人にも聞こえる甲高《かん》い声で、その不満や怒りをわめきだした。それは妹の、姉への訣別の宣言、絶叫のように響《ひび》いた。

「そう、そうなの。あたしがこんなに頼んでいるのに姉《あね》さまは聞いてくれないのね。きょうだいは他人の始まりと言うけれど、本当にそうだね。おっ母さんが死ねば、この家は姉さまの物になる。姉さまは何んの苦労もなく、この家と田圃《たんぼ》を手にする。あたしが今まで姉さまにお金の工面を頼んだことが一度でもあったかえ。あたしだって、こんなこと言いたくないよ。おっ母さんにも心配掛けたくない。だけど、仕方がないんだよ。あたしにどうしろと言うのさ！」

するとおえいは自分の不実や薄情は忘れて、周囲への外聞だけを気にして言った。

「おたか。皆んなが（屋敷の中の女衆《おなごし》）聞いているから、ここはおとなしく帰ってちょうだい。話はまた（おっ母さんが帰って来た）後でね」と。おたかがムッとして言い返す。

「帰れですって？　まだ自分の家になった訳でもないのに偉そうに」。おたかはやぶれかぶれの態《てい》で、おえいを睨《にら》んだ。しかし、おえいはそれ以上話をする気になれず、裏庭の用事に立ち去った。しばらくするとがらがらと大八車の音がした。おたかはようやく諦めて帰って行ったようだ。おえいは、やるせないため息をついた、と作品は記す。

以上がおえいとおたか姉妹の激しい口論の全容であった。女同士の驕慢の性《さが》の対決は、この作品一番の見所、迫力満点であった。

〈おたかは、その後一度だけおえいに意地を見せて、しかし帰らぬ人となった〉

猿面の娘澄江が真剣に危惧《きぐ》したように、おたかは渋井為輔の暴力と酷使の虐待に耐えられず、やがて力尽きて倒れた。その非業の死については後に触れる。ここではそのおたかが生前、最後に見せた意地と満足のエピソードについて触れる。彼女の名誉と供養のため。

口喧嘩して別れたおたかが、再びおえいの家へ現れたのは、その年の梅雨が明け、小梅村がいやというほどの暑さになった時だった。

暑い中を歩いて来たおたかは、家に着くなり、台所の座敷に横になり、荒い息をして苦しそうだった。おえいは「何もこんな暑い日に出かけて来なくても」と言って、おたかの額に濡《ぬ》れた手拭いを置いてやった。

実は、おえいは気付いていなかったが、おたかの身体《からだ》はこの時満身創痍《そうい》で疲弊の極にあった。それでも無理をして、死力を尽くしてやって来たのは、彼女に格別の朗報があったからだ。

おたかは、おえいに開口一番言った。

「旦那様の仕官が叶ったんで、それを知らせようと思ってさ。これでようやく、あたしもひと息つけるよ」

「まあ、それはおめでとう。それでどちらのお屋敷に?」。おえいの声も弾んだ。

「ご近所の旗本屋敷だよ。そこのご用人様がお舅《しゅうと》様の知り合いだったのさ。旦那様というより、あたしに同情して仕官の口をお世話してくれたのかも知れない。あたしがなりふり構わず大八を引いて草鞋《わらじ》を売り歩いているのを見ていたんだよ」

「そう。でも、これでおたかの苦労も報われたのね。おたかは本当にがんばったから」

「そう思ってくれる?」

「もちろん」

「ありがと、姉さま」

おたかはそう言って眼を閉じ、それから一刻《いっとき》（約二時間）ほど眠った。この時の長い睡眠と安らかな寝顔が、おたかのこれまでの苦労（疲労困憊《こんぱい》）と、満足（苦境脱出の喜び）を象徴していると、私は思った。

目覚めたおたかは「身体が楽になった」と笑った。また山ほどの青物を積んだ大八車を引き、おたかはおえいに手を振って帰って行った。

以前に口喧嘩したことも、どうやら忘れてくれたらしい。久し振りにおたかの明るい顔を見て、おえいは心底安堵した、と作品は記す。

だが、おえいにとって、それがおたかを見た最後になってしまった。

さて、私は一言感想を挟まずにはいられない。それはおたかが万事に頭の上がらぬ姉おえいに生涯でただ一度見せた健気な意地、意趣返しについてである。先のおえいの言葉、「これでおたかの苦労も報われたのね」。この一言こそ、おたかがおえいに言って貰いたかった、いや意地悪く言えば、言わせたかった一語ではなかったか。不幸な結婚をしたおたかは、積年のおえいや実家への負い目や屈辱を、一人娘おりくを武家の娘として恥ずかしくないよう育てることで晴らそうとした。その意地の悲願が今、自分のなりふり構わぬ捨て身の努力で夫の再仕官を呼び、実現できる目鼻がついた。おたかはこれで自分もやっと世間に顔向けできる一人前の女性としての誇り、面目を回復したと満足したのではなかったか。

それはまた、驕慢な姉に一矢《いっし》報いようとした不運な妹の精一杯の闘いの成果のようにも思え、私はおたかの意地や驕慢を立派だったと見直した。それにしてもその代償は余りにも大きかった。

〈おたかの無惨な遺体に対面するおえい……姉が初めて見せる改悛の情〉

おたかが夫為輔の吉報を知らせに来た、その夏の終わり頃。今度は深夜に、おたかが倒れたという凶報がおえいの屋敷に届いた。

おえいと三保蔵は夜中にも拘らず、慌てて身仕度を整えて緑町にある渋井の家に向かって急いだ。長い道程《みちのり》で、おたかがこんな長い道を大八車を引いて行き来《ゆき》していたのかと、二人は改めておたかの苦労と我慢強さに胸が塞《ふさ》がる思いがした。

しかし、間に合わなかった。渋井の家に着いた時、蒲団に寝ているおたかの顔には白い布が被《かぶ》せられていた。「どうしてこんなことに」。おえいは、おたかの遺体の枕許に座っていた為輔に詰《なじ》るように訊いた。為輔の返事はすべて常識を欠いた、間の抜けたものばかりで、おえいは苛立った。

「この暑さなのに、おたかは寒い寒いと震《ふる》えておった。腹でも下した様子で、厠《かわや》を汚《よご》した。儂《わし》は掃除しろと叱ったのだ」

夏のさなかに寒いと訴えるのが、すでに尋常《じんじょう》ではない。そんなおたかに厠の掃除をさせたのか。おえいは激しい怒りが込み上げた。この狂暴と暗愚だけの男は、おたかのことをまるで人間扱いしていない。不憫な結婚をさせた妹に、おえいはさすがに涙が止まらない。

すると傍にいた一人娘のおりくが、父親の為輔に抗議するように異を唱えた。「母上はお腹を下したのではないのよ。血を流していたのよ」と。おえいは、とっさに猿面のおとせと同じ子袋（子宮）の病ではないかと思った。

おたかはそんなことは、おくびにも出さなかった。裾《すそ》から出血していることを恥と思っていたのだろうか。いや、おたかは自分の体の異状を知っていた、見て見ぬふりをしていたのだ。医者へ行けば薬料が掛かる。そんな金があったら他へ回したいと思っていたはずだ。すると、また為輔が間抜けを言った。

「座敷も廊下も血だらけでの、おりくに手伝わせて、さきほどようやく始末致した。いや、大変だった」と。この男は妻の死んだことより、家の中の汚れを気にしている。こんな男に妹を嫁がせた自分の不明がまたまた恥ずかしい。

おえいは、そっと白い布を引き上げ、おたかと最後の対面をした。その顔はむくみ、灰色だった。閉じた両眼から血の涙を流していた。この大量出血の痕跡《こんせき》こそ、おたかが苦しみ抜いて悶死した何よりの証拠ではないか。おたかは渋井の家の暴力と貧困の犠牲にされたのだ。おえいはその不憫に改めて胸を衝《つ》かれた。

そしてこの時初めて、先日の自分の薄情、冷酷が思い出され激しく悔いた。おたかが一生に一度の最後のお願いと言って、おえいに必死に金の援助を縋《すが》った時、自分は幾《いく》らかでも融通してやればよかった。おたかが言ったように、夫三保蔵が瓦職人として稼いで来た金を自分はヘソクリしていた。あの金を出してやればよかった。つかの間でもおたかは喜んでくれたはずだ。考えてみればその時だけではなかった。おたかが夫為輔の暴力に前歯をすっかり失う非道な仕打ちを受けながらじっと耐えているのに、自分はついに最後まで何ひとつ救いの手を差しのべてやらなかった。何という薄情な、何という酷《むご》い姉であったことか。おたか許して……。おえいはこの時はじめて、おたかに手を付いて詫《わ》びた。そしてはじめて声を殺して泣き伏した。

　このように作品は、妹おたかを死なせてしまったおえいの慚愧《ざんき》の思いを縷《る》々と綴《つづ》る。それはこのような悲劇に直面したら、おえいならずとも誰もが体験する自然の思いであろう。しかし私は一抹の疑惑を感じずにはいられなかった。話がお涙頂戴式にうまく出来すぎていて、あのおえいが本当に心の底から自分の冷酷な驕慢の欠点を恥じ改悛したのかと。おたかの死のショックがもたらした一時的な感傷による涙と謝罪の言葉に過ぎないのではないかと。
　しかし作者は作品の最後に、以下のエピソードを付記して、おえいの今後の更正を暗示する。私はそこに一縷《いちる》の希望を見出した。

〈猿面のおとせも亡くなった……娘の澄江におえいは初めて心の友を見出す〉

　この作品の最後を締めくくるエピソードとなった。おえいの大好きだったおとせ小母さんが亡くなったのは、おたかを失ってまだその哀しみの抜け切らぬ翌月のことだった。それでもおえいはその弱り切った心に鞭打って、おとせ小母さんの葬儀には出席した。
　注目は、おえいが十五の時に離別させられたかつての婚約者谷源四郎が、初めて妻子を連れて小梅村に現れたことだった。しかし彼の態度はすべてにおいておえいを失望、幻滅させた。

まず彼は、おとせの亡骸《なきがら》を見ても涙ひとつ見せず淡々としていた。それは妻の珠代《たまよ》も同じで、彼らの三人の娘だけが「お祖母《ばば》さま」と洟《はな》を啜《すす》って縋《すが》りついていた。一番盛大に泣いていたのは、一人でおとせの最期を看取《み》った澄江ただ一人であった。澄江は、それまで黙ってただ一人でおとせの看病をして来た不満を、この時、弟やその嫁に爆発させた。その中で彼女は、これまでのおえいのおとせへの心尽くしの看病の恩儀を、弟夫婦に明かすことも忘れなかった。澄江のこの配慮がおえいには嬉しい。

これを聞いた源四郎が慌てて、「おえいさん。今まで、いかいお世話になり申した」と堅苦しく礼を言った。おえいは澄江の気持ちを察して言った。「小母さんは寂しかったのですよ。お姉さんがお世話をしていましたが、やはり小母さんは源四郎さんを待っていたと思いますよ」。

「申し訳ござらん。それがし、母上のことは気になっておったのですが、何しろお務めが忙しかったもので……」

源四郎の見苦しい言い訳に、澄江はさらに容赦なく弟を詰《なじ》った。「おえいちゃんは妹を亡くしたばかりなのよ。それでも度々、母上を見舞ってくれたのよ。あなたはおえいちゃんの妹が亡くなったというのに、お弔《とむら》いにも顔を出さなかったじゃないの。母上は、それを気にしていたのですよ」。

「存じておりましたが、渋井殿とはおつき合いをしておらぬゆえ、お弔いも失礼した次第でござる」。また言い訳だ。その時……。

「薄情者！」、と澄江が弟を鋭く一喝した。

　おえいも同じ思いで、澄江が代弁してくれて、溜飲《りゅういん》が下がる思いがした。しかし、それは口に出さず、澄江を促して部屋の外へ出た。言い訳に終始する源四郎への関心はとっくに失せていたからだ。それより同じ悲しみを抱える女同士で話がしたかったのだ。

　ここからである。澄江の優しい思いやりの心に、思わずおえいの頑《かたく》な心、つまり驕慢の性《さが》がほぐされ解《と》け出したのは。

　外は眩しい陽射しがあふれていた。堀の向こうは畑の緑が拡がっている。畦道に彼岸花が咲いていた。それはおたかが流した血の涙の色に似ていた。

「お姉さん、おたかは小母さんと同じ病だったのですよ」。おえいは彼岸花に眼を向けながら言った。泣いていた澄江は顔を上げた。

「本当なの？」。「ええ？」。

「でも、大八車を引いて、ここまでやって来ていたではありませんか」

「具合が悪いのに無理をしていたんですよ。それに気づいてやれなくて、あたしは悪い姉でした」。おえいが他人にはじめて口にする素直な懺悔《ざんげ》の言葉であった。すると澄江が、おえいの心の中を察して思いもせぬことを口にした。

「母上はおえいちゃんに、源四郎と一緒になりたかっただろうと訊いていたけど、そうならなくてよかったと思う。三保蔵さんの方がよほど情け深い人よ。おたかちゃんのお弔いには、三保蔵さんはさぞ泣いていたでしょうね」。「ええ。可哀想だと泣いてくれました」。「そうよ、それが人というものよ」。

実はこの時、おえいの心の中に天にも昇る大きな感激と歓《よろこ》びが広がっていた、と私は推測する。澄江が何気なく言った「自分の弟と一緒にならなくてよかったと思う」と、弟の源四郎を容赦なく貶《おとし》めて言ってくれた一言だった。おえいの心の中に長い間わだかまっていた積年の心の中の葛藤を、澄江は一度に見抜き一掃してくれたのだ。自分の中に結婚できなかった源四郎への未練とは言わないまでも確かに屈託はあった。また結婚に猛反対した母親おとくの驕慢への恨みもあった。ところが澄江の先の一言はそれらをすうっと消し去ってしまう快感があった。この人（澄江）にはそこまで他人《ひと》を思いやる心の優しさがある。

するとその感激におえいも心が軽くなって、今まで誰にも口に出して言えなかった他人を思いやる優しい言葉が、すうっと自然に出た。

「お姉さんは小母さんの看病を最後までなさってご立派でしたよ。小母さんも満足されていると思いますよ」

ここに私は、驕慢な女おえいの改心の兆《きざ》しを見たと思った。つまりおえいは澄江の自分を思いやってくれる優しさに触れて、初めて自分も他人を思いやる優しさに目覚めたのである。この女性《ひと》となら本当の友達となれる。これからはこの澄江さんを心の友として生きて行こう、とおえいは心に誓ったのではなかったか。思えばおえいが生涯で出会った心優しい人は、亡くなったおとせ小母さんと、彼女の忘れ形見のこの澄江以外になかった。母親のおとくが毛嫌いした猿面の家の二人の女性が、奇《く》しくもおえいの心を慰めてくれる唯一無二の親友であったことは何とも皮肉であった。

さらに私は想い起こす。かつて冒頭の挨拶（「はじめに」）でも記したことだが、宇江佐文学の描く二つ目の主題である。人間の驕慢を暴《あば》く宇江佐作品は、その一方でその驕慢を戒める人間の優しさや思いやりの心を描く。

おえいと澄江の関係は、まさにその二つ目の主題の象徴だと私は思った。澄江の優しさに導かれて、おえいは驕慢という病の克服、つまり改心に向かう。そう信じて私はこの紹介を終えようと思う。

⑤『十日えびす』――副題「花嵐浮世困話《はなにあらしよのなかこんなもの》」（祥伝社文庫）

〈改心など絶対にしない、型破りの女お熊《くま》の驕慢〉

人間の驕慢を暴《あば》く宇江佐作品の最後に、これまでの作品になかったいささか特異な人間の驕慢について紹介したい。この長編小説『十日えびす』（六話よりなる連作短編集）の主人公の一人お熊がその人である。彼女のその徹底した驕慢ぶりについては、今後の物語紹介の中で紹介する。

それより特筆すべきは、お熊のその驕慢な生き方が、私のこれまでの考え方、大袈裟《おおげさ》に言えば道徳観――「驕慢は人間の悪徳、つまり欠点」――に修正、再考を迫ったことである。

驕慢は必ずしも悪ではない。時によりそれはその人間を守り、支える効用を持つ。美徳とまでは言わないにしても、一種の必要悪としての存在理由はある。そのことを私はお熊の毅然とした生き方から教えられた。その点こそが、この長編作品を取り上げようと思った一番の理由であった。

そのため、この延々三百頁を超える長編の全容の紹介は、小著の紙数制約から考えてもまず不可能であるため断念し、代わってお熊のその異常な驕慢ぶりに絞って、それを紹介の重点に置こうと思う。ご了解を請うところである。

〈お熊が世間から毛嫌いされる理由〉

さて、お熊（年齢不詳、四十がらみ）は、江戸は堀江町《ほりえちょう》の一軒家に病弱の一人息子鶴《つる》太郎《たろう》（二十五歳）と二人で暮らす。

問題はそのお熊が、近所でも評判の嫌われ者、厄介な鼻つまみ者であることだった。お熊は気にいらないことがあると、相手構わず猛然と、居丈高《いたけだか》な暴言や悪態をあびせる。当然、相手の反感を買う。が自分自身は少しも恥じるところがない。

この周囲の人間を平然と見下《みくだ》して怒鳴り散らす彼女の悪癖は、まさに絵に描いたような驕慢の罪、欠点であった。そんな光景は作品の随所に描かれるが、ほんの一例をここで紹介しておく。

その日、お熊の家の前の道を早馬が通った。親猫が避《よ》け切れずに馬の脚に踏まれて、はらわたを出して死んだ。今日でいう車に轢《ひ》かれた猫の死体の話だ。それを二階のもの干し台から見ていたお熊が早速、怒鳴った（第二話『五月闇《さつきやみ》』より）。

「こら、豆腐屋。お前ェ《め》の店の前で親猫がおっ死《ち》んだんだ。お前ェがさっさと始末しな」

「おれに指図するな！」

「何んだとう。そんな生意気な口を利いていいのか。たかが豆腐屋の分際で」

「豆腐屋だからどうした。あんた、何様のつもりだ。おれがあんたに暮らしの面倒を見て貰っている訳でもなし。そんな鬼みてェな面《つら》で怒鳴られる覚えはねェ！」

これがお熊と近所の人々との日常だった。ちなみに言えば、この時お熊に怒鳴られて、激昂《げっこう》して口を返したのは、お熊の家の斜め向かいの豆腐屋の主《あるじ》角助《かくすけ》だった。この後、両者は喧嘩となったが、周囲の人間の取りなしで何とか治まった。その詳細は略すが、このようにお熊の毒舌や暴言は、普段顔を合わす近所の人間にも遠慮や容赦がなく日常茶飯事であった。そのため人々はお熊の剣幕を恐れて表には出さないが、陰で反感や顰蹙《ひんしゅく》を募《つの》らせた。近所の鼻つまみ者とお熊が噂される理由であった。

ところで先の豆腐屋の隣、つまりお熊の向かいの家は先日までずっと空き家《や》のままだった。お熊の容赦のない毒舌や悪態に耐えられず、呆《あき》れて愛想を尽かして逃げ出して行く、つまり引っ越しして行く先住者が後を絶たなかったからだ。ところが……。


〈何も知らない二人の女性（母娘《おやこ》）が、その空き家に引っ越して来た〉

ここからこの長編の物語が始まる。二人の女性とは、この作品の主人公、母親の八重《やえ》（五十歳）と生《な》さぬ仲の娘おみち（十七歳）である。この母娘は近くの富沢町《とみざわちょう》から引っ越して来たのだが、そこにはまた彼女らの他人《ひと》には言えぬ辛く悲しい事情（物語）があった。

実はこの長編の冒頭は、その八重とおみちが住み慣れた富沢町の家を追い出される破目になった、悲しくむごい物語の紹介から始まる。

しかし、それらはお熊の物語とは直接の関係はない。そこで詳細は略し、以下要点のみかいつまんで紹介するに止《とど》めたい。

八重は五年前、錺《かざ》り職人の三右衛門に請《こ》われて後添《のちぞ》え（後妻）に入った。彼の先の妻が、六人の子育て（男三人、女三人）に疲弊して、彼らを残して若死にしたからだ（四十一歳）。

幸い上の五人は所帯を持ったり、独立してそれぞれ家を出ていた。末娘のおみち（当時十一歳）だけが三右衛門と同居していた。おみちはまだまだ母親の欲しい年頃で、父親三右衛門の八重との再婚を喜び、歓迎した。

こうして八重は三右衛門とおみちの三人で暮らす幸せを得た。しかしその幸せは五年しか続かなかった。三右衛門が心の臓の病で先日急死したからだ。

ここから八重の運命が暗転する。それまで家に寄りつかなかった五人の遺児達の、長男芳太郎《よしたろう》夫婦を急先鋒とする、世間によくあるお定まりの継母《ままはは》いじめが始まったからだ。八重とおみちは、長男芳太郎夫婦から、この三右衛門の家を明け渡すことを命じられたのだ。

きょうだいの間で話はついていたらしく、誰も長男に反対しない。

末娘のおみちだけが、この突然で理不尽なきょうだいの仕打ちに猛然と反発し、怒り、抗議した。が、所詮は末娘の悲しさ、年上の兄や姉達の権威には勝てない。

八重はつくづく後添え（継母）のみじめなほどの立場の弱さを思い知らされた。おみち以外に八重の心を思いやる者は一人もいなかったからだ。三右衛門が生きていてくれたらこんなことにはならなかったと、八重は自分の縁の薄さを呪った。

以上が、八重とおみちが富沢町の家を追い出されて、この堀江町のお熊の向かいに引っ越して来た、他人には言えぬ辛く悲しい事情であった。

〈この母娘はついに最後まで、お熊の向かいの家から逃げ出すことはなかった〉

これがこの長編物語の結論である。八重やおみちは、先住者のようにお熊という「ものすごい女」（巻末解説・竹添敦子氏）に呆《あき》れ、愛想を尽かしても、結局逃げ出さなかった。引っ越しすることを断念してお熊の向かいに住み続けることを決心するのである。

何故？　それこそが、延々三百余頁に及ぶこの長編小説が描くエピソード（挿話）の内容である。

しかし先にもお断りしたように、私はそれらのすべてを逐一紹介することは断念する。紙数的にも不可能だし、私の目的もそこにはないからだ。そこで異例のことだが、この二人の女性がお熊と訣別しなかった最大の理由についてまず述べる。

それは八重の義理の娘おみちが、お熊の病気（労咳《ろうがい》）の一人息子鶴太郎《つるたろう》に一目惚れして、この若い男女の恋物語《ラブストーリー》が以後この長編の物語の主流を占めるからだ。同時にそのことが二人のそれぞれの母親、八重とお熊の確執と対立の物語へと発展する。お熊の、息子鶴太郎を思う親馬鹿な歓びと、おみちを病気持ちの男に嫁がせたくない八重の不安が募《つの》り出し、この二人の思惑の対立が、作品が最後に描く決定的な事件まで続く。

その事件とは、病気療養のため箱根の温泉に湯治に出かけた鶴太郎の、思いもせぬ客死《かくし》（事故死）である。この事件で三人の女性――お熊、おみち、八重――がそれぞれに見せた対応こそ、この長編一番の最後の見どころである。そして作者は悲嘆にくれるおみちの言葉に、この作品の結論を示唆する（後述）。

しかし私は、そのおみちの言葉よりも、お熊が最後の一人息子鶴太郎を失った時の、その毅然とした言葉に強い感銘を受けた。この点については最後に詳述する。

いずれにしても、この二人の母娘が先住者のように、この厄介な女お熊からついに逃げ出すことはなかった。その結末に至るまでのエピソードを、以下お熊に重点を置いていくつか紹介したい。


〈「おかみさん、おれに挨拶はないのかえ」……お熊の最初の言葉〉

エピソード（一）。お熊が、引っ越して来た八重とおみちの前に初めて現れた、これがデビューの言葉である。

当時の江戸では、引っ越しをした時、向こう三軒両隣の家に引っ越し蕎麦《そば》を配る風習があった。八重も律儀にそれを実行した。どの家も恐縮して、こちらこそよろしくと言ってくれた。家に戻り、さて自分達も蕎麦を食べようとした時、表の油障子ががらりと開き、体格のよい四十がらみの女が現れた。

「おれは山本屋の隣に住んでいるもんだが、おかみさん、おれに挨拶はないのかえ」

女は仁王立ちになって、八重を睨《にら》んで言った。この恐ろしい剣幕の女こそお熊であった。

八重は「申し訳ありません。ご挨拶が遅れまして」と素直に謝まり、まだ手をつけていなかった自分の蕎麦の笊《ざる》と、蕎麦つゆの入った徳利を差し出した。

すると相手は「近頃は礼儀を知らない奴《やつ》が多くて困りものだ。気をつけておくれよ」と捨てゼリフを残して、八重の出した一式を持って悠然と出て行こうとした。

八重はすかさず「おたく様のお名前を教えて下さいまし」と笑顔を作って訊《き》いた。

「おれか？　おれは名なしの権兵衛さ」

お熊は野太い声でうそぶくとそのまま出て行った。

「な、何、あれ」と、おみちが呆《あき》れた顔で言った。傲慢《ごうまん》を絵に描いた態度だ。

「知らないよ」と八重はため息まじりに応えた。礼儀を知らないのはどっちだ！　と二人は言いたかったのだ。

その時、「さきほどはご馳走様《ちそうさま》でした」と、山本屋（葉茶屋《はじゃや》）のおかみのお桑《くわ》が、洗った蕎麦笊と徳利を持って礼を言いに来た。

八重は早速、先ほどの女について訊《たず》ねた。お桑が笑顔を消して言った。

「いいですか、お八重さん。相手にしちゃ駄目ですよ。むきになったらこっちの負けだから」と。なんでも女はお熊という名で、病《やまい》持ちの息子と二人暮らしをしているらしい。いつも怒鳴り散らしているので、近所の鼻つまみ者らしい。

「あの人のために引っ越して行った人は数え切れませんよ」とも教えてくれた。

その時だった。お桑の話が本当になった。

向かいの二階のもの干し台から、お熊の怒鳴り声が聞こえた。

「またおれの悪口を触れ回っているな。はん、おれが何をした！　この女狐《めぎつね》め」

言いながら干している蒲団を蒲団叩きでばしばし叩く。お桑は目くばせして、そそくさと店の方へ帰って行った。もう夕方なのに、そんな蒲団叩きをするのは嫌《いや》がらせか？　引っ越して来た早々、八重はやり切れない吐息をついた、と作品は記す。

ちなみに私は、この時お熊が口にした「おれが何をした！」に注目する。お熊の反論には、この他「おれのどこが悪い？　おれは何も悪いことなどしていねェ」が常套句《じょうとうく》のように飛び出す。それはお熊が近所の謂《いわ》れのない非難や中傷に敢然《かんぜん》として立ち向かう、彼女の自信と矜《ほこ》りを示すものとして私は注目する。実際、お熊は口は悪いが、言われるほどの悪いことはしていない。猛女ではあるが決して悪女ではない。

〈土地の岡っ引きも手を出さぬ、お熊の痛快な喧嘩っぷり〉

エピソード（二）。今度は八重とおみちが引っ越して来た翌日、二人の家の目の前で起きた、二人が度肝を抜かれたお熊の豪胆な、一種の武勇伝のような事件である。

通り掛かった一人の男が、お熊の日頃の蒲団叩きに業を煮やしてついに文句を言った。

「やかましいわ。毎日毎日、いい加減にしろ！」

すると、お熊がすかさず口を返した。

「おれが何をしようとおれの勝手だ。他人にとやかく言われる筋合いはない」

すると男は怒って、道端の石を拾っても物干し台のお熊に投げつけた。喧嘩の始まりだ。お熊は待っていたかのように傍に置いてあった水桶《みずおけ》を取り上げ、男に向かってざばっと振り撒《ま》いた。男は濡れ鼠《ねずみ》になり悲鳴を上げた。お熊が愉快そうに笑う。

腹立ちまぎれの男は、今度はお熊の家の前のがらくたを足で蹴《け》り飛ばした。空き樽《だる》、みかん箱、古いもの干し竿《ざお》などが派手に路上に散乱した。

お熊が大声で叫び、さらにけしかけた。

「おう、もっとやれやれ。皆さーん、頭のおかしい男が暴《あば》れているよう。岡っ引きの親分、何とかしておくれよーう」

ところがなんと、本当に土地の岡っ引きらしいのが子分と一緒に現れたではないか。固《かた》唾《ず》を呑んで見守っていた八重とおみちの好奇心が最高潮に達したのも無理はない。

ところが信じられぬ奇怪なことが起きた。

親分がお熊には何も言わずに、男を叱ったのだ。「構うなと言ったろうが」

「ですが親分、あんまりですぜ。見て下せェ、水をぶっ掛けやがった」

「わかった、わかった」と岡っ引きは男の肩を叩いて宥《なだ》め、さらに「風邪を引くぜ。早く着替えな」と言っただけで、お熊には一言の注意も咎《とが》めも、言葉さえかけない。

逆にお熊が、その場を立ち去ろうとする男に何の遠慮もなく、さらに追い討ちをかけた。

「うちの前を散らかしっ放しにするつもりか」と。男はお熊をぐっと睨《にら》んだが、さすがにお熊の指図は無視して去って行った。

すると今度はお熊の命令が、なんと岡っ引きと一緒に現れた子分に八つ当たりのように炸裂《さくれつ》した。

「おい、若いの。お前《め》ェが片付けな。町内の揉《も》め事を収めるのはお前ェ達の仕事だろ？」

子分は不服そうな表情で親分の顔を見た。彼が顎《あご》をしゃくったため、仕方なくがらくたを元の位置に収めた。お熊は小気味よさそうにまた蒲団を叩き続けた。

このお熊の喧嘩馴れした度胸の良さや、岡っ引きの子分にも平然と指図する豪胆さは、さすがに八重とおみちの度肝を抜いた。若いおみちなどは、

「近所を敵に回して、あの女はこれからどうするつもりかしら」と単純に呆《あき》れて憤慨した。しかし八重は年の功で、

「何か事情があるんだよ。あの人があんな風になったのは」と、さすがにおみちほどには驚かなかった。ちなみにこの時八重の言った「何か事情があるんだよ」こそ、私の注目する猛女お熊への実は最大の興味、関心であった。

〈お熊には真《ま》っ当《とう》なところもいくつかあった〉

エピソード（三）。二人を驚かせ呆《あき》れさせたお熊ではあったが、実は彼女には意外に真っ当なところもあった。それは他人《ひと》の難儀に黙っておれぬお熊の親切心であり、手に負えぬワルを目撃すると勇敢に闘って相手を撃退してやる男気（義俠心）であった。ここでは前者を中心に紹介する。

八重は夫三右衛門を失い、遺児達から家まで追い出されて、自活の道を考えねばならない。そこで亡き母親おしずがやっていた小間物屋を開いて、おみちとの生計を細々と立て

ようと決心していた。

亡き母の信用で仕入れ品も順調に揃《そろ》い、家の掃除もすませていよいよ明日から開店するというその日。

二人は汗みずくとなった体を湯屋（銭湯）へ行ってさっぱりしたいと思った。しかし、初めての町の湯屋で、おみちは一人で行くのはいやだとだだをこねた。かと言って二人で一緒に行けば、店に揃えた商品が心配だ。

その時、二人の話が聞こえたらしいお熊が、例によって怒鳴るような声をかけて来た。

二人はドキッとして身構えた。

「留守番なんざ、いらないよ。この通りはおれが睨《にら》みを利《き》かせているから、こそ泥が入る隙《すき》もねェわな」

「本当ですか」

思わず八重は嬉しくなって訊いた。

「ただし、夜中は知らねェよ。夜中はおれだって白河夜船だわな」

「それではお言葉に甘えて一緒に行って来ますよ。恩に着ます、お熊さん」

「なあに。昨日の蕎麦の礼だわな。倅《せがれ》がうまいと言って喰ったよ」

どうやらお熊は、人の親切というものはちゃんとわかるらしい。お蔭で八重とおみちは、その夜、留守晩の心配もなく、引っ越して来た堀江町の初めての湯屋に、母娘《おやこ》一緒で行けたのだった。

ちなみにこの湯屋へ行った帰り道、八重とおみちはお熊の息子鶴太郎と初めて出会い、対面している。その話は次のエピソードで触れる。

さて、お熊の親切はもう一つあった（義侠心）。詳細は略すが、八重が開店したその小間物屋——屋号は富屋《とみや》とした——に厄介な旧知の女が現れ、金の無心を断られると暴れ出した。店の品物を表へ放り出すなど、手のつけられない乱暴狼藉《ろうぜき》に八重は途方に暮れた。

それを知ったお熊が竹箒《たけぼうき》を持って現れ、その女を難なく打ち据えると撃退してくれた。

その女とは、かつて八重やおみちを三右衛門の家から追い出した、あの張本人、長男芳太郎の女房おてつであった。ちなみにこの芳太郎一家（子供三人も含めて）は、借金に首が回らなくなり、後に夜逃げして、きょうだいを悩ませるが……。


〈おみちが、お熊の病気の息子鶴太郎に一目惚れした〉


エピソード（四）。この長編の流れを大きく変えて行く、若い男女の恋物語《ラブストーリー》の始まりである。まず先に予告した八重やおみちが初めて鶴太郎を知った、その出会いのエピソードから。

例の湯屋からの帰り道、近道かと思い慣れない小路を突き進むと、なんとお熊の家の裏庭が見える場所に出た。その庭に面した縁側で、二十歳《はたち》ほどの色の白い若者が、庭の草花を熱心に写生していた。これが鶴太郎だった。お熊にまるで似ていない、結構男前の優男《やさおとこ》だった。

おみちが突然、その男に自己紹介した。

「あたしは向かいに越して来たもので、みちと言います。こっちはあたしのおっ義母《か》さん」

相手はびっくりして二人を見て「はあ……」と手応えのない返事をした。これが二人の最初の出会いであった。

八重はおみちの弾《はず》んだ物言いに、もしやこの娘《こ》は相手の男に一目惚れしたのではないかと女の直感で一瞬、思った。しかし、おみちも十七歳、若い男に恋をして決しておかしい歳《とし》ではない。果たして八重の直感は当たった。

おみちはその後、買い物の帰りにいつもその路地を通り、鶴太郎と言葉を交わす親しい仲になって行く。鶴太郎もおみちに好感を持ったらしく、おみちに問われてお熊との二人暮らしの内情を色々明かすらしい。おみちがそれらを八重に無邪気に逐一報告した。

その中で私が一番注目したのは、鶴太郎には二人の姉がいたが、どちらも労咳（結核）ですでに亡くなっていたことだ。鶴太郎にもその気があって、どうやらお熊の一家は労咳の家系らしい。原因はお熊の亭主が血を吐いて死んだ、その不幸から始まると、後にお熊は明かした。

八重はこの時初めて理解した。お熊のあの蒲団叩きの異常は、決して近所へのイヤガラセのためだけではなく、息子の蒲団を乾燥させる衛生上の配慮もあったのだと。

おみちはその他にも、鶴太郎の父親が亡くなる前の景気のいい時に建てた長屋があって、そこからの家賃で二人は食べていることなどを八重に教えた。お熊は家主《やぬし》で、その内証《ないしょ》は見た目より裕福らしい。道理で息子の鶴太郎に絵師（絵描き）の修業をさせられた訳だと、八重は合点した。それというのも、八重は先日のおみちの嬉しそうな一件を思い出していたからだ。

おみちが「これ見て、鶴太郎さんに描《か》いて貰ったの」と一枚の絵を八重に見せた。若い娘の着物姿の立ち姿を描いたもので、どうやらおみちを描いたらしい。素人目にもなかなかのものに思えた。

鶴太郎は以前、絵師の修業をしていたが、師匠の家で血を吐いて倒れた。それ以来、家に戻っているが、それでも病の調子のよい時は今でも絵筆を執るらしい。

それにしてもと、八重は心穏やかではない。おみちと鶴太郎の仲の進行は、八重の思惑をこえて速い。おみちは鶴太郎にのぼせ上がっているらしいが、相手は何しろ病持ちの男である。八重はそんな鶴太郎におみちを嫁がせたくはない。

この八重の正直な気持ちが、やがて現実の不安、苛立《いらだ》ちとなるのにはさほど時間はかからなかった。

〈お熊の八重に対する態度が、急に馴れ馴れしく図々しくなる〉

エピソード（五）。おみちが鶴太郎と親しくなり出して、二人の仲が近所の噂にもなり始めたある日。おみちが買物に出ていない時、お熊が突然八重の店に現れ、だしぬけに言った。

「これ倅《せがれ》の浴衣《ゆかた》の反物だ。おみっちゃんが倅の浴衣を縫《ぬ》ってくれると言ったから、呉服屋で買って来たわな。結構な値段だった」

八重は耳を疑った。

「お熊さん、おみちは自分の着る物は縫いますが、他人《ひと》様の物を縫うほどの腕はございませんよ」と、断った。

お熊は耳を貸さず、反物を置くと、またしゃあしゃあと以下の言葉を残して帰って行った。

「おみっちゃんが浴衣を縫ってくれたら、倅の具合もよくなるだろう。お八重さん、うちの倅も男の端《はし》くれだァな。おみっちゃんと話をするようになって顔色がよくなったよ。年頃の娘の色香を嗅《か》ぐのは薬よりも効くらしい。じゃあ、頼んだよ」

八重は呆れてしまった。

さて帰って来たおみちに確かめると、彼女は引き受けるなんて一言も言ってないと強く否定した。どうやらおみちの曖昧《あいまい》な反応につけこんだお熊の早合点、一人相撲らしい。

ここに来て八重は、初めてそれまで知らなかったお熊の欠点を知る。お熊は人にいやがらせをするだけでなく、物事を手前勝手に考える、実にわがままで傍迷惑な性質《たち》らしいと。それだけではない。帰り際にお熊がぬけぬけと言った先の言葉を思い出して八重は腹を立てていた。

お熊の魂胆は見え見えではないか。鶴太郎と親しくなったおみちを、あわよくば病気の息子の嫁にしたい、その下心が不快だった。八重はおみちを、病持ちでない健康な若者の所へ嫁がせたいと思っている。それが亡き夫三右衛門へのせめてもの自分の恩返し、使命だと心に決めている。それを嘲笑《あざわら》うかのようなお熊の無神経で能天気な言い草に、八重は心底腹を立てていた。

しかし結局八重は、お熊の置いて行った反物を今さら返せず、おみちに手伝わせて浴衣を縫い上げる破目となった。おみちにそれを届けさせるとお熊は大喜びで、おみちが要《い》らないと言うのに、その手に無理矢理手間賃（五十文）を握らせた。ここでもおみちの歓心を買おうとするお熊の下心は見え見えだ。

問題は、この一件に味を占めたお熊が、その後もまた鶴太郎の着る物を頼みに来ること だった。秋になれば鶴太郎の袷《あわせ》を頼むなどと。そしてそのお熊の強引で図々しい頼みを、八重は腹立たしく思いながら、結局いつもズルズルと引き受けてしまう。何故、毅然として断れないのか。その自分の気の弱さを八重は情けなく腹立たしいと呪うのであった。

そう、私は思う。お熊の、相手の都合を考えぬ手前勝手のわがままは確かに悪い。しかし八重にも問題はあった。相手の迷惑をきちんと拒否できぬ、その優柔不断な決断力の無さは八重の欠点である。この作品はともすればお熊だけを悪者にして、八重はその被害者だと庇《かば》う風潮がある。私はそれに不満である。そのことを示す恰好の事件が起きた。


〈お熊に恨みをもつ花屋が、人を使って白昼おみちを襲撃させた〉


エピソード（六）。八重がお熊の近くにいては危ないと、初めて引っ越しを決心した、この長編一番のショッキングな事件がこれである。

その日、八重の外出中、一人留守番をするおみちに、突然見知らぬ男が闖入《ちんにゅう》して来ておみちに襲いかかり、手込めにしようとした。おみちが必死の悲鳴をあげて抵抗したため、近所の住人達が飛び出して来て男を取り押さえた。そのため幸いその災難は免れることができた。

問題は、岡っ引きの駒蔵親分が縄をかけて連行して行った、その犯人の男が供述した事件の内容であった。男は真犯人ではなく、実は彼に金を渡しておみち暴行を頼んだ別の真犯人、花屋の勇吉《ゆうきち》がいた。勇吉も間もなく捕まった。その勇吉が明かした日頃のお熊への恨み、これこそが事件の真相（真因）だった。

ここでお熊の日頃の弱い者いじめ――罪もない住民への遠慮のない悪態の限り――の罪状が明らかになる。

勇吉は日頃、八重や近所の家々に花を売りに回る振り売りの花屋だった。商売柄断られることには慣れていた。しかし、お熊があびせる言いたい放題の悪口雑言には我慢がならず、腹に据えかねていた。

「川原から引っこ抜いたススキでお足を稼ごうとは大した了見だ」とか、「お前の持って来た花は只《ただ》でもごめんだ、裏庭の花の方がよっぽどマシだ」とか。ここまで侮辱されたら勇吉ならずとも反感、憎悪を持つ。

問題はその怒りや恨みを晴らすため、勇吉が取った復讐《ふくしゅう》の方法だった。

お熊にはまともに掛かって行ってもまず勝ち目はない。そこで思いついたのが、なんとおみちだったと言う。お熊の息子はおみちと仲が良い。お熊もおみちを息子の嫁にしたいらしく、おみちには甘い顔を見せている。「これだ」と勇吉は決心した。おみちに乱暴して傷つけてやれば息子は悲しむ。それを見たお熊もこたえるはずだと。

この勇吉の屈折した卑劣な復讐法が、何の罪もないおみちが白昼、襲撃された、事の真相だった。

駒蔵親分からそれを聞かされて八重は、身も心も震《ふる》え上がった。恐怖心に襲われてすくみあがったのだ。そして改めて思い知った。

お熊の日頃の人を馬鹿にした驕慢な物言いやふるまいに憎しみや恨みを持つ人間は、花屋の勇吉だけでなく、実は他にもゴマンといるのだ。そんな危険な人物に、自分は近所付き合いだから仲良くしなければときれいごとを並べていた。なんとお人好しで甘い人間だったことかと、八重は自分がつくづく恥ずかしく、腹立たしかった。

八重はついにおみちに、今後一切、鶴太郎さんと口を利《き》いてはならないと、唐突に二人の交際の全面禁止を命じた。

そんな！　とおみちはさすがに不満を隠さない。しかし八重が、それができないなら母娘《おやこ》の縁を切って自分は引っ越ししてよそで商売をする！　といつにない剣幕で言った。

これにはさすがのおみちもたじろいで、

「わかった。もう鶴太郎さんとは口を利きません」としおらしく従った。

八重はほっとして、この後早速、引っ越しの準備にかかる。しかし、この時の八重の決断はいささか性急で、不自然。冷静さを欠くと私には映った。案の定、二人の女性（お熊とおみち）が反旗を翻《ひるがえ》した。

〈八重の不安が理解できない、お熊の怒りがついに八重一家に炸裂《さくれつ》した〉

エピソード（七）。反旗を翻した一人、お熊の反応がこれであった。

おみちは八重の厳命を忠実に守った。外に出て鶴太郎と顔を合わせても、そっと会釈するだけで何も喋《しゃべ》らない。鶴太郎はそんなおみちを寂しそうに見つめていた。

彼は、おみちが口を利かなくなった理由を彼なりに承知している様子だった。問題はお熊であった。

お熊は、息子の鶴太郎が不機嫌になり、何かと自分に当たり出した理由を、おみちが口を利かなくなったせいだと考えた。そこにはお熊の息子の病気回復を願う親心が垣間《かいま》見える。

いずれにしてもお熊はその不満と怒りを、初めて八重とおみちの一家にぶつけて来た。朝からばしばしと蒲団を叩きながら怒鳴り散らす、例の得意の嫌がらせの悪態である。

「おれが何をした。文句があるなら、はっきり言えってんだ。悪いのはおれか。花屋を追い払ったのが罪になるのか。花屋が勝手にしたことが、どうしておれのせいなんだ。はん、答えやがれ。昨日まで倅《せがれ》に色目遣《つか》っていた娘も掌《てのひら》を返したように、そっぽを向いている。気に入らねェなら、ここからさっさと出て行け。引っ越し、それ、引っ越しだ」

業《ごう》を煮やした鶴太郎が「やめろ！」と怒鳴っても、お熊は素直に言うことを聞かない。八重はお熊の能天気な無責任と無反省に愛想を尽かしていた。この女には何を言っても通じるはずなどないと。そのため聞こえて来るお熊のどんな悪態にも、引っ越しするまでのもう少しの辛抱《しんぼう》だと、じっと息を殺して耐えていたのである。

ここで感想を一言。この時、お熊が八重の一家にあびせた悪態は、私は少しも間違っていないと、むしろ共感を覚えた。何故なら今回の事件で手を下《くだ》したのはお熊ではない。あくまで花屋の勇吉と、彼が金で頼んだ男の仕業《しわざ》である。お熊は勇吉の恨みの原因ではあっても、おみち襲撃事件とは何の関係もない。

「花屋が勝手にしたことが、どうしておれのせいなんだ」

このお熊の言い分は全くその通りで、八重もお熊の怒りの詰問には答えることはできなかったはずだ。八重はお熊に対する世間の悪評を恐れるあまり、今回の花屋事件の下手人を、まるでお熊であったかのように錯乱している。これではお熊が憤慨するのは当然で、むしろ彼女が気の毒であるとさえ私は思った。

〈おみちが八重との約束を無視して、鶴太郎の看病に飛び出して行く〉

エピソード（八）。今度はおみちが八重に反旗を翻した、恋する娘の勇敢な快挙の話である。八重はおみちの若さと、ひたむきな情熱に負けてしまった。

その夜、お熊の家の前に駕籠《かご》に乗った医者が現れた。鶴太郎の体の具合が悪くなったらしい。それを知ったおみちが、八重に思いもしないことを言った。

「鶴太郎さんの具合が悪くなったのは、あたしのせいよ、きっと」

啞然《あぜん》とする八重に、おみちはさらに言った。

「以前と同じようにしていたら、鶴太郎さんだって元気でいられたのに。おっ義母《か》さんが口を利くなと言ったからよ」

おみちは前垂《まえだ》れで顔を覆《おお》って泣き出した。そしてさらに今度は縋《すが》るように言った。

「おっ義母《か》さん。後生だ。お見舞いに行かせて」

しかし八重は冷静だった。八重は先日の花屋の件でのお熊の悪態を忘れていない。以来、八重の一家とお熊の関係は今や最悪だ。八重は言った。お前が行ったところで「怒鳴られて追い返されるだけだよ」と。

しかし、鶴太郎の身を案ずる若い娘の耳には通じない。

「あの人、あたしを待っている。そんな気がしてならないの」と叫ぶように言うと、返事をしない八重に構わず、おみちはついに外へ飛び出して行った。

お熊は案の定、八重が言ったように「何しに来た、この女狐《めぎつね》め！」と、おみちを口汚く罵《ののし》った。ところがおみちは少しも怯《ひる》まず、逆にお熊をたじろがせる迫力で言い返した。

「そんな大声出して、病人にいいと思っているの？　上がりますからね。小母さんの看病だけじゃ、鶴太郎さんは元気にならないのよ」と。そしてお熊を押しのけるように部屋に上がると、おみちはついにその夜一晩中、鶴太郎に付きっきりで懸命に寝ずの看病をした。圧倒されたお熊は傍観するしかなかった。

翌日の昼前、おみちは戻って来て八重に、その成果を誇らしげに話した。

「熱は下がったよ。お熊さん、あたしには構うなと言ったくせに、四つ（午後十時）を過ぎたら舟を漕《こ》ぎ出して、とうとう鼾《いびき》をかいて眠ってしまったのよ。全く役に立たなかった。あたしは鶴太郎さんの頭を冷《ひ》やすのに夢中だった」

おみちはあのお熊についに一本取ったのだ。八重は自分との約束を反故《ほご》にされた複雑な胸の内は抑えて、ここは素直に「よかったね」と、おみちの労をねぎらってやった。実の親子のように仲の良い八重の優しさ、美質であった。

おみちも満足そうにさらに言った。

「鶴太郎さん、気が弱っているせいで、あたしにいつまでも傍にいてくれと言ったのよ」

「まあ……」

「それでね、病が治って働けるようになったら、あたしはおかみさんになってあげるよって言っちゃった」

おみちは照れた表情で言った。しかし、「心配しないで。病が治ったらの話だから」と、八重の心中を思いやる配慮も忘れなかった。

ここでもおみちは、ちゃっかり八重にも一本取ったと、私は思った。それは将来、鶴太郎と一緒になることを暗に八重に認めさせる、一つの布石を打ったと、私には映ったからだ。

それにしてもと、私は恋する若い娘おみちの熱情に感心した。二人の母親を向こうに回して一歩も退かぬその勇気と快気炎は、まさにお熊や八重にはない若さゆえの快挙であった。


〈八重とお熊の宿命の、意地の全面対決〉


エピソード(九)。この長編一番のクライマックスがここから始まる。

それは鶴太郎の症状が回復したある日、お熊が殊勝にも八重の家に礼を言いに現れたことから始まった。

「おみっちゃんには世話になったよ。礼と言っちゃ何んだが、おみっちゃんにやっとくれ」と、着物の反物らしい包みを八重の前に差し出した。

「何ですか」と不審に思う八重に、

「なに。呉服屋でおみっちゃんに似合いそうなのが目についたんでね」とお熊。

「お気持ちはありがたいですが、そんな高価なものはいただけませんよ。たかがひと晩、鶴太郎さんの看病をしたぐらいで……」

八重はにべもなくお熊の好意を断った。そこには例の花屋の一件以来の両者の険悪な関係がまだ尾を引いていた。お熊はそんなことなど全く意に介さず、この日もまたしゃあしゃあと親馬鹿な早合点を口にして八重を呆《あき》れさせた。

「おみっちゃんが鶴太郎の嫁になってもいいと言ったんだよ。おれは嬉しくなってねえ」

カチンと来た八重がすかさず口を返した。

「おみちがそう言ったのは鶴太郎さんを励ます方便《ほうべん》ですよ。鶴太郎さんの病が本復して、人並みに働けるようになってからの話で、今はとてもとても」

そんなこともわからないのかと、八重は内心で腹を立てていた。

しかしお熊は、いよいよ親馬鹿まる出しで言い返す。

「鶴太郎はすっかりその気でいるんだ。今さら方便と言われても承知しないやね」

八重は、それを承知させるのが親の役目じゃないかと言いたかった。だがこの女には言っても通じないだろうと諦め、思い切って日頃の本音（世間の常識）をぶつける手に出た。

「あたしの身にもなって下さいな。あたしはおみちの母親だ。病を抱えている人の所にはお嫁に出せませんよ」

「ふん。実の娘でもないくせに」

「だからどうだとおっしゃるんですか。どこの母親だって、今の鶴太郎さんに喜んで嫁に出す人はおりませんよ。それに、言い難《にく》いことですが、この際、はっきり申し上げます。

お熊さんが姑《しゅうとめ》では、おみちが苦労します」

お熊は呆気《あっけ》に取られた顔で八重を見つめた。お熊の人格をずばり批判する、これまでお熊が誰にも言われたことのない手きびしい言葉であった。

八重はさらにお熊に引導を渡すように言った。

「あたし達、もうすぐここから出て行きます。お熊さんは毎日のように出てゆけ、引っ越ししろと焚《た》きつけていたじゃありませんか。お望み通りにしますよ。おみちの顔が見えなくなれば鶴太郎さんも諦めるでしょうよ」

「おれが悪いのか。すべておれのせいか。え？」

お熊は八重に詰め寄った。そうですよと言ってやりたいところをぐっと呑み込んで、八重は例の反物の包みを押し返して言った。

「もう、お話をすることはありませんよ。これを持って帰って下さいな」

こうして八重はついに、日頃のお熊への鬱憤《うっぷん》を晴らしたのであった。黙り込んでしまったお熊を見て、八重は留飲が下がる思いであったか。

二人の中年女の対決は、一見、八重の優勢で終わるかに思えた。ところが、思いもせぬ伏兵の出現でその優勢はくずれた。


〈おみちの優しい仲裁に、お熊がおんおんと声をあげて泣いた〉

エピソード（十）。これが前項から始まったこの長編のクライマックスの頂点をなすエピソードである。

実は先の八重とお熊の口論――お熊に引導を渡すかのような八重の厳しい訣別《けつべつ》宣言――を、おみちは台所で洗い物をしながら聞き耳を立てていた。が、たまらず飛び出して来て八重に言ったのだ。

「おっ義母《か》さん！　そんな冷たい言い方をしなくてもいいじゃないの」

「おみち……」

八重は虚を衝《つ》かれて呆然《ぼうぜん》とした。そんな八重に、おみちはさらに悔しさで声を震《ふる》わせて一気に言った。

「小母さんがどんな気持ちで、ここへ来たと思っているの？　そりゃあ、この間までおっ義母さんに悪態をついていたから、おっ義母さんが腹を立てるのもわかるよ。だけど、小母さんだって恥を忍んでやって来たんじゃない。少しは小母さんの気持ちを考えてやってよ。近所じゃないの。いがみ合ってどうするのよ。いい年をして、なかよくできないの」

八重が偉かったのは、瞬時に自分の非に気付いたことだ。いい年をして、確かに意地になってお熊といがみ合っている。その通りだ。大人気《おとなげ》ない自分が恥ずかしかった。この謙虚な反省の速さも八重の美質、長所であった。

すると今度はお熊が八重を庇《かば》って言った。

「おみっちゃん。八重さんは悪くないよ。皆んな、おれが悪いんだよ」

驕慢なお熊が初めて口にする、自分の非を認め、相手を立てる発言であった。先ほどの八重の思い切ってお熊に言った苦言が少しは効いたのであろうか。

そんな殊勝になったお熊を、おみちが今度は思いもせぬ優しい言葉で慰めた。それまでの八重の非難からお熊を庇《かば》うかのように。これがお熊の異変を生んだ。

「小母さんは、口は悪いけれど鶴太郎さんのことを心底、心配している。鶴太郎さんが笑えば、小母さんは嬉しいのよね。だって、たった一人の大事な息子だもの。小母さん、安心して。あたし、どこへも行かないから。いつでも鶴太郎さんのお世話をするよ。それで本当に元気になったら、あたし、お嫁に行く。小母さんがお姑さんでもちっとも構わないの。あたし、小母さんのこと、好きだから」

その時だった。あのお熊が、なんと大きな掌《てのひら》で顔をおおい、おんおんと声を上げて泣き出したではないか。この異様な光景こそ、この長編の白眉のクライマックスとして私は忘れられない。驕慢なお熊にも普通の人間と変わらぬ弱さ——他人の温情が嬉しい——があったことを、初めて無防備にさらけ出した一瞬であったからだ。

作品はこの場面を、「おみちは、したたかなお熊を最大の殺し文句でとろかしたのだ」と記す。八重は「仕方がないねえ。どうしようもないねえ」と、そんなことしか言えず、呆れてお手上げの体《てい》だ。

その時、鶴太郎がよろよろと八重の店にやって来た。泣いているお熊を見て、怪訝《けげん》そうな表情で言った。

「おれはお袋が泣くのを初めて見たぜ」

おみちがすかさずお熊を庇《かば》って言った。

「鶴太郎さん。小母さんは鬼でも蛇《じゃ》でもないよ。泣くことだってあるのよ」

「そうかい。ま、鬼の霍乱《かくらん》という言葉もあることだし」

この鶴太郎の冗談に、お熊はきッと顔を上げ「馬鹿言ってんじゃねェ」と声を荒らげた。その表情はもう、いつものお熊に戻っていた。

こうしてこの日の二人の母親の対決は、おみちの先の「殺し文句」にお熊が号泣するという意外な展開で終わった。しかし二人の母親の確執と対立は何ら解消されておらず、この後もまだまだ続く。

八重は、おみちの「殺し文句」を聞かされて改めて思い知った。おみちのお熊を見る思惑や視点は、自分のそれとはかなり違うと。おみちにとってお熊は、何と言っても自分が一緒になりたいとこいねがう鶴太郎の母親なのだ。お熊を毛嫌いして、一日も早く引っ越しを考える八重とはかなりズレがあるのだと。

八重の苦悩や葛藤はこの後もまだまだ続く。しかし、その種のエピソードの紹介はこのあたりで終わりにしたい。それより冒頭で予告したこの長編の結末――この母娘がお熊の向かいの家からついに逃げ出すことはなかった――に移る。

〈鶴太郎が湯治先の箱根の温泉で客死《かくし》した〉

この事件が、この長編の物語を一挙に結末に導いた。何故なら、この不幸な事件に三人の女――おみちと八重、そしてお熊――が見せたそれぞれの反応を描いて作品は、ついに終了するからだ。

そのため鶴太郎の、その不運な凶事について、冒頭でも予告したが、改めて一言触れる。お熊は、医者の勧めもあって、鶴太郎の労咳保養のため彼を箱根の湯治《とうじ》湯に送り出した。この時も、おみちの同行を許す（お熊とおみち）、許さない（八重）で一悶着があった。が、最後はおみちの長姉おせつが八重の断固反対に加勢して、おみちの同行を断念させた。お熊は仕方なく親戚の従兄弟《いとこ》を代わりに同行させた。

問題は、その鶴太郎が湯治先の箱根で、散歩中に足を滑《すべ》らせて谷川に転落し、溺死体で発見されたことだ。この鶴太郎の訃報を飛脚が伝えに来た時、お熊はさすがにショックで気を失い、卒倒した。しかし気丈なお熊は気を取り直すと、おみちらと一緒に現地で荼毘《だび》に付された鶴太郎の遺骨を引き取りに行った。

自宅で形ばかりの葬儀をすませ遺骨を墓に納めて、やっと一段落したお熊が、久々に表に出て来て、同情する八重らにいつもの気丈な口調で平然と言った。

「あいつは運がなかったのさ。死んだ者は仕方がねェ。おれもきっぱり諦めたよ。だが、手前ェの産んだ餓鬼は、これで皆んないいなくなった」

お熊はかつて二人の娘（鶴太郎の姉）を労咳で失っていた（既述）。今また鶴太郎を思いもせぬ事故で失った。自分の産んだ三人の子供すべてに先立たれた、これがそんな母親の言う言葉であろうか。「運がなかったのさ」、「きっぱり諦めたよ」などと。

常人にはまずまねのできぬ、このお熊の潔《いさぎよ》い「強さ」こそ、実は私が驕慢な猛女お熊に惹かれた最大の魅力であった。そしてこの長編作品に魅せられた一番の理由であった。

しかし作品は、この私の瞠目するお熊の強さなどは歯牙《しが》にもかけない。


〈おみちが八重の引っ越し願望に反対した……その理由こそこの長編の結論〉


次に恋人鶴太郎を失ったおみちの反応である。おみちは当初そのショックと悲しさに泣いてばかりいた。その涙が尽きると、今度はその悲しみを八重への恨《うら》みにすり変えて来た。

「あたしが一緒に行けばこんなことにならなかったはずよ。おっ義母《か》さんが反対したからよ。皆、おっ義母さんのせいよ」

そしてぷいと家を出ると二、三日帰らなくなった。

そんな八重を、お熊が例の気丈な口調で安心させた。おみちから八重を庇ってくれたのだ。

「一緒に行ったところで、二六時中《にろくじ》、鶴太郎を見張っている訳にも行かねェだろう。あいつは運がなかったのさ」と。

おみちは二人の姉のところへ逃げ込んでいた。ちなみにかつて八重らを追い出した先妻の娘達と八重はこの時、和解し仲良しになっていた。怠け者の長男芳太郎一家の夜逃げという不祥事が、娘達を慌てさせ、八重に相談するという結束を生んだのだ。

その姉達に諭《さと》されたらしいおみちが、一回り大人になって帰って来た。自分のわがままを八重に素直に謝まり、八重も優しく鷹揚《おうよう》に許した。

その八重が、鶴太郎が亡くなったことでおみちも思いが振っ切れたはずだ、いい機会だと、かねてよりの引っ越しを提案した。

ところがおみちの返事は意外なもので八重を驚かせた。おみちは以下のように言った。

「おっ義母《か》さんの気持ちはよくわかるよ。でもねえ、よそに引っ越ししても、そこが必ずしもおっ義母さんの思い通りになるとは限らないのよ。皆んな、それぞれに言い分がある。早く言えば、皆んな、他人と折り合いをつけながら生きているのよ。あたし、そう思う。小母さんは他人の迷惑を考えない人だけど、鶴太郎さんは、あの人の息子だったのよ。小母さんを毛嫌いして引っ越ししたら、鶴太郎さんが悲しむ」

するると、あれほどお熊を嫌悪し、引っ越しの決意を固めていた八重が、拍子抜けするほどの素直さで、先のおみちの話に同意した。

「あたしが大人気なかった。堪忍しておくれ」と。

こうしてこの母娘は、先の結論でも予告したように、ついにお熊の向かいの家から逃げ出す、つまり引っ越しすることはなかったのである。

思えば先のおみちの「殺し文句」といい、今回の引っ越し反対といい、おみちはお熊に対して八重よりずっと優しく寛大であった。それらはすべておみちの鶴太郎への恋によるもので、結局、鶴太郎を忘れられぬおみちの彼への愛こそが、この結末――お熊を毛嫌いせず共存の道をさがす――を生んだ最大の原因であった、と私は考える。

以上でこの長編小説の紹介を終える。以下は私の余談としてお読みいただきたい。

〈この作品の暗示する結論への若干の不満〉

先に紹介したおみちが、母親の引っ越しを断念させた理由が、どうやら作者の言いたかったこの作品の結論であるらしい。

それは平たく言えば、お熊のような厄介で手に負えない人間はどこにでもいる。そんな変人、鼻つまみ者とも「折り合い」をつけて何とか生きて行く、それが人生ではないか。それだけのことを言ったにすぎないように私には思われた。それはこの長編の副題「花嵐浮世困話《はなにあらしよのなかこんなもの》」とも共通する。

これが三百頁を超えるこの長編の結論かと私は正直、拍子抜けするほど落胆《がっかり》した。あまりに陳腐、あまりに月並みで常識的、新鮮なものは何ひとつない。

その私が物足りなく思った結論の陳腐さの最大の原因は、作者や作品がせっかくお熊という型破りの人間を造型しておきながら——この点に関しては私は作者の手腕に脱帽した——そのお熊の異常な驕慢の原因に一歩踏み込んだ考察が欠けている、その点にあると思った。

言葉を換えれば、作者や作品がお熊という女性を見る、そして描く視点は、世間がお熊を毛嫌いする視点と全く同じ、むしろそれに便乗していると思った。つまりお熊という女性の外観を追うだけで、彼女の内面に踏み込んだ追究、が欠けている。これではその結論が、世間の常識を超えぬ陳腐なものになるのは当然だと思った。

そこでいささか僭越になるがそれを恐れず、作品が書かなかったお熊の異常な驕慢の内面に秘められた、その悲愴な心の内《うち》を推測してみたい。何故なら、その私の推測こそが、お熊の異常な驕慢に惹かれ、考えさせられたこの長編の一番の魅力であったからだ。

〈お熊の普段めったに表に出さぬ大きな悲しみと不幸〉

先のエピソードでも紹介したように、お熊は自分の産んだ二人の娘、一人の息子のすべてに先立たれて失った女である。一人の女として、また母親としてこれ以上の悲劇や不幸はない。私など男の想像も及ばぬ痛苦であり絶望だったのではないか。

お熊はこの大きな悲しみや辛さに耐えるため、意地になって驕慢な女を演じた。これが私の推測の結論である。

お熊は持ち前の勝ち気な気性で、泣き事や愚痴を嫌う。弱味を見せることも、相手からの見えすいた同情をも嫌う。彼女にとってその内に秘めた大きな不幸や不運、無念や絶望を忘れ去る他にどんな方法があったか。

お熊は破れかぶれになって、それこそ死ぬことも平気で狂態を演じた。世間の連中を見下し、相手構わずヤケクソのように怒鳴り散らして、つかの間留飲を下げた。これ以外に、お熊にとってつかの間の心の平穏を見出す方法は無かった。これがお熊が世間から毛嫌いされ、鼻つまみにされることを少しも恐れぬ、彼女の驕慢の真相だったと私は推測する。

お蔭で私は冒頭にも書いたが、人間の驕慢という悪（欠点）に対するそれまでの固定観念に反省、再考を迫られた。お熊にとって驕慢に生きるということは、それなくしては生きて行けぬ自分を必死に支え、維持するための一つの手段、必要悪であったのだ。

私は自分の認識のあまりの未熟、狭量を思い知らされた。考えてみれば、この世に絶対的な悪や善など存在しないのだ。また善が悪に、悪が善に様変わりすることも珍しくない。この『十日えびす』という長編で、私は皮肉にも自分の持論——驕慢という悪徳の絶対性——に一大痛棒を食らわされた。それが、最後に紹介したこの作品の一番の意義であった。おみちとは違う意味で、私は猛女お熊に好感を持ったのである。

第二章　すべての子供を慈《いつく》しむ宇江佐文学

〈驕慢という悪の対極に描く作者の人間愛〉

この章から、先の「はじめに」で予告した、私の発見した第二、第三の主題を描いた作品群の紹介に移る。

人間の抱える驕慢という悪（罪）を暴き告発するだけでは文学としては不完全である。その悪と対決して、これを反省、改心させる人間の努力や善意、すなわち作者の人間愛（善）をも描いてこそ、文学として完全と言える。

その作者の人間愛は、先の「はじめに」でも触れたように二つあった。一つは他人《ひと》に対する「優しい思いやりの心（＝人情）」であり、二つ目はそれらの根底に存在する作者の母性愛、すなわち「すべての子供を大切に思い慈しむ心」であった。ここでは後者を優先して、この第二章の先の表題《タイトル》とした。

そこで作品紹介に先立ち、一点だけ補足説明したい。それは無類の子供好きの主婦作家である宇江佐氏の、日頃の子育てに関するユニークな持論である。

〈近所の大人の優しい声掛けこそが、子供の真っ当な成長に役立つ〉

氏はエッセイ集『ウエザ・リポート』の中で、「子供をかわいがる」と題して以下のような一家言を述べられている。

…………………………

　二人の子供を育てた経験から、両親だけの子育てには限度があると私は考える。祖父母、親せき、近所の人まで一丸とならなければ子供はうまく育たない。（中略）。命の尊さを語る時、両親よりも祖父母の言葉が温かく聞こえる。また、近所の人々の声掛けも効果がある。両親のみならず、誰からもかわいがられていると自覚した時、子供は自然によい方向に進むと思うのだが、それは甘い考えだろうか。（文中傍点は奥井）

…………………………

一読して私は傾聴に値する卓見だと感心し共感を覚えた。確かに、核家族化が進み、近所付き合いも希薄、疎遠化した今日では、理想論にすぎるきらいがないではない。しかし逆に言えば、親による子供の虐待死や放置死が日常化し、近所の大人達がそれに全く気付かず、無関心を装うという、この子供達の未曾有の受難時代。作者のこの正論は間違いなく見直される時がいつか来ると、私は信じて疑わない。

それより注目すべきは、右の作者の持論が、氏の作品の中で随所に生かされて、物語として結実していることだ。その典型は後に紹介する『深川にゃんにゃん横丁』だが、実はこの作品の中にも作者のもう一つの特徴が暗示されている。

作者宇江佐氏は、子供の頃一緒に遊び、大人になってからも仲の良い、いわゆる幼なじみの友情の話がお好きで得意だ。そこには作者が生涯函館《はこだて》の地を離れず一生暮らされたため、小中学校の同窓生、つまり幼なじみに恵まれたという利点、幸運があったようだ。

一言余談（愚痴？）を挟めば、私などは田舎の小学校を卒業するや家庭の事情で大阪の都会（と言っても一衛星都市にすぎない）の中学校へ転校したため、生涯小学校時代の級友、つまり幼なじみに再会する縁は皆無であった。それだけに作者が好んで幼なじみの友情の物語を描かれる、その幸運の境遇をいつも羨ましく思ったことを私は隠さない。

そして、近所の子供達に声掛けを惜しまぬ、そんな心優しい大人達が、実は幼なじみの大人達に多かった。そのことも注目に値する。

いずれにせよ、以後紹介する作品には、作者の持論を証明する、子供達に声掛けや面倒を見ることを少しも厭《いと》わない、そんな大人達の話が多いことをここで付記しておきたい。

早速、この章の作品紹介に移る。

①『深川恋物語』（集英社文庫）より……
第三編『凧《たこ》、凧、揚《あ》がれ』
〈凧を造る職人末松《すえまつ》の、近所の子供達を指導するボランティア活動〉

さて、この第二章で最初に紹介するこの『深川恋物語』も、例によって六編の別々の短編が集められた輪作短編集である。表題《タイトル》通り、深川を舞台にした男女の「恋物語」が主流をなす。が、その中で唯一恋物語ではない、この異色の第三編に私は一番心惹かれた。そのため小著ではこの一編だけを選択して紹介したい。

ちなみに言えば、この一冊『深川恋物語』は、作者の宇江佐氏が五十一歳の時、二度目の受賞――第21回吉川英治文学新人賞――に輝かれた記念碑的作品でもあった。主流を占めた恋物語が粒ぞろいの佳編であったらしい（巻末解説阿刀田高《あとうだたかし》氏）。

しかし、私が最も感銘を受けた『凧、凧、揚がれ』については何も言及されていないため、案外凡作であったのかも知れない。だが私はあえて気にしない。何故なら、私は宇江佐作品が描く男女の恋物語にはもともとあまり深い感動が湧かないのである（唯一の例外は前章で紹介した『余寒の雪』のみ）。この一冊でもそれは同じで、この第三編が私は一番面白いと心に残った。そのため評価の高かったらしい他の恋物語については、読者の皆様に譲り、お読みいただけたらと思う。

さて、私の選んだこの第三編の物語の概略は、先の表題に書いた通りである。無類の子供好きの一人の男――凧を造る職人で凧師《たこし》と言うらしい――の、今風に言えばボランティア活動に捧げる無償の情熱と愛の物語である。

私が興味深く思ったのは、この物語が単なる大人達のボランティア礼賛《らいさん》に終わっていないことだ。大人達の得意と自慢が、実は時に子供達を傷つけ、不幸にするという負の側面を併せ持つ。そのことを、さすがに子供を知悉《ちしつ》する作者は見逃していない。そういう意味でこの作品は、現代の大人達のボランティア活動に対する一つの警鐘という側面をも持つ。もう一つこの作品には、作者の宇江佐氏が得意とされる、先にも書いた幼なじみの旧友との友情の物語が初めて登場する。こちらは文句なしに愉《たの》しく感動的である。

前置きはこの程度にして、まずは凧師末松のボランティア活動の紹介から始める。

〈凧師末松の生き甲斐と、彼の唯一の欠点〉

末松（五十三歳）の今や唯一の生き甲斐は、彼を慕ってやって来る近所の子供達に凧造りの指南（指導）をしてやることだった。

今年も正月が近づくと、彼の家に子供達が凧造りの指南を受けるために集まって来た。

彼にとって一年中で一番嬉しい時期である。

当時、正月に凧の一つも掲げるのは深川の、いや江戸全域の子供達の心意気だったらしい。それも凧屋で出来合いの凧を買うよりも、下手でも自分達の拵《こしら》えたものを揚げる方が、今風に言えばずっと恰好《かっこう》よかったらしい。

ところで、凧造りの師匠末松には一つだけ欠点があった。職人の常でいささか気が短く、言葉遣いや物言いがやたら乱暴なことだった。そのため慣れるまでに泣き出す子供も多かったという。ちなみに彼のこの欠点が、作品の最後で思いもせぬ悲劇を生み、彼を打ちのめすのだが（後述）。

それでも子供達が我慢して通って来るのは、末松の凧に絶対の信頼を置いているからだった。凧はただ揚げるだけではなく（私も知らなかったが）、他の凧を切り落とす凧同士の喧嘩があるらしい。ところが末松から教えられた凧は落ちそうになっても、糸を締《し》めてたぐればまた空に揚がって行く。そのコツを末松は子供達にちゃんと教えていた。これが子供達の自慢で、そのため彼らには怖《こわ》い師匠だが頼もしい師匠と末松を慕って来るのだった。ここに末松の得意と、実は若干の慢心があった。

この日も五人の子供達が――年齢は八歳から十二歳、親の仕事もまちまち――末松の家の板の間で思い思いの凧造りに精を出していた。

八歳の梅吉《うめきち》は、絵を描《か》くのはうまいのだが、凧の枠を拵《こしら》えるのが苦手で今日もしくじった。すかさず末松の雷が落ちて、彼はべそをかいて俯《うつむ》いてしまった。

「梅、何だ手前《てめ》ェは。蠟燭《ろうそく》の火ィ、もっと離して炙《あぶ》れと言ってるのがわからねェのか？見ろ、竹ひごに焦《こ》げがついちまった。そいつは使いものにならねェぜ。真ん中からぽっきり折れちまわァ。ボケ、カス！」

するとおかみさんのおしげがすかさず助け船を出した。

「大丈夫だよ。もう一度やり直してごらんよ。今度は落ちついて、ね？」

末松が叱れば、おしげが宥《なだ》める。この夫婦の役所《やくどころ》もいつの間にか堂に入っていた。

さて、その時だった。板の間の窓の外から、子供達の凧造りの様子をじっと背伸びして覗《のぞ》きこむ小さな女の子の顔が見えた。この作品で末松と並ぶもう一人の主人公の登場である。


〈見知らぬ女の子を邪険に追い払った末松の失態〉


ここからこの作品の物語が始まる。

おしげが目ざとく気が付き、末松に言った。

「お前さん、また来ているよ。凧が好きなんだよ。中に入れてやったらどうだえ」

末松が窓の方を向くと、その小さな顔が引っ込んだ。が、またすぐに覗く。近所で見かけない顔だ。末松が聞こえよがしに、声を荒らげて言った。彼の悪い癖が早速出た。

「おなごは羽子板《はごいた》で羽根突いてりゃいいんだ」

女の子はびっくりして、泣いて帰って行った。末松にすれば、本来、女の子の弟子は取りたくない。それを言っただけだ。しかし頑是《がんぜ》ない子供にはそんなふうには聞こえない。

この一事が、やがて末松のとんでもない大失態だと判り、物語は一挙に発展する。

その前に一言余談を挟ませてほしい。先の小さな女の子が窓から顔を出したり、引っこめたりする仕草の描写、私は思わず可愛いと唸《うな》ってしまった。子供は背が低いため、その好奇心を満たそうと必死に背のびする。誰にも覚えのある子供時代の思い出ではないか。子供好きの作者の観察眼はさすがに鋭く、子供のそんな無邪気な可愛い仕草を見逃さない。巧《うま》い描写だと私は感心させられたのである。

さて、末松の先の失敗談に戻る。二、三日したある日、彼の次男の正次《しょうじ》が家に立ち寄って、父親の末松を愕然《がくぜん》とさせる事実を伝えた。なんと末松が邪険に追い返した女の子は、正次が奉公して世話になっている米問屋「越後屋《えちごや》」の娘、お嬢さんだったのである。

これには末松とおしげは一瞬、腰を抜かした。えらいことになった！　末松は自分の迂《う》闊《かつ》のために息子が店の旦那にどやされたら、早速詫《わ》びに行かねばと、腹をくったほどだった。

しかし、正次が機転を利かせてくれた以下の話を聞いて、ひとまず大事にならずに済《す》みそうでホッと胸をなで下ろした。その正次の話を要約すると……。

そのお嬢さん――名前はおゆいと言うらしい、十三歳――は凧が好きで、できれば自分も凧を造ってみたいと思っていた。しかしそんなことは親にも言い出せず、こっそり覗きに行った。それだけなのに正次のお父《と》っつぁんたら怒鳴ったって、すっかり落ち込んで帰って来たと言う。

ここで末松が「そりゃ悪りィことをしちまったなあ」と思わず口を挟み、溜め息をついた。越後屋の手代を務める正次は、そのお嬢さんの話を聞いて、何とか望みを叶えてやりたいと、店のお内儀《かみ》さん（おゆいの母親）や旦那さん（父親）に伺《うかが》いを立てた。この正次の機転が成功したのだ。

母親はとんでもないと反対したが、父親は豪気な人で、お許しが出た。おゆいが是非造りたいと言うのなら、凧だろうが鯉幟《こいのぼり》だろうが構やしねェ、おゆい、やれ！　と。しかも旦那はできた人で、正次に改めて親父さんに頼んでみてくれないかと、頭を下げたという。

「どうする？　親父」。これがこの日、実家に立ち寄った正次の用件だった。

どうするもこうするもなかった。末松にとって冷汗ものの失態の責任が、そんなことで帳消しにされるのであれば願ってもないこと、断る理由は何もなかった。彼はそれまでの持論を難なく撤回して、おゆいを受け容れることにした。

かくておしゅん以来二人目の女弟子が末松の許へ通って来ることになった。おしゅんとは、末松の幼なじみの権蔵《ごんぞう》の娘で、かつて権蔵のたっての願いから例外的に引き受けた、これまでただ一人の女弟子であった。そのおしゅんは今や娘盛りで、凧造りはとっくの昔に卒業していた。

こうしてこの後、二人目の女弟子おゆいが、心優しい手代の正次に付き添われて、末松の家に通って来るようになった。ここまでが、おゆいの話の前半である。この後、物語は一転してこの作品二つ目の新しい物語へと移る。

〈幼なじみの権蔵が、親馬鹿な願いを持って末松の家に現れた〉

宇江佐作品ではお馴染みの、幼なじみの二人の男の友情の物語がここから始まる。

その日、末松の家に久々に幼友達の権蔵が姿を見せた。彼は用件があったのだが、何故かもじもじしてなかなか言わない。末松が焦《じ》れて、

「何んだよ。はっきり言えよ、水臭《くせ》せェ」と話を急《せ》かした。権造は、用件がいささか親馬鹿のそれであったため、恥ずかしくて照れていたのだ。やっと小さい声で言った。

「おしゅんが堀を通った時、凧を揚げてくれねェか」

すかさず末松が、遠慮なく「親馬鹿か……」と呆《あき》れて皮肉をあびせた。

「面目ねェ」と権蔵が、蚊の鳴くような声で詫《わ》びた。

しかし、そこは幼なじみの仲で、ツウと言えばカーと通じ合うのに時間はかからない。

「いいぜ！」と、末松は豪気に承諾した。すると権蔵が「本当か？　ありがてェ」と、眼を輝かせて即座に礼を言って、喜んだ。

とは言え、二人の男の話、読者には何のことかさっぱり判《わか》らないはずだ。以下二点ほど補う。

その一。権蔵は今、町火消し「二《に》組」の頭《かしら》を務める。普段は庭師という生業《なりわい》を持ち、弟子も数人使う。その弟子の一人草多《そうた》という若者と、権蔵の娘おしゅんとの祝言《しゅうげん》（婚礼）がこのたびめでたく決まり、挙式を二十日ほど先に控えていた。

草多は実は十年ほど前の江戸の大火で両親を失った孤児であった。権蔵が今日まで親代わりとなって、彼を火消しや庭師として育てて来た。火事の多い江戸でこういう例は珍しくなかったらしい。火事を親の敵《かたき》として憎み、火消しを志願する子供のその心意気を買って、孤児の親代わりになって面倒を見る豪気な親分（火消しの頭）は少なくなかったという。

権蔵にとってそんな手塩にかけて育てた草多と、自分の娘のおしゅんが夫婦になるのだから、彼は一度に肩の荷がおりてホッとした。嬉しくないはずがない。その話を聞いた末松もおしげもわが事のようによかった、よかったと祝福していた。

その二。権蔵は先日、そのおしゅんと草多を連れて、二人が祝言を挙げる佐賀町の料理屋「よし井」に、打ち合わせをかねて下見に行った。その途中、舟が冬木町の空き地の前の堀を通過した。すると二人が、子供の時、この空き地で凧を揚げたんだと懐かしそうに

郵 便 は が き

料金受取人払郵便

新宿局承認

2524

差出有効期間
2025年3月
31日まで

(切手不要)

1 6 0-8 7 9 1

1 4 1

東京都新宿区新宿1－10－1

(株)文芸社

愛読者カード係 行

ふりがな お名前		明治 大正 昭和 平成 年生 歳
ふりがな ご住所	□□□-□□□□	性別 男・女
お電話 番 号	(書籍ご注文の際に必要です)	ご職業
E-mail		
ご購読雑誌(複数可)		ご購読新聞 新聞

最近読んでおもしろかった本や今後、とりあげてほしいテーマをお教えください。

ご自分の研究成果や経験、お考え等を出版してみたいというお気持ちはありますか。

ある　　ない　　内容・テーマ(　　　　　　　　　　　　　　　　)

現在完成した作品をお持ちですか。

ある　　ない　　ジャンル・原稿量(　　　　　　　　　　　　　　　　)

書　名				
お買上 書　店	都道 府県	市区 郡	書店名	書店
			ご購入日	年　　月　　日

本書をどこでお知りになりましたか?

1.書店店頭　2.知人にすすめられて　3.インターネット(サイト名　　　　　　　)

4.DMハガキ　5.広告、記事を見て(新聞、雑誌名　　　　　　　)

上の質問に関連して、ご購入の決め手となったのは?

1.タイトル　2.著者　3.内容　4.カバーデザイン　5.帯

その他ご自由にお書きください。

(　　　　　　　　　　　　　　　　　　　　　　　　　　)

本書についてのご意見、ご感想をお聞かせください。

①内容について

②カバー、タイトル、帯について

弊社Webサイトからもご意見、ご感想をお寄せいただけます。

ご協力ありがとうございました。

※お寄せいただいたご意見、ご感想は新聞広告等で匿名にて使わせていただくことがあります。

※お客様の個人情報は、小社からの連絡のみに使用します。社外に提供することは一切ありません。

■書籍のご注文は、お近くの書店または、ブックサービス(0120-29-9625)、セブンネットショッピング(http://7net.omni7.jp/)にお申し込み下さい。

言った。もう一度凧を揚げたいね、とも言った。

その時、二人の話を聞いていた権蔵の胸にツンと来るものがあった。花嫁衣装のおしゅんらの乗った舟が堀を通る時、あの冬木町の空き地で子供達が一斉に凧を揚げてくれたら……。さぞ二人は感激し、何より若い二人の新しい門出へのはなむけ、思い出となる。この権蔵の胸に突然閃《ひらめ》いた子供のような親馬鹿な夢。これこそ先の彼の願い、「おしゅんが堀を通った時、凧を揚げてくれねェか?」の真相だった。

さて、快諾した末松の行動はすばやい。


〈末松の好意に報いる、権蔵の親切な提案〉


末松は早速、板の間で作業する子供達に発破《はっぱ》をかけた。

「おい、お前《め》ェ達。お前ェ達の凧は一時《いっとき》休みだ。おしゅんのための凧を拵《こしら》えるんだ。皆んな頼むぜ。首尾よく行った時は弁当と小遣いを弾《はず》むからな」

子供達から歓声が上がった。おゆいも両の拳《こぶし》を振り上げて喜んだ。

すると、そのおゆいに目を留めた権蔵が、帰り際に、今度はお返しの親切な提案をした。あの越後屋の娘にも凧を揚げさせるつもりなら、昔おしゅんが凧揚げの時に拵《こしら》えた男装束がまだあるはずだ。よかったらあれを着せたらどうかと。

おしげがその好意に飛びついた。きっとおゆいちゃんにも似合うはずだと小躍りして喜んだ。おゆいに、頭を男髷《まげ》に結い、半纏《はんてん》や股引《ももひ》きを着る「男みたいになる装束」を説明すると、彼女は、

「あたし着る。皆んなの仲間になったから」と嬉しそうに同意した。

権蔵は、娘の祝言に気持ちよく一肌脱いでくれた末松に、今度は彼の新しい女弟子おゆいを引き立たせる、返礼の気遣いを忘れていない。これこそ宇江佐文学が得意とする幼なじみの友情の真骨頂ではなかったかと、私は思った。

〈花嫁と花婿の門出を祝う、子供達の凧揚げは見事に成功した〉

この作品一番の美しい、白眉のクライマックスをなすエピソードの登場である。

権蔵の親馬鹿な願いは、末松の友情による細心の準備と指導のお蔭で見事に成功した。当日は天候にも恵まれ、凧揚げには絶好の日和となった。子供達は揃いの祭りの半纏に身を包み、舟を待った。中でもおしげが手伝ってやった紅一点おゆいの男装束の可愛らしさと言ったらなかった。

末松が百を数えて、子供達が歓声とともに一斉に凧を掲げた。鰯雲《いわしぐも》を浮かべた青空に、紅白の市松模様や、墨痕《すみあと》鮮やかな「二《に》組」（権蔵の火消しの組名）の文字の凧が舞った。

壮観だった。凧揚げに慣れないおゆいも、手代の正次に付き添われて初めて参加した。正次が凧を揚げてから、その糸巻をおゆいに持たせた。おゆいの凧も子供達の凧の中にまじって大空に舞った。

やがて子供達の前の堀に舟が近づいて来た。花嫁のおしゅんと花婿の草多が、舟の中からいちはやく空き地の子供達の凧揚げに気付き、悲鳴のような歓声を上げた。そして末松の姿を見つけると絶叫するように礼を言った。

「おいちゃん、ありがとう！」

「親方、ありがとう存じます！」

花嫁と花婿の感謝の絶叫に、末松は無言で頷《うなず》いた。何か大声で応えてやりたかったが、胸が熱くなり声が出ない。舟に乗った二人が今、眼の前の堀を通りすぎて行く。その姿がぼやけて見えない。眼からあふれ出るものが止まらなかったからだ。

舟を見送って末松はやっと我に返った。これでまた自分が手塩にかけて教え育てた凧弟子が二人、自分の許《もと》から去って巣立って行った。彼の胸に満足感以上の寂しさが残った。子供達はまだ凧揚げを続けている。「もういいぜ」と、末松は自分の感傷をたち切るように言った。

それにしても美しい光景だと、私は感激した。青空に舞う凧の群れ。その下を白無垢《しろむく》の花嫁を乗せた舟が静かに澄んだ水の上を進んで行く。対岸には揃いの衣裳《いしょう》の子供達の可愛い姿など、どこを描いても一幅《いっぷく》の絵になる。いや、映画を愛する私は、どこを撮ってもカラー映画の美しいシーンになること請け合いだと、改めて作者の演出力の卓抜さに脱帽した。

さて、二人の幼なじみの友情の物語はここで終わる。中断していたおゆいの、思いもせぬ異変の物語へ一転する。この転換も鮮やかだ。

〈おゆいが病《やまい》に倒れて、末松の家に姿を見せなくなった〉

これが物語の後半、おゆいの異変の始まりだ。

先のおしゅんらの祝言を祝う子供達の凧揚げには、おゆいは元気に参加した。ところがその後、おゆいはふっつりと末松の家に現れなくなった。おゆいはどうした？　この末松の不審は、正月休みで実家へ戻って来た次男の正次がまた解いてくれた。

生まれつき身体《からだ》があまり丈夫でないおゆいは、風邪が長引いて今も蒲団の中から起き上がれないという。食欲のないおゆいに、母親（お内儀）が何が食べたいと訊《き》くと、彼女は西瓜《すいか》と応えたらしい。正次はその話を聞いて、正月に西瓜などあるはずがないと、おゆいの無知を無邪気に笑った。しかし、西瓜と聞いて末松は笑えず、ちくりと胸が痛んだ。

実は末松には、正次の知らない、おゆいとの一つの約束事があった。彼はそれを今思い出したのだ。子供達がかつて、例のおしゅんの祝言のための凧造りに精を出していた時、まだ凧造りのできないおゆいに、末松はふと訊《き》いたことがあった。「お前ェ、どんな凧が造りてェんだ?」と。

するとおゆいは少しも悪びれず、あたしは女だから可愛い図柄にしたいと、なんと「西瓜」と応えたのだ。西瓜ァ? と末松の方がたまげて頓狂《とんきょう》な声を上げた。おゆいは末松の驚きなど全く気にかけず、さらに言った。

「そうよ。あたし西瓜が大好きなの。皮はまっ黒だけど中は紅《あか》いでしょう? 種もぷちぷち入れて、その凧を揚げたいの。お正月に西瓜はないから、皆んなびっくりすると思う。あたし、それが楽しみなの」

末松は、意表をつかれた。これまでの子供達の中にそんな図柄を言い出したものは一人もいなかったからだ。しかし、正月の空に櫛形《くしがた》に切った西瓜が浮かぶ図は悪くないと、彼は考え直した。そして折れておゆいと約束した。

「今度の正月にはちょいと無理だな。再来年の正月までには何とかなるだろうが、それまで辛抱できるか?」と訊いた。

「うん、できる」とおゆいはこっくりと力強く肯《うなず》いた。これが末松とおゆいのかつての約束事だった。

だが、そのおゆいは繰り返すが、例の凧揚げに参加して以来、ふっつり姿を見せていない。正次の言ったように、おゆいはてっきり長の患《わずら》いに臥《ふせ》っているものと末松は信じ込み、いつしか彼女のことは忘れ去っていた。

ここで末松の家計について一言触れる。

実は末松の内証は楽ではなかった。彼の凧造りのボランティアは、材料費などすべて彼の持ち出しであり、しかも手間賃（授業料）などは意地を張って一切受け取らない。そのため実入りの少ない凧造りだけでは生計が維持できず、彼は鯉幟《こいのぼ》り、雛《ひな》飾りの小さな屏《びょう》風《ぶ》、はては盆の提灯《ちょうちん》まで手広く手掛けていた。つまり、稼《かせ》ぎに追われる多忙な彼としては、女弟子の一人（おゆい）のことなどいちいち気にかけている暇は全くなかったのである。

ところが……。

〈おゆいが突然、西瓜の絵を持って現れた〉

物語は、いよいよ末松とおゆいの、その最後の対面のエピソードとなる。

その日、病気だったはずのおゆいが、ひょっこりと末松の家に顔を出した。末松は驚いたが、この後の対応がまたしてもまずかった。

「もう凧のことなんざうっちゃって置くのかと思っていたぜ」と、まず皮肉を言った。

おゆいも負けずに、

「そんなことないよ。凧は造りたいの。だからこうしてやって来たのよ。でも誰もいないのね」と、周囲を見回して応えた。確かに末松以外誰もいなかった。

　実はおゆいは、末松と約束した西瓜の凧造りのことを一時《ひととき》も忘れていず、彼女なりにあれこれ思案していたのだ。しかし、おゆいが考えている尻尾《しっぽ》を付けない西瓜の凧は、どうしても難《むずか》しく手に余った。それで末松に相談に来たのだった。

　末松は、その一番難しく肝心な糸目をつける作業について説明してやった。

　するとおゆいが少し驕慢に――と作品は書く――、「おいちゃん、やってよ」と頼んだ。これが末松をむっとさせた。ここから彼の悪い癖が出た。

　彼は子供達の凧造りの指導はするが、代わって凧を造ってやる気は毛頭ない。そのかねてよりの持論に従わぬおゆいの生意気に、末松の短気な怒りがついに爆発した。

「おゆい、お前ェ、最初に何て言った？　凧は辛抱もいるし工夫もいる。だから見かけより難しい。だけどがんばって造るとおれに言ったじゃねェか」

　おゆいは一言もない。末松の怒りはこうなると止まらない。さらに言った。

「米問屋のお嬢さんの気まぐれにつき合うつもりはねェ。さっさと帰っつくんな」

　ついに末松はまたおゆいを追い返したのだ。

　おゆいはぽろりと涙をこぼした。それでも必死に食い下がって言った。

「ごめんなさい。でもあたし、西瓜の凧が造れるかどうか自信がなくて……」と、子供らしい正直な本音を口にした。しかし末松は黙ったまま何も応えない。

するとおゆいは諦めず、懐《ふところ》から畳んだ一枚の紙を取り出し、最後の願いを訴えた。

「いちおう……絵だけは描いてみたのよ。後で見てね。それでよかったら……あたし枠《わく》を拵えに来るから」

しかし黙ったままで取りつく島もない不機嫌そうな末松に、おゆいは今度こそ本当に諦めたらしく、ついに腰を上げた。最後に振り返って、

「頬擦《ほおず》りもしてくれなくなったのね？」といじらしい恨み言を残すと、おゆいは寂しそうに一人で悄然として帰って行った。

末松は結局最後まで意地になったかのようにおゆいを無視し続け、彼女をまた追い返してしまったのである。

末松にとって致命的だったのは、おゆいはこの後ついに彼の家に現れることはなかったことだ。つまり、彼がおゆいの姿を見たのは、この時が最後となった。この日の無理がたたって、おゆいは間もなく死んでしまったからだ。

そんなこととは知らぬ末松は、この後、おゆいが残して行った紙を開いて、そこに描かれている西瓜の絵を見て、息を呑んだ。しゃぶりつきたいほどうまそうな見事な西瓜の絵で、彼は初めて後悔の念にさいなまれた。こんな巧い絵を描くおゆいを、自分の短気と不機嫌で追い返してしまった不明と迂闊《うかつ》を初めて後悔するのである。

しかし時すでに遅し、すべては後の祭りになってしまったのだった。

〈おゆいのあっけない最期と、末松の「無類の子供好き」の限界と欺瞞《ぎまん》〉

作品は、そのおゆいのあまりにも早すぎる、あまりにもあっけない死を以下のように描く。

……………

油照りの深川の夏が激しさを増した頃、おゆいはひっそりと息を引き取ったのだ。（中略）正月に引き込んだ風邪でおゆいは体力を甚だしく損なった。それが回復したと思った矢先、またもおゆいは夏風邪を引き込んだ。高い熱が何日も続いたようだ。好物の西瓜を口に運んで、母親はおゆいを介抱したが、仕舞にはそれも受けつけなくなってしまったという。

熱に浮かされ、うわ言を洩らすおゆいは何度か「西瓜」と呟いたらしい。家の者はおゆいが西瓜を食べたいのだと思っていたようだ。

……………

しかし読者はお気付きであろう。おゆいは西瓜を食べたかったのではない。彼女の幼い頭の中からは、片時も末松に叱られた西瓜の凧のことが消えることはなかったのである。おゆいはそのことばかりを思案しながら、十三歳の短い生涯を閉じた。このおゆいの無念や不憫を本当に理解した大人はいたのだろうか。

本来なら末松こそがその役割を果たすべき大人であった。しかし、事おゆいに関する限り、末松の示した対応は、これが無類の子供好きで、子供達に奉仕することを生き甲斐とする男のそれかと呆《あき》れさせるほどの、冷たく残忍な仕打ちであった。

以下、作品が直接には書かない末松の犯した罪について、私はおゆいの名誉のためにも一言触れようと思う。

末松は自分が引き受けた女弟子おゆいに結局何もしてやらなかった。十三歳のおゆいの気持ちや願いを優しく聞いてやることも、彼女の手に余る凧造りを親切に手伝ってやることも、一切しなかった。彼がしたことと言えば、子供には理解の及ばぬ勝手な持論を理由に、おゆいを邪険に追い返したこと、ただそれだけである。とくに私が許せないと思ったのは、おゆいがわざわざ病身を押して必死の思いで足を運んで来たことに、何の思いやりも配慮も示さぬ、この男の生来の粗暴、無神経さである。

おゆいが思案の果てに、子供らしく正直に「おいちゃん、やってよ」と頼んだことが、末松には生意気（驕慢）に映り、途端《とたん》に腹を立ててておゆいを激しく叱責して、泣かせて追い返す。そんなことはボランティアにはあるまじき言語道断の思い上がりである。子供が大人に「やってよ」と頼むことなど、たとえ甘えに映ろうとも、子供に許された特権のひとつでおゆいには何の罪もない。そんなことも理解できない末松の狭量こそ、問題ではないか。私はここに末松の慢心、驕慢を見る思いがした。

日頃、子供達から凧造りの師匠として慕われ崇《あが》められる彼は、いつしかその得意が昂《こう》じて、子供達の持つ素朴で正直な本心や願いが見えなくなってしまっていた。宇江佐文学が描く人間の驕慢という罪は、末松のような善人の中にも巣くっていたのである。

一方、末松に叱られて夭折《ようせつ》したおゆいの眼に、大人というものはどのように映ったのか。それを想うと私は胸が痛む。おゆいは初めて出会った時も、そして最後に会った時も、彼の荒々しい言葉に叱られ、怒鳴られて退散している。大人の男の人というものは、恐ろしく怖《こわ》い人。これが彼女がこの世で知った大人への悲しい結論だとしたら、私達大人は浮かばれない。それほど、おゆいを追い返した末松の罪は大きかった。


〈おゆいの夢見た西瓜の凧が大空に舞う……末松の罪滅ぼし〉


おゆいの訃報はさすがの末松にもショックだった。彼は先日のおゆいを冷たく追い返した自分の失態をさすがに激しく慚愧《ざんき》した。ついにその頑固な持論――子供の凧は造らない――を放棄して、末松はおゆいの描いた西瓜の絵の凧造りに初めて没頭した。いささか遅すぎる末松の罪滅ぼしであった。彼はその凧をおゆいの墓前に供えるつもりでいた。

しかし、途中から凧造りを手伝ってくれた正次の提案で、その凧を大空に掲げてやることにした。正次の言うように、二人で大空に揚げてやってこそ本当の供養になると考え直したのだ。こうしてこの作品の最後は、末松と正次父子の凧揚げの風景描写で終わる。おゆいの大好きだった西瓜の凧が、大空に放たれ、舞った。それはまるでおゆいの笑顔のように嬉しそうに風に揺れ、大空を泳いでいた。これでよかったのだ。糸を引きながら二人はそれぞれ歓声を上げげた、と作品は書く。

しかし、私はこの結末に感動できない。作者には申し訳ないが、正直空々《そらぞら》しく思えて白けてしまうのだ。そんなことでおゆいの無念や不憫は晴れるのだろうか。所詮は生き残った者達の自己満足、気休めにすぎないのではないか。

それを言っちゃ、おしまいだよ。そんな声も聞こえて来る。しかし私には、西瓜の絵を置いて泣きながら帰って行ったおゆい、死の間際まで西瓜、西瓜とうわ言を呟いたというおゆい、そんなおゆいの不憫な姿の方が、はるかに強烈に心に残る。

私の感傷癖かも知れない。そんなふうにしかこの作品の最後を読めなかった私のこの本心を、作者宇江佐氏は、それでいいのよと鷹揚《おうよう》に許されるものと信じたい。何故なら、この作品に託された作者の願いは、まさしくこの章（第二章）の主題——すべての子供を慈しむ——にあったと思われるからである。

②『雪まろげ』（新潮文庫）より……
第一話『落ち葉踏み締める』

〈少年新太《しんた》は、因業な母親を絞め殺《し》して、大川に身を投げて自害する〉

さて、この『雪まろげ』は、宇江佐作品ではお馴染《なじ》みの連作短編集で、全六話より成る。私はその第一話『落ち葉踏み締める』に、断然感銘を受けたため、この第一話のみを取り上げ紹介する。

ちなみに言えば、この『雪まろげ』――その意味は雪の小さな塊《かたまり》を積雪の上に転がしてだんだんと大きな塊にする子供の遊戯のこと――は、副題に「古手屋《ふるてや》喜十《きじゅう》　為事覚《しごとおぼ》え」とあるように、宇江佐作品の前作『古手屋喜十　為事覚え』の続編（シリーズ物第二巻）である。作者が亡くなったため、このシリーズ物はこの第二巻で中断、終了した。

実はその第一巻の最後の第六話「糸桜」の中に、主人公の古手屋（古着屋とも言う）喜十が、店の前に捨てられていた赤ん坊を見つけてこれを拾って育てるという話が出て来る。

私がこれから紹介する第一話『落ち葉踏み締める』は、その喜十の拾った子供を、実は母親に命じられて捨てに行った側の少年の物語である。ややこしい構成だが、そんなことは気にせず、この第一話の紹介に集中する。

さてこれから紹介する、この第一話の骨子である。冒頭の表題に記したように、孝行息子の少年新太（十四歳）が、性悪《しょうわる》で身持ちの悪い母親（＝因業《いんごう》な母親）にがまんが切れて、ついに母親の首を絞めて殺してしまう。まじめな少年はその自分の犯した大罪におののいて、なんと大川に身を投げて自害してしまう。何とも痛ましく惨《むご》い悲劇（惨劇）の物語である。子供に親は選べないとはよく言われることだが、それを絵に描いたような少年新太一家の悲しく不憫《ふびん》な物語である。

作者宇江佐氏がこのような物語を書かれた背景については、もちろん私は知る由もない。しかし、現代は子供達の受難や不幸が際立つ時代だ。すべての子供を慈しむ作者が、たまらずだらしない世の母親達に突きつけた怒りと警告の一書とも取れるし、不憫な子供達に捧げた鎮魂の一書とも取れる、と私は思った。

〈母親は長男の新太に、末弟の赤ん坊を捨てて来ることを命じた〉

これがこの残酷な物語の始まりである。

主人公の少年新太（十四歳）は、父を病で失った母子家庭の長男だ。下に弟が二人、妹が三人いる。彼は家計を助けるため毎朝、夜明けとともに近くの川（本所、大横川）の業《なり》平橋《ひらばし》の下でしじみを採り、これを売り歩く健気《けなげ》な孝行息子である。

問題は母親のおうのにあった。彼女は子沢山《こだくさん》のため全部の子供を養いきれず、いつも安易に口減らしの口を考えていた。彼女は死んだ亭主善助との間に二人の息子と三人の娘をもうけていたが、善助が死んでからもまた一人末っ子の捨吉《すてきち》を産んだ。なんと六人の子持ちとなったのだ。

まず新太のすぐ下の妹の長女おてるが、近所の子守りに出された。おてるは嫌がったが、母親の言葉、「うちはお父《と》っつぁんが死んでいるんだよ、よそとは違うんだよ、わがままは言わないどくれ」に逆らえず、泣きながら奉公に出て行った。

おうのは次に、まだ生まれて半年ほどの捨吉を、新太に、

「どこか貰ってくれる人はいないだろうか」と、早くも養子に出す話を口にした。

「捨吉はまだ赤ん坊だ。可哀想《かわいそう》じゃないか」

新太は腹を立てて、捨吉を庇《かば》った。おてるがいなくなって代わりに捨吉の面倒を見ていた下の二人の妹（おうめとおとめ）も可哀想だと泣いて反対した。

するとおうのは新太に、とんでもないことを打ち明けた。

「捨吉はさあ、お父っつぁんの子じゃないんだよ。だからさぁ、よそへやるよ。いいね」

と。

新太は一瞬、どういうことか理解できない。大人だったらおうのの身持ちの悪さにピンと来たはずだ。そう、おうのは亭主の病臥中に他の男と深間《ふかま》に入り、相手の子を孕《はら》んでい

たのだ。そんな不義の子の捨吉を、おうのは育てる気持ちなどさらさらないらしい。

しかし、捨吉の養子先は、そんなうまい具合には見つからない。おうのの家と同様、子沢山の家は近所に多いし、子供をほしがる奇特な夫婦などおいそれと見つかるはずもない。

するとおうのは、弟や妹達が眠りについたある夜、新太にとんでもないことを言った。

「捨吉をどこかに置いて来ておくれよ」と。

「おいらにゃできない」

新太はきっぱりと断った。

「そいじゃ、手っ取り早く川に流すかえ。育てられない子供を川に流す所もあるらしいからさ」

新太は呆《あき》れてものが言えない。おっ母さんは貧しさのあまり、頭までおかしくなったのか。捨吉をまるで犬や猫の子を捨てるように考えている。

呆《あき》れて黙っている新太に、おうのは平然と引導を渡した。

「いいかえ。捨吉のこと、お前に任せたよ」

おうのはこの後、煙管《きせる》に火を点《つ》けると、煙草《たばこ》の白い煙を悠然と吐いた。鬼女のような母親である。

いずれにしても新太は、自分の可愛い弟（赤ん坊）をどこかへ捨てるという、十四歳の少年には苛酷すぎる大役を背負いこまされてしまったのである。

〈子供のいない夫婦だけの店を見つけた、新太の幸運〉

その日、新太はついに捨吉を預かってもらえそうな店（作品は「見世」と表記）を見つけた。しじみ売りのコースをいつもより延長して、吾妻橋《あずまばし》を渡って浅草まで行ったことが幸いした。

脇道に入ると、暖簾《のれん》に「日乃出屋《ひのでや》」という屋号を染めぬいた一軒の古手屋（＝古着屋）があった。その前で「しじみィ、業平しじみィ」と触れ声を上げていると、四十がらみの男が出て来て、

「うちの奴《やつ》がしじみを買うそうだよ」と告げた。

礼を言って待つと、ほどなくその店の女房が小さな桶を持って現れた。主《あるじ》に不釣り合いなほどきれいな女で、新太はびっくりした。その女が気さくに、なんと新太のしじみを残り全部買ってくれた。

「砂出ししなくていいかしら」という女の問いに、新太がその要領を親切にわかりやすく説明した。そのことが彼女の好感を得たらしい。椀に三杯あまり残っていたしじみはお蔭で全部売れた。

その時、これを見ていた亭主が、

「おいおい、二人暮らしなのに、幾ら何んでも多過ぎやしないかい」と横から口を挟んだ。

その瞬間、新太の胸にコツンと響くものがあった。二人暮らし⁉ ということは子供がいないらしい。新太は瞬時に、捨吉をこの家に預けようと心に決めた。きれいな女房はとても優しそうだった。この人に育ててもらえるのなら、捨吉はきっと倖せになる。主《あるじ》も偏屈そうだが悪い男のようにも見えない。こうして捨吉の預け場所はやっと目鼻がついた。

その夜、新太は弟や妹が寝静まった後、おうのにこっそり告げた。

「捨吉を預ける家が見つからなかったから、連れて行くよ」と。

おうのはさすがに慌てて、「どこだえ。どこの家だえ」と訊いた。が、新太は、

「おっ母さんは知らないほうがいいよ」と教えなかった。

おうのはそれからしばらく袖を口許に押し当てて泣いた。不義の子とは言え、捨吉は彼女が腹を痛めて産んだ子だ。捨てるとなるとさすがに不憫に思ったらしい。しかし泣き止むと、さっと気持ちを切り換え、風呂敷に当座の着換えやおむつを包んだ。

新太は、捨吉を頼むんだから一筆書いたほうがいいと考え、慣れない字で、ありあわせの浅草紙（厠《かわや》の落とし紙）に、

『わけあって、すてきちをおいてゆきます。よろしくおねがいします』と書いた。書きながら涙が止まらず、それでも泣き声を出すのは必死に堪《こら》えた。

この後、新太は捨吉を背負い、浅草へ向かった。そして例の古手屋の「日乃出屋」が暖《の》

簾《れん》を降ろすのを待って、その店の前の床几《しょうぎ》の上に捨吉を置こうとした。が落ちては危いと思い、横の地べたに寝かせた。捨吉は何も知らず小さな寝息を立てていた。風邪を引かないように、おくるみを紐《ひも》でしっかり結び、胸の中で呟いた。（倖《しあわ》せになるんだぜ）と。

新太はそのまま足音を忍ばせて、逃げるように日乃出屋の前を離れた。自分は今、弟を捨てて来たんだ。新太は人非人《にんぴにん》のようになった自分を詰《なじ》った。涙がこみ上げてきて、初めて声を殺して泣いた。

さて、ここまでがこの作品の前半、つまり新太が末弟の捨吉を捨てるという大役を果たした物語であった。同時にしじみ売りの少年の物語が、このシリーズ物作品（全二巻）の主人公古手屋喜十夫婦と初めて接点を持つ瞬間でもあった。

読者はお気付きになられたであろうか。新太がたまたま末弟の捨吉を預けた店が、日の出屋という屋号の古手屋（古着屋）、つまりこのシリーズ作品の主人公、古手屋喜十夫婦の店だったのである。そして、子供に恵まれなかった喜十夫婦、とりわけ女房のおそめが天の幸運と、その捨てられた子を狂喜して自分達の子供（養子）として育てる話は、実は第一巻の第六話『糸桜《いとざくら》』（別名枝垂《しだ》れ桜）の中で、すでに紹介されていたのである。

繰り返すが、作者は捨吉を拾う話を先に書き、捨吉を捨てざるを得なくなった側の話を今、初めてしじみ売りの少年新太の苦労話として描いて見せたのである。

物語の後半に移る。

〈下の妹おてる（十二歳）が、吉原に売られて行った〉

捨吉を日乃出屋の前に捨ててから、ひと月ほどが過ぎた。新太はその間、捨吉のことが気になり、心配で落ちつかない。たまらず、またしじみ売りを装って日乃出屋を訪れた。すると、あの気前のいいお内儀さん（おそめ）が、なんと捨吉を背負って現れ、またしじみを全部買ってくれた。しじみもありがたかったが、何より捨吉の無事が嬉しかった。涙が出そうになったが必死で堪《こら》えた。

おそめはすっかり捨吉が気に入った様子で嬉しそうだったし、捨吉もすっかりおそめになつき、片言を口にするようになっていた。新しいおっ母《か》さんとお父《と》っつあんに可愛がってもらっているらしい捨吉を確認して、新太は心底安心し、ありがたいことだと深く感謝した。

しかし世の中いいことばかりは続かない。先の表題に掲げた、新太のすぐ下の妹おてるの悲劇が待っていた。彼女は、また性悪な母親おうのの魂胆で、子守り奉公をやめて、今度は吉原に売られて行く破目となった。

その日、新太が家に戻ると、子守りに出ていたはずの上の妹おてるが、見知らぬ中年の男と並んで緊張して座っていた。母親のおうのが上ずった声で、

「おてるの新しい奉公先が決まったんだよ。子守りをするよりずっと給金が高いのさ。おてるも承知してくれたんだよ」と満足げに説明した。

新太はそんな実入《みい》りのいい奉公先があるのかと一瞬怪訝《けげん》に思った。すると、話がついたらしく、男がそそくさとおてるを連れて出て行こうとした。

その時、おてるが健気に新太に言った。

「兄ちゃん、おうめとおとめのことよろしくね。幸《こう》ちゃん（弟の幸太）のことも」。新太は半信半疑のまま、

「ああ、お前ェ《め》も達者で奉公するんだぜ」と見送った。

男について行くおてるの背中は何故か寂しそうに見えた。その新太の予感は当たった。彼が妹おてるの姿を見たのは、この時が最後となってしまったからだ。

後に新太は知った。おてるは吉原に売られたらしいと。しじみ取りをする近所の口さがない連中が、そのことを新太にばらしたからだ。おうのに問い質《ただ》すと、

「ばかをお言いでないよ、外聞の悪い」と一笑に付した。が、その後のおうのの生活態度の変わり様から、新太は、連中の言ったことは本当らしいと悟った。

おうのは、それまで毎朝やっていた商売用の貝を剥《む》く仕事をやめたばかりか、昼間から近所の親しい女房達を家に上げて、酒を飲み出す始末だ。この母親の生活の乱れ様から、新太は、おてるを売った金（前払い）をおうのが手にしたからだと、察しをつけた。

ところが、その妹を犠牲にした金が、皮肉なことに新太にも回って来たのだ。新太の頼み事に、おうのが珍しくいやな顔をせず、気前よく応じたのである。

新太はかねがね、自分達の着物がぼろけてあまりに粗末で見苦しいことを気にかけていた。実際、自分はもちろん弟や妹達も着た切り雀《すずめ》の哀れな姿だった。もう少しましな物を着せてほしいと、母親に訴えた。するとおうのは納得したらしく、太っ腹に百文出してくれたのだ。

新太は、しめたと思った。これでかねがね思っていた秘策が実現できると、内心で小躍《こおど》りした。それは、しじみを買ってくれるだけではない、捨吉を拾って育ててくれている日乃出屋に何か恩返しがしたい、そのお礼ができると思ったことだ。

自分達の古着を日乃出屋で買ってあげれば、これ以上の恩返しはない。しかし、おうのにその店のことは明かせない。

「どこで買うのだえ」と訊くおうのに、新太は無難に柳原《やなぎわら》の土手と応えた。当時、貧しい庶民がこぞって利用する安い古着屋が、千軒も集まっている有名な一画だ。

おうのは納得して、弟の「幸太も連れてお行きよ」と言った。これだけは計算外だった。

しかし、そのことは口に出さず黙って幸太を連れて、柳原ではなく浅草の日乃出屋に向かった。

〈捨吉の身元がバレた……日乃出屋の主《あるじ》（喜十）と男同士の約束を誓う新太〉

幸太は途中で方角が違うと不審を言った。新太は兄の権威で、「これから浅草の古手屋へ行くぜ。浅草に行ったことはおっ母さんに内緒だ。いいか、喋《しゃべ》っちゃならねェ」と固く口止めした。幸太は兄の厳しい剣幕に、喋らないと約束した。日乃出屋での買物は、主《あるじ》の喜十がしじみ売りの新太に好感を持っていたため実にスムーズに行った。喜十は、この日新太が手土産にしじみを持参したこともあり上気嫌で、百文をオーバーしても新太の求めるものすべてを見繕《みつくろ》ってくれた。お蔭で二人の妹のための浴衣《ゆかた》、新太や幸太の単衣《ひとえ》、さらにはおまけして半纏《はんてん》や袷《あわせ》、綿入れなども風呂敷に包んでくれた。ここまでは順調で新太は嬉しかった。ところが間の悪いことに、喜十に呼ばれた女房のおそめが奥から顔を出した。いつものように背中に捨吉をおんぶしていた。捨吉は頭をのけぞらせて眠っていた。

この時、これを見た弟の幸太が（彼は何も知らない！）、「すて。に、兄ちゃん、すてだ」と甲高い声で叫んだ。おそめの笑顔が消え、喜十と顔を見合わせた。新太が慌てて言った。

「すんません。こいつ、ちょっと頭がとろいんで、気にしねェで下さい」

風呂敷包みを担《かつ》ぎ上げ、慌てて店を出ようとした。

「待て！」。喜十が厳しい声で引き止めた。

「お前はうちの捨吉と何やら訳ありのようだ。ちゃんと説明して貰おうか」

「何も言うことなんてありません。その赤ん坊はおいら達と縁もゆかりもないんです」と、新太はきっぱりと言って唇をかんだ。喜十はその新太の顔をしばらくじっと見つめていたが、こちらもきっぱりと言った。

「そうかい。縁もゆかりもないんだな。そいじゃ、わっちも言わせて貰う。今後、ここに顔を出すんじゃねェ。うちの捨吉の邪魔だ」

するとおそめがおずおずと口を挟んだ。「お前さん……」と。

「お前は黙っていろ。それとも捨吉を兄貴達へ返すつもりかい」

喜十はすべてを一瞬のうちに見抜いていたのだ。新太は畏れ入って俯《うつむ》いた。

だが、おそめは黙らなかった。そして、そのおそめの一言で、新太は救われたのであった。

「捨吉はうちの子になったの。あたしはもう、捨吉と離れられないのよ。わかるでしょう？ずっと子供ができなかったところに捨吉がやって来たのよ。大事に育てますから、どうぞ捨吉を返せなんて言わないで」

おそめは前垂れで顔を覆《おお》って泣き始めた。新太は、このおそめの一言でそれまでの苦労が報われたと思ったはずだ。新太はその感動を隠して気丈に言った。

「お内儀《かみ》さん、さっきも言ったはずだ。その赤ん坊はおいら達と縁もゆかりもねェって。だが、おいらはもう、ここへは来ません。幸太、行くぜ。おうめとおとめが待っている」

だが幸太は未練たらしく捨吉の頬に両手をあてがい、額をこすりつけた。しかし新太に腕をつかまれ、ひっぱられると、

「すて、元気でな。いい子にするんだよ」と眼に涙をためて別れを告げた。そして最後には日乃出屋の夫婦に「すてをよろしくお願いします」ときちんと挨拶をした。新太は、ぼんやり屋《や》の幸太にしては上出来だと感心した。

「お前の居所は訊《き》かないよ」と、喜十が念を押すように言った。

「はい、おいらも言いません。そいじゃ」と新太は気丈に応えて、二人は日乃出屋を後にした。幸太は何度も振り返って手を振ったが、新太は一度も振り返らなかった。もうこれで捨吉との縁も切れたと、新太は自分に言い聞かせた。これですべては円満に収まるはずであった。


〈新太のせっかくの苦労を台無しにする、母親おうのの身勝手〉

ここからこの作品最大の事件——悲しい修羅場——が始まる。それは、あれほど口止めをした弟幸太の不用意な失言から始まった。

その夜、下の二人の妹が蒲団を敷《し》きながら、ふと思い出したように今はいなくなった弟捨吉のことを無邪気に話題にした。

「すてちゃん、元気にしてるかしら」

「どこに貰われて行ったんだろう。お金持ちならいいよね」

「新しいおっ母さんに叱られてないかな。継母《ままはは》って、ほら、意地悪だって言うでしょう」

その時、これを聞いていた幸太がむっくりと起き上がり、二人の妹についロを滑《すべ》らせてしまった。

「大丈夫だ。すての継母は優しくて、きれえな人だから心配すんな」と。

この時、火鉢の傍で冷や酒を飲んでいたおうのの眼が光った。すかさず、

「幸太、お前、捨吉の居所《いどころ》を知っているのかえ」と聞きとがめた。

しまったと幸太は新太を見たが遅かった。

「し、知らねェ。居場所なんて知らねェ」と幸太は慌てて白《しら》を切り続けた。

「じゃあ、何んで捨吉の継母が優しくてきれえな人だとわかるのさ。お前、会ったからそう言うのだろう?」。揚げ足を取るのはおうのの得意だ。

こうなると幸太に勝ち目はなく、彼はあっけなく「ふ、古手屋よ」と吐いてしまった。

当然、新太が「幸太、手前ェ、約束を忘れたのか！」と激怒し、幸太の頬を張った。幸太はおいおいと泣き出した。

そんな二人を無視して、おうのが言った。

「それで読めたよ。お前が古着を買いに行ったのは、その見世《みせ》なんだね。そうかい、捨吉は古手屋の子になったのかい」

そしてさらに新太が一番恐れていたことをぬけぬけと言ったではないか。

「そいじゃ、あたしもその古手屋に行って何か見繕ってこようかね。捨吉の実の母親だと言えば、見世の主《あるじ》は悪いようにはしないはずだ」と。

そんなことをされたら新太の立場はない。彼が日乃出屋と誓った約束はすべて反故《ほご》となる。捨吉の倖せのため、新太が築いて来たせっかくの努力や成果がすべて水の泡となる。

母親おうののそんな勝手なまねは断じて許せない。ここから少年新太の、おそらく生まれて初めての母親に対する必死の抵抗が始まった。日頃の不満、恨みも輪をかけた。


〈母親を絞め殺した新太は、その罪におののき大川に身を投げた〉


新太の怒りはおうのへの罵倒から始まった。

「勝手なことをほざくな。手前ェが何を言ってるのか、わかっているのか」

「何だよ、その言い種《ぐさ》は。それが母親に向かって言う言葉かえ」

「うるせえ！　捨吉に近づいたら、おいらただじゃおかねェ」

「どうしようと言うのさ」

「殺してやる」

あははと、おうのはせせら笑った。

「冗談もいい加減におしよ、あたしが捨吉に会いに行くだけで、どうしてお前に殺されなきゃならないのさ、ばかばかしい」と吐き捨てた。

「捨吉の倖せを壊す奴は、たとい母親でも許さねェ」。新太の最後通告だった。

おうのも怒りをむき出しにして、手に持っていた湯呑を新太に投げつけた。額に当たり、指先でなぞると血がついていた。

「畜生！」と新太は吠え、逆上した。殺人鬼と化した。おうのに飛び掛かり、平手打ちを喰らわせた。おうのがひっくり返ると、すかさずその身体《からだ》に馬乗りになり、一気に首を絞めた。

オレの一生はこの母親を殺すためにあったのかと新太は一瞬思った。しかし、もう自分でも歯止めが利かなかった。

「兄ちゃん、やめて。おっ母さん、死んじゃう！」

そんな二人の妹の声も空《うつ》ろにしか聞こえない。

するとおうのが、ひいっと奇妙な声を上げて、彼女の身体《からだ》の力が抜け、動かなくなった。

「死んだ、おっ母さんが死んだ。兄ちゃんに殺された！」

この幸太の声に、新太はやっと我に返った。おうのは白目を剥《む》いて天井を見ていた。新太は一瞬、周囲の世界が消えて、別世界にいるように呆然《ぼうぜん》とした。

次の瞬間、彼は家を飛び出し、闇雲《やみくも》に夜の道を走っていた。走って走って気がつけば、大川の上の吾妻橋《あずまばし》に来ていた。一瞬、夜気の冷たさに冷静さが戻った。脳裏に今後の自分の姿が浮かんだ。

親殺しの罪で捕まり、打ち首獄門の沙汰となる。もうお仕舞いだ。それならいっそのこと、橋の欄干に手をつき夜の川を見つめた。

ふと思い出した。しじみ取りの仲間の誰かが、人の倖せは等分に訪れると言っておいらを慰めたことがあった。だがそいつはうそだ、と今新太は悟った。自分は生まれてから一度もいい思いなんてしていない。手足にあかぎれを拵《こしら》えてしじみを採り、暑さ寒さの中を売り歩き、おうのに小言ばかり言われる毎日だった……。

ふと空を見ると、星が瞬《またた》いていた。新太は最期に独り言《ご》ちた。

（きれいだな。おいらの最期はこんなきれえな星空が拡がっているんだ）

激しく涙がこぼれた。それを振り払うように新太は欄干に足を掛け、いっきに川へ飛び込んだ。

「身投げだ！」と誰かの声がした。人が集まって来たが、夜の川に新太の姿を見た者は誰もいなかった。これが十四歳の親孝行な少年新太の、むごすぎる、可哀想すぎる短い生涯であった。私は改めて胸を衝《つ》かれた。

子供は親を選べない。その宿命の惨《むご》さ、哀れさである。中でも川へ飛び込む新太が最期に思ったことが星空の美しさだったとは、悲しすぎて言葉がない。彼の生涯には、他に心に残る甘美な思い出は何ひとつなかったのだ。その孤独と寂寥《せきりょう》を思うと胸が張り裂ける思いがする。

さて、物語はここから舞台が一転する。


〈北町奉行所同心上遠野平蔵《かとのへいぞう》が、日乃出屋に新太の不幸を伝えに現れた〉


作品最後の話となった。この作品は実は、シリーズ物の人情捕物帳《とりもの》の趣向を持つ。今現れた上遠野平蔵は、日頃、この懇意の日乃出屋にしばしば姿を現す。この古手屋の主《あるじ》喜十とは仲が良い。喜十が彼の犯人探索の仕事にあれこれ知恵を貸し、何かと協力してくれるからだ。つまりこのシリーズの人情捕物帳は、北町奉行所の隠密《おんみつ》廻り同心上遠野平蔵と、日乃出屋の主・古手屋喜十がコンビを組んで犯人探索に活躍する、そんな物語である。

さてこの日、上遠野は「お前に確かめてほしい物がある」と、携えた風呂敷包みから着物と半纏《はんてん》を取り出して、喜十に見せた。

なんでも大川で「小僧の土左衛門が見つかっての、小僧は裸同然だったが近くの杭《くい》にそいつの物らしい着物と半纏が引っ掛かっていた」らしい。土左衛門は溺死人《できし》の死体だ。水膨れして土左衛門の人相はわからないが、半纏の袖裏に白いきれがくっついていた。それが「お前の見世の符丁と似ているんだな」。これが上遠野のこの日の「確かめてほしい」要件だった。

喜十が「ちょいと拝見します」と手に取って見た。

「覚えております。これはしじみ売りの小僧に売ったものです」と、喜十は応えた。

「やっぱりそうか……」と、上遠野は表情を曇らせて言った。

傍で捨吉を胸に抱えていた女房のおそめが、

「本当にあの子のなの、お前さん」と不安げに訊いた。

お気付きであろう。日乃出屋の喜十夫婦は、この時上遠野から初めて、先に紹介した新太の悲劇を聞かされたのである。信じられないという顔をして二人は上遠野の話を聞いた。

「本所の松倉町の裏店で、倅《せがれ》に首を絞められて殺された母親がいるのよ。新太という倅はそれから行方を晦《くら》ましていたんで、わしもあちこち捜し回っていたのだ。土左衛門がその新太だとすれば、母親を殺した後で大川に飛び込んだんだな」

「どうしてそんなことに」

「さあ、近所の人間は新太のことを感心な倅だと言っていた。てて親が死んでから、しじみ売りをして家計を支えていたそうだ。反対に母親は酒飲みでぐうたらな女だったらしい。

新太にはよほど我慢できない理由があったのだろう。不憫《ふびん》な奴よ」

喜十がふと思い出して、「新太という小僧には確か、弟と二人の妹がいましたが、そちらはどうなりました」と訊いた。

「ふむ。押上村《おしあげむら》に、てて親の兄貴がいてな、知らせを聞いて、慌《あわ》てて駆けつけて来たそうだ。弔《とむら》いをした後に、三人を押上村に連れ帰ったとよ」

喜十は最後に新太と交わしたやり取りを思い出していた。今後、ここに顔を出すなと喜十は言った。相手も約束した。

しかし、まさかこんなことになるとは夢にも思わなかった。それほど追い詰められていたのなら、話だけでも聞いてやればよかったと思う。それができなかったことを喜十は今激しく悔《くや》んだ。

やがて上遠野は仕事があるらしく帰って行った。それを見送って喜十も見世の外に出た。上遠野の雪駄《せった》が路上の落ち葉を踏み締めて、かさこそ、かさこそと音がした。それは上遠野が新太の事情を知って、無念、無念と呟いているように、喜十には聞こえた。

上遠野の姿が見えなくなると、喜十も歩き出した。

「お前さん、どこへ」

おそめの声が背中で聞こえた。

「浅草寺にお参りしてくるよ。捨吉の兄貴の冥福を祈るつもりでさ」

おそめは何も応えなかった。が泣いていたのかも知れない。喜十も落ち葉を踏み締めて歩いた。すると、また無念、無念と新太の思いを踏み締めているように響いた。これがこの作品の最後の一文であった。

付記。この物語には後日談がある。それがこの一冊の最後の第六話『再びの秋』である。上遠野が喜十にちらりと告げた、亡き新太の弟と二人の妹のその後の運命である。

三人を押上村に連れ帰ったという伯父は、母親おうのに輪をかけた強欲で業腹《ごうはら》な男だった。二人の妹は売り飛ばされ、弟の幸太は伯父や彼の息子達（従兄）による暴力のいじめに耐え切れず、ついに逃げ出して、なんと日乃出屋の店に助けを求めて縋《すが》りついて来たのだ。

喜十は新太を見殺しにした良心の呵責《かしゃく》に堪えられず、今度は三人の救出に一肌脱ぐという、心温まる物語である。そこにはあの同心、上遠野平蔵の助言や奔走の協力があったことは言うまでもない。

私としては当初、その第六話の紹介も思い立った。しかし他に取り上げたい作品も少なくないため、断腸の思いで割愛した。読者の皆様の方で、お読みいただければありがたいと思う。

③『おちゃっぴい』（文春文庫）より……
第四編『概《おおむ》ね、よい女房』

〈表題のダジャレが象徴する、宇江佐文学のユーモア性〉

この『おちゃっぴい』もまた六編の短編よりなる輪作短編集である。私は例によって第四編の『概ね、よい女房』が一番面白く、また感銘を受けたため、この一作のみを紹介する。

まずこの表題『概ね、よい女房』は、実は作者の秀逸なダジャレである。その意味や面白さは後の物語紹介に譲るとして、まずは表題に書いた宇江佐文学のユーモア性について一言触れる。これまで書く機会がなかったのだが、この作品に来てやっとふさわしい場を得たと思ったからだ。

実は宇江佐氏は、女性作家には珍しいユーモア好き、ユーモアを解される方だと、かねがね私は興味を持っていた。何故なら氏の作品には、ダジャレやジョーク、時には男しか口にしない卑猥《ひわい》な軽口や冗談がしばしば平然と飛び出すからだ。

しかしそれらは決して、それで読者の笑いを取ろうとする、一部の作家に見られるこれ見よがしのあざといものではない。あくまで物語に色を添えるさりげない副次的なもので、私はそれを氏の文学の持つ一種「隠し味」の魅力と呼び、好感を持つ。
それで、唐突だが想い出したことがある。氏のペンネーム宇江佐真理についてである。私は当初、そのペンネームをてっきり氏の本名だと思い込んでいた。しかし、違った。巻末解説（『無事、これ名馬』）を担当された磯貝勝太郎氏から、以下のような、そのペンネームの由来を教えられたからだ。

……………………

著者の本名は伊藤香《かおる》。ペンネームが宇江佐真理《うえざまり》。宇江佐は英語のWeather（天気）からとり、真理は、氏が尊敬するキューリー夫人の「真理を追究しなさい」という言葉からとって、筆名にしている。〝気まぐれ、お天気屋の女性が真理の追究をする〟という、ひとひねりしたユーモラスなペンネームだといえよう。

……………………

私は合点した。そしてまた想い出した。氏のエッセイ集のタイトル『ウエザ・リポート』にも、天気予報《ウエザリポート》のもじりがあることを。これは氏自身がそのエッセイ集の最後で明かされていたこと。いずれにしても、宇江佐氏のユーモア趣味は、すでにペンネームの時点から始まっていたことになる。
道草を終え本論に移る。

〈世間と馴れ合うことを嫌い愛想も言わない、しかし自分の正論だけは押し通す〉

そんな変わり者が、この『概ね、よい女房』の主人公、おすまという女性の特徴、そして実は魅力である。変わり者の魅力？　と読者は怪訝《けげん》に思われるかも知れない。

実はこの短編集『おちゃっぴい』は、全六編すべて変わり者の物語である。巻末のペリー荻野氏の解説が大いに参考になる。氏はその変わり者を「かわいくない系」「素直じゃない系」の人間と呼んで、以下のように説明される。

「人間、素直でかわいいだけじゃ、面白くもなんともない。性格だって多少凸凹《でこぼこ》しているくらいがちょうどいい」と。そしてこの短編集をそんな変わり者を集めた「素的な物語ばかりだ」と絶賛される。

なるほど表題作でもある第二編の『おちゃっぴい』など、その典型である。そのおちゃっぴい——おしゃべりでわがままでませている少女のこと——という題名からして、素直でない系、かわいくない系の主人公を暗示している。

しかし私はこの表題作は選ばず、先にも書いたように第四編『概ね、よい女房』を紹介する。おすまの可愛げのなさや、世間に対する無愛想の方が、おちゃっぴいよりはるかに変わり者として徹底していて興味深いからだ。

〈何よ、あれ……引っ越して来たおすまに呆《あき》れる長屋の女房達〉

本石町《ほんこくちょう》にある甚助店《じんすけだな》と呼ばれる裏店《うらだな》（長屋）に、ある日の夜、実相寺泉右衛門《じっそうじせんえもん》という、物々しい名の浪人と、彼の妻おすまがひっそりと引っ越して来た。これが物語の始まりである。泉右衛門は五十二歳、おすまは三十一歳。ひと回り以上の年齢差のある二人は、何やら訳ありの夫婦のようだ。

翌朝、おすまは井戸の周りにいた女房達を押し退《の》けるように、平然と割り込んで来た。米の入った釜をどさりと置くと一気に言った。初対面にしては遠慮や気遣いがまるでない。

「ちょいとごめんなさいよ。わたしどもは昨夜、越して来たばかりで何もわかりませんけれどね、ご挨拶はさておき、とりあえず、おまんまは拵《こしら》えなきゃなりませんからね。大きなおいどが三つも四つも並んでいたんじゃ場所塞《ふさ》ぎというものだ。お米、研《と》がせてもらいますよ」

これが挨拶か。甚助店の女房達は最初、呆気《あっけ》に取られて黙り込んだ。おすまはそんな女房達に構わず、井戸の水を釜に入れると手際よく米を研《と》ぎ始めた。さらに遠慮なく不満を洩《も》らした。

「ふんとにもう、ここの井戸の水の質の悪いこと……」

ちなみに傍点の一語は、後に子供達もまねをするおすまの口癖《くちぐせ》だ。

するとおかみの女房達の一人おときが、親切心からこの初めて見る女おすまに口添えした。

「あの、もうすぐ水売りの人が来ると思いますけど、間に合わないようならお米を炊《た》く分はお分けしますすよ」

裏店の共同井戸の水は、洗い物をするぐらいで飲料には適さない。そのためたいていは水売りから飲料用のものは買う。おときはそれを言ったのだ。

しかしその親切にも、おすまはそっけない。

「いえいえ、お米とお茶を飲む水は用意してきましたから」と。

「まあ、そうですか。昨夜は遅くに引っ越しされたようなので、お手伝いもできなくてごめんなさいね」おときは新来のおすまにあくまで親切に気を遣う配慮を忘れない。

ところがおすまはこれにもそっけなく愛想がない。

「そんなお気遣いは無用ですよ。どうせろくな所帯道具もありませんから」と、聞きようによっては相手の親切をはなから無視した高慢な礼儀知らずとも映る。

しかしそれでもおときはよくできた女房で、この後、その場にいる女房達を紹介する労を惜しまない。

「あの、おかみさん、あたしは向かいに住んでいるおときというものです。亭主（初五郎）は大工をしております。えと、こちらはお紺《こん》さんで、そちらはお才《さい》さん。それから……」

するとおすまはここでもおときの言葉を遮《さえぎ》って言った。正直だが険のある物言いだ。

「あたし頭が悪いもんで、そう（一度に）言われてもすぐには覚えられませんよ。人の名前を覚えたって一文の得になる訳じゃなし」

それだけではなかった。おすまはさらに言った。

「さて、飯を炊いて、汁を拵《こしら》えてと。うちの旦那様はろくすっぽ仕事もしないくせに腹だけは一人前に空かせる人なんでね。あい、お世話さま」

こうしておすまは、自分の言いたいことだけ言うと、釜を持ってそそくさと塒《ねぐら》の中へ帰って行った。開《あ》いた口がふさがらぬ女房達。

「何よ、あれ……」

ポカンとする一同を代表して、お紺が呆《あき》れた声で言った。彼女は甚助店で一番気の強い女だ。

お紺の言葉に同調して、お才（左官職の熊吉《くまきち》の女房）も憎まれ口をたたく。「うちの旦那様だと。どんな旦那様なんだか」

おときが二人を制して言った。

「大家さん、今度来る人は浪人をしているとおっしゃっていたから、一応、お武家じゃないの。だったらおかみさんが、亭主のことを旦那様と呼んでも不思議はないけれど」

おときだけは冷静だった。しかし、お才は収まらず、さらに言った。

「最初に何て言った？　大きなおいどが三つ四つだと。手前ェのおいどの方がよほどにでかいのに」

このように引っ越して来た新参者おすまの、甚助店デビューはさんざんな不評を買った。彼女はどうやら世間との協調性を欠く異分子であるらしい。

〈おすまの亭主が、裏店の男達に明かした二人の馴れそめ〉

一方、おすまの亭主実相寺泉右衛門は、その気さくな性格から裏店の住人から愛された。彼は住人達と顔を合わすと「や、お早ようございまする」と気さくに挨拶を交わす。そのため住人から「殿《との》さん」と親しみをこめて呼ばれ、おすまとは対照的に好感を持たれた。中でも彼は（以後実相寺と呼ぶ）、甚助店の男達（職人ばかり）とはいち早く格別懇意になった。それは実相寺が、職人達が日頃集まり、たむろする居酒屋「おかめ」――亭主の亀助と女房のおちかが切り盛りする――に顔を出し、彼らと酒を酌《く》み交わす、男同士の親しい仲となったからだ。

実相寺が初めて「おかめ」に現れた時、常連の先客が二人いた。大工の初五郎《はつごろう》（先のおときの亭主）と桶《おけ》職人の留吉《とめきち》（独り者）である。酒を酌み交わしながら二人は、「新しい店子《たなこ》」の実相寺に興味津々。しかし相手は武家、職人仲間のように気さくには声をかけられない。

するると実相寺が、店の出した料理（小鉢の卯《う》の花）に感嘆してこれを褒《ほ》めた。

「亭主。美味でござるな。このように美味なもの、拙者は生まれてから口にしたことはござらぬ」と。これで武家への緊張と遠慮が和《やわら》いだ。

留吉が、呆気《あっけ》に取られてずばり訊《き》いた。

「旦那、卯の花（おから）を喰ったことがねェなんざ、嘘でござんしょう?」

「いや、まことのことでござる。屋敷では味もそっけもない食事ばかりで……幸い、おすまが時々、うまい物を差し入れてくれたので何とか凌《しの》いでおったが」

すると今度は初五郎が恐る恐る訊いた。

「旦那は今までお屋敷にいらしたんですかい」と。

実相寺は気を悪くするふうもなく応えた。

「いや、甚助店に来る前に半年ほど別の家に住んでおり、その前が屋敷におった。以前の所には屋敷の連中が押しかけるので、おすまがいやがっての、思い切ってこちらに引っ越して来たという訳でござる」

そして実相寺はこの後、この日一番の肝心なことを口にした。酒の酔いに顔をほんのり赤らめながら、相手が訊いてもいない私事を明かし始めた。

「おすまは屋敷に奉公していた女中でござる。故あって拙者と暮らしを共にするようになった。おすまがいなければ拙者は生きることも儘《まま》ならぬ」

「……」

さらに続けて実相寺は、唐突に、

「拙者、一つだけ悪いくせがござっての」と、自分の欠点を臆面もなく告白し始めて、周囲を驚かせた。彼は、実は女にだらしない好色漢であったらしい。

「父親譲りで、すぐに屋敷の女中にその……手を出してしまうと申すか、下々《しもじも》の言葉で惚《ほ》れてしまうと申すか……」

「そ、それでおすまさんにも？」と留吉。

「おすまは三人目でござる。最初はおしずで、それからおまさで……皆、十八の番茶も出花という年のおなごばかり。おなごは若いのに限る。のう、初五郎殿」

初五郎は開いた口がふさがらず、返答に窮した。「ほ、色男」と亀助がからかった。

「面目もない」と実相寺は照れて赤い顔をした。

初五郎が「だが、結局、旦那と一緒にいることになったのはおすまさん一人ということですね」と、念を押した。

「さよう。もとは女中と申しても、拙者も陋巷《ろうこう》に身をやつしている今、おすまを女中扱いするのもいかがなものかと考えておるのだ。足下《そっか》らの言葉で女房と申しても過言ではなかろうの」

実相寺がしみじみと言ったこの言葉こそ、裏店の住人達が一番知りたがっていた二人の

「訳あり」の真相であった。

〈武家の聞き慣れぬ言葉を、留吉が聞き違えて実相寺を困惑させる〉


これこそ冒頭で予告したこの作品のユーモア（おかしさ）、つまり隠し味の魅力である。

実相寺の先の訳ありの話の途中に、桶職人の留吉が正直に質問した。

「あのですね、旦那。ろっこに身をやつすって何んですか？　こちとら学問がねェもんで、とんと意味がわかりやせん」

先に実相寺が言った「拙者も陋巷《ろうこう》に身をやつしている今」の、その陋巷を「ろっこ」と聞き違えたのだ。実相寺は、その留吉を軽蔑するというのではなく、うまい説明ができず黙ってしまった。

すると「おかめ」の主の亀助が、

「陋巷ってェのは下々の暮らしってことですかね？」と助け船を出した。

実相寺が「さよう、さよう。だいたい、そのような意味でござる」とほっとして応えた。

その実相寺が留吉に、

「足下は何を商って糊口《ここう》を凌《しの》いでおられる？」と訊いたことがあった。

その時留吉は、「ろっこの後はこうこですかい？　まあこうこ（漬け物）は毎日喰っておりやすが」と少しも悪びれず応えた。

実相寺はまた黙った。「糊口を凌ぐ」の糊口を相手はこうこ（漬け物）と勘違いしたのだ。この時は初五郎が、大家の幸右衛門が時々口にする言葉で、その意味をうすうす知っていた。そこで実相寺に「留さんは桶職人をしておりやす」と、留吉に代わって応えた。

一事が万事、留吉のこの種の無知や勘違いがこの作品のご愛嬌《あいきょう》となり、読者を苦笑させる。


〈おすまの容赦のない正論が、女房達のさらなる不興、反感を買う〉


実相寺が自分の欠点を告白したことで、裏店の男達の彼に対する親近感は増した。一方、そんなことは全く知らぬ女房達の、おすまへの反感や当てこすりは日増しに激しくなった。何故ならおすまは、その愛想のない人柄にもかかわらず、意外な別の一面を示し始めたからだ。彼女は周囲の人間の不正を見逃さず、遠慮のない正論でびしびし叱りつけるのだ。例えばおすまは、人様の子供であろうと、躾《しつけ》のできていない子供や問題のある子供は容赦なく叱りとばした。近所の子供達が騒いでいると、

「やかましい。ここは野中の一軒家じゃないんだよ」と、大声で怒鳴りつけた。この程度ならさして問題ではなかった。

　しかし、初五郎とおとき夫婦の末っ子の今朝松《けさまつ》の場合は後にシコリが残るほど激しく厳しかった。今朝松が番太《ばんた》の店（木戸番が内職で出している店）で駄菓子をくすねた。それを見つけたおすまは、今朝松の首根っ子を摑《つか》まえると、彼の家に連れ帰り、おときに言った。

「おときさんのところは、どんな躾《しつけ》をしているんでしょうかねえ。この息子はもう、こそ泥のくせがついちまっている。しっかり育てなきゃ、今にあんたが泣きを見ることになるんですよ」

　鬼の首でも取ったように言うおすまに、おときは内心では、はらわたが煮えくり返るほど悔しかった。が、今朝松に非があることなので文句も言えない。今朝松の頭に拳骨《げんこつ》をくれて、おすまに頭を下げた。今朝松は凄《すさ》まじい泣き声を上げた。

「ふんとにもう……」と、おすまが呆《あき》れて残していった口癖の言葉を、今朝松は覚えていて、後にまねをする。

　おときだけではなかった。お紺《こん》も娘のお花の件ではおすまに反感、怨《うら》みを持った。尤《もっと》も彼女の場合、娘が世話をかけたのだから、怨むのは筋違いでむしろ感謝すべきものだったが。

　お紺は、亭主を病で亡くしてから女手一つで三人の娘を育てていた。夜は料理茶屋に勤めている。すると留守番をする姉達に構ってもらえないのか、末娘のお花は、何故かおすまの所へやって来て、お紺が戻るまで自分の塒《ねぐら》に帰ろうとしない。そのまま眠り込んでしまうこともある。

そんな時、おすまは夜中に引き取りに来たお紺に遠慮会釈なく言う。

「お花ちゃんの姉さん達はろくに妹の面倒を見ないから、あたしの所に来るんですよ。ふんとにもう……仕方がないから朝まで寝かせますからね」

そんな時、お紺がどうでも自分の所に連れて帰ると言おうものなら、

「風邪を引かせるつもりかえ?」と、おすまは眼を吊り上げて怒った。親の都合や意地より、子供の立場を思いやるおすまの、優しさが垣間見える一瞬だ。

このようにおすまの行為は、常に女房達の行き届かないところを補い、助けていた。にもかかわらず、おときもお紺も素直に礼を言う気になれない。むしろ逆に反感を強め、寄るとおすまの悪口ばかりに花を咲かせる。

興味深いのは子供達の反応だ。自分達をがみがみ叱りつけるおすまに、彼らはそれほど反感を持たない。今朝松など、腹が減ったと言っては、おすまから貰った焼き芋《いも》を頬張って嬉しそうにしている。

私はふと思った。子供というものは大人の愛情の、その真贋《しんがん》を見抜く天才ではないかと。

彼らには、母親達大人の持つ意地や見栄、反感といった邪心《じゃしん》がない。叱られても怒鳴りつけられても、そこに自分達のためを思ってくれる真実《まこと》をかぎ出す純粋無垢な眼と心が備わ

っているのではないかと。

〈大人の男達にも堂々と意見する、おすまの胆力〉

その日の朝、おすまと実相寺が慌ただしく裏店から出て行った。珍しいことだ。井戸端に朝食の後片づけと洗濯のために集まった女房達が、それ幸いとまたおすまの噂話に花を咲かせた。

ところがこの日の話題は、おすまに対する悪口と言うより、日頃の女房達にはとても出来そうにない、おすまの勇気（胆力）に対する驚嘆と感心のそれであった。

その口火を切ったのはおときで、彼女は亭主の初五郎が、なんとあのおすまにやりこめられたという話を披露した。

「うちの人、昨日、門口の近くで立小便しているのをおすまさんに見つけられて怒鳴られた」と言う。さすがに初五郎は「出た小便が引っ込むかって」口を返したらしい。するとおすまは平然と、まるで当て付けのように初五郎の立小便した所に水をかけて、「まるで犬だね」と言ったらしい。初五郎はその時の腹立ちを女房のおときにさんざんぼやいたらしい。ここまでなら笑い話ですむ。

ところが、おときのその話を聞いたお才《さい》が何を思ったか、今度は桶職人の留吉がおすまにこっぴどくその放蕩癖《ほうとう》を叱られて、しおらしく謝ったという話を披露した。あの留吉が⁉ 女房達が俄然《がぜん》色めき立った。そんなことがあり得るはずがない、信じられないと。

桶職人の留吉は先に紹介した。居酒屋「おかめ」に現れた実相寺に親しく話しかけて、彼の難しい言葉が理解できず、とんちんかんな勘違いをして実相寺を困らせた男だ。その留吉は実は独り者で博打《ばくち》が大好き。稼いだ金の大半をつぎこんで、いつもすってんてんにされている。裏店の女房達も口には出さないが、日頃から心配している評判の放蕩者だった。

そのダラシない留吉におすまが意見して、ついに「へい、気をつけますって頭を下げさせた」と言う。お才が訳知り顔に話した子細は以下のようなものだ。

その日も博打に負けて無一文にされた留吉が、自棄《やけ》になってわめき、門口の柱を蹴飛ばした。その物音におすまが血相変えて飛び出して来て懇々と意見した。彼は最初、うるせェと聞く耳を持たなかった。ところがおすまは、せっかく汗水垂《た》らして働いたお足《あし》を下《くだ》らない博打につぎ込むなんて愚の骨頂、親が聞いたら泣くよ、と留吉に意見した。

「留さんはそれでも、おれが稼いだ銭だ、他人に四の五の言われる筋合いはねェとほざいたけどさ。でも、おすまさん、それで怯《ひる》むものか。博打は胴元にならなきゃ儲からない理屈になっているんだ。それもわからないのか、このとんちきって」、最後は決めのセリフを吐いたらしい。

留吉には親身になって小言を言ってくれる人間がいなかった。そのためぐっと来たのか、それが先の「へい、気をつけます」であった。

以上のお才の話を聞いて、おときは、留吉にとってはいい薬だとしみじみ感心した。自分も常日頃、思っていたけれど、面と向かうとやはり言えなかった。おすまが代わって言ってくれたのだ。

おときは改めて、自分達にないおすまの勇気、強さを思い知った。おすまは子供達だけでない、大の大人（男達）をも堂々と叱り、戒める、そういう剛胆な芯の強さがある。これは一体何に起因するのだろうか。

それにしてもおときは一方で思う。おすまの言い分や行動はすべて正しい。けれど、どうしてもそれを素直に認め、誉《ほ》めることができない。何かソリの合わぬ反感を覚えずにはいられない。何故？　どうして？　おときに代表される裏店の女房達のこの疑問こそ、この作品が私達読者に突きつけた一番の主題であると思われる。

それは表現を換えれば、冒頭で書いた、世間と馴れ合うことを嫌い愛想も言わない、つまり「かわいくない系」、「素直でない系」の変わり者の人間の持つ謎、魅力であった。

〈女房達の我慢が切れた——お紺がおすまに平手打ちを食らわす〉

いよいよこの作品のクライマックスである。

甚助店の恒例の年に一度の餅《もち》つきの日が来た。甚助店の住人が挙《こぞ》って参加する、彼らの一番の楽しみの行事である。

餅つきが得意らしいおすまの活躍がここに来て初めて目立った。彼女は住人達に次々と指図をし、自らも餅つきの相手方を買って出るなど、その鮮《あざ》やかな手捌《さば》きを披露した。

男達は単純に見とれて感心した。初五郎など実相寺に、

「おかみさんはうめェもんですねえ」とお世辞でもなく囁《ささや》いた。

「あれは餅つきとなると張り切るおなごでの」と実相寺。かつて住んでいた屋敷でも、餅つきはおすまの独壇場で誰も手も口も出せなかったらしい。

しかし、ここはお屋敷ではない。おすまの日頃の言動に不快や違和感を隠さぬ女房達の注視する甚助店である。おすまの一人相撲は決して好意的にのみ受け取られている訳ではない。そこに実相寺夫婦の気付かぬ盲点があった。

ひと臼《うす》の餅がつき上がり、女房達は早速、お供え用に餅を丸め始めた。

ここでもおすまの一人相撲は止まらない。次々と注意や叱責が飛んだ。たまたま、お紺がやり玉になった。

「そんなに粉をつけちゃ駄目だよ。お紺さん、あんたのおそなえは何んだえ？　煎餅《せんべい》を拵《こしら》えているつもりかえ」

おときはぷっと噴《ふ》き出した。が気の強いお紺はむっと頬《ほお》をふくらませた。カチンと来たのだ。

「おすまさん、どんなふうにしたらよござんすか？　お手本を見せて下さいましな」と、お紺は当てつけがましく言った。

「ふんとにもう、餅一つ丸められないんだから」

おすまはぶつぶつ言いながら、それでもその太い指で器用に餅を丸めて、表面に皺《しわ》一つない見事なお供えを作って見せた。おときなど、

「おすまさん、本当に上手。もう一度やって下さいな」と感嘆の声を上げてせがむほどだった。このおときの賛辞も、お紺には自分が貶《おとし》められたようで面白くない。

さて、最後の餅をつき終え、竈《かまど》の火を消すと、住人達は茶を淹《い》れてひと息ついた。ところがおすまはその暇にも臼と杵《きね》をたわしでごしごし擦《こす》っていた。大家の幸右衛門が気を遣《つか》って、

「おすまさん、あんたもお茶を飲んでひと息入れたらどうだね？」と言った。

「はい、ありがとうございます。でも、この始末をさっさとしないと、お餅のネバがこびりついて後で往生するんでございますよ」

そこで止《や》めておけばよかった。しかし一言憎まれ口を言わないと気が済まぬ、おすまの悪い癖が出た。

「近頃のおかみさん達は何かと言うと一服することばかり考えるものですから」と、やってしまった。

おときはむっとしたが、無視した。問題は気の強いお紺がいきなり、すっと立ち上がったことだ。眼は吊《つ》り上がり、顔色は真っ青だ。お紺はついに、おすまの勝手な物言いに堪忍袋の緒が切れたのだ。おときの止めるのも振り切って、公然と喧嘩を売って来た。

「ちょいとおすまさん。黙って聞いてりゃ何んだい、その言い種《ぐさ》は」

「おや？　あたしに何か文句でもあるというのかえ？」

おすまは怯《ひる》まず、お紺を見据えた。

「文句があるだあ？　大ありだがね。この中《じゅう》からあんたには肝《きも》が焼けていたんだ。何んだい、偉そうに。手前ェ一人の餅つきでもあるまいし」

「よしなさい！」

大家の幸右衛門が金切り声を張り上げて、お紺の前に立ち塞《ふさ》がった。

しかし、お紺から邪魔だとばかり体当たりを喰らうと、彼は呆《あっ》気《け》なく地べたに膝を突いた。初五郎と留吉が「大丈夫ですか、大家さん」と助け起こした。それでも幸右衛門は「これ、お紺、よしなさい」と気丈に止めた。

周囲の男達も異変に気付いて、おすまを庇《かば》おうと駆け寄った。だが間に合わなかった。お紺の平手打ちが一瞬早く、おすまの頰《ほお》に炸裂した。派手な音がした。お紺は肩で荒い息をしながら、おすまを睨《にら》みつけている。おすまは黙ってされるままになっていた。それが尚更《なおさら》不気味だった。

楽しかったはずの餅つきが、一転して修羅場と化した。辺りはつかの間、水を打ったように静まり返った。

〈片意地な女おすまが、初めて謝罪し本音を明かした〉

気まずい沈黙は、女房達の中で一番分別を持つおときの素早い取り成しで解消した。

「お紺さん、あんた、何んてことを。おすまさん、大丈夫ですか？」と、おときは言った。

お紺は激情を晴らすと、途端に我に返り、わっと泣き出した。自分のしたことの大人気《おとなげ》の無さに気が付いたらしい。

「泣きたいのはこっちじゃないか」

さすがにおすまは気丈で、冷静に言った。しかし、亭主の実相寺が周囲に気を遣って、

「おすま。お紺さんにご無礼したようです。よっくお詫びするように」と諭《さと》した。

するとおすまは「申し訳ございません」と素直に頭を下げた。

ところが冷静だった初五郎や梅吉がすかさず、

「謝るこたァねェよ、おすまさん。手を出したのはお紺さんなんだし」と、おすまを庇《かば》っ

た。男達は実は、おすまが女房達（とくにお紺）に反感を持たれていたことを知らない。だがおすまはうすうす気付いていたようだ。そのためこの思いもせぬ修羅場を借りて、日頃の自分の胸の内を明かして周囲の誤解を解きたいと思ったらしい。

おすまはまず日頃の小言好きから釈明した。

「悪気があって小言を言った訳じゃないいんですよ。それはあたしの性分でどうしようもないんです」。おすまは俯《うつむ》いて言った。お紺は泣き続けている。

「あたしは、この甚助店に来て、心からほっとしたんです。ようやく言いたいことを言える場所で暮らせると思って。少しのぼせていたんでしょうね」。そして意外なことを告白した。

「今朝松ちゃんもお花ちゃんも自分の子供のように可愛くて……。だから小言を言わずにはいられなかったんです。梅さんも初さんも留さんも、皆んな親戚の人みたいで……」

おときは、おすまが今朝松を自分の子供のように可愛いと言ったのに心底、驚いた。そんなふうにおすまが思っていたとは信じられなかった。しかし、可愛いからこそ見て見ぬふりができず小言を言う。少し解《わか》るような気もした。

すると実相寺がおすまを弁護するように言った。

「皆さん。おすまの親密の表し方は少し変わっております。おすまが小言を言ったり、怒鳴ったりする人には格別、親しみを感じているということなのです。まあ、拙者がこの中では一番、小言を言われた口でござるが」

すかさず初五郎が「殿《との》さん、何、のろけているんですよ」と茶々を入れた。このさりげない突っ込みのうまさ、これもまた宇江佐文学の隠し味（ユーモア性）の一つであること、おわかりいただけようか。

さて、大家の幸右衛門が、先の実相寺の説明不足を補うように、ここで初めて重い口を開いて言った。

「おすまさんだって、もともとそんなに小言を言う人じゃなかったんですよ。実相寺さんを庇うために自分が悪者になってでも言いたいことを言わなければならなかったんですよ」

どういうこと？　皆が聞き耳を立てた。これを見た幸右衛門は、この際、おすまの許可を得て、二人のこれまでの過去を話してやろうと決心した。しかし、おすまは強く反対した。

「この人達には関《かか》わりのないことです」と。

するとおときがおすまに近づき、その肩をやさしく抱いて懇願した。

「話して下さいな。どんな辛いことがあったのか。あたし達、もっとおすまさんのこと、知りたいんですよ」

このおときの頼みに、何とおすまが折れて肯《うなず》いたのだ。

おすまは想い出していた。このおときだけは初対面の時からずっとおすまに一番親切で優しい女房だった。しかし、おすまはその好意にいつも愛想のないつんけんした応対しかせず、何も報いていない。今、お紺の平手打ちを受けて、おすまは自分のその片意地を張る偏屈な態度を反省した。自分の秘めて来たこれまでの過去を明かすことが、この一番親切だったおときさんへのせめてもの罪滅ぼしになるのであれば……。これがおすまが、大家の幸右衛門の先の提案に最初反対し、今考え直して同意した理由であった。

かくて裏店の住人達は今、幸右衛門から初めてこの訳あり夫婦の過去を聞かされて、息を呑む衝撃を受けるのであった。

〈おすまは、自分が産んだ子供を二人とも本家の跡継ぎに取られていた〉

これが幸右衛門が明かした、おすまの不幸の核心をなす哀しい物語のすべてであった。以下、紙数の制約もあり、要点だけかいつまんで紹介するにとどめたい。

一、実相寺泉右衛門――裏店では殿さんと親しみをこめて呼ばれていた――は、武家社会によくある跡継ぎ制度の犠牲者であった。彼は旗本三千石の実相寺家に生まれた庶子だった。父親が屋敷に奉公する女中に手をつけて生ませた子である。正妻との間に子がなかったことから、彼は跡継ぎにさせられた。

ところがよくあることで、正妻が一年後に懐妊し男子を出産した。泉右衛門はそのためその正妻の子（異母弟）に未練なく跡継ぎを譲り、自分は父親に命ぜられて隠居し、俗に「部屋住み」「冷や飯《めし》食い」「厄介者《やっかいもの》」などと呼ばれて冷遇される、次男や三男並みの立場に甘んじることとなった。

二、実相寺家に奉公することになったおすま（三人目の女中）は、自分のあてがわれた部屋で妻帯もせず、無聊《ぶりょう》をかこつ泉右衛門に深く同情し、やがて二人は人目を忍ぶ関係となった。おすまは泉右衛門の子を孕《はら》んで出産した。おすま十八、泉右衛門三十九の時だ。

三、ここからおすまの思いもせぬ悲しい運命が始まった。跡継ぎの異母弟には何故か子供ができず、彼はお家安泰のための後嗣《こうし》問題から、兄の泉右衛門の子を養子に譲ってほしいと懇願して来た。懇願とはいえ、実質は実相寺家存続のための、泉右衛門とて拒否できぬ至上命令だ。家督相続者のない武家は容赦なく改易《かいえき》、つまりお家断絶となる。

おすまはこうして自分が腹を痛めた最初の子を、お家安泰のため本家に取られてしまった。

四、さらに惨《むご》い運命がおすまを見舞う。おすまが再び泉右衛門の子を懐妊した時、なんと先に養子に出した最初のわが子が、あろうことか流行《はや》り病《やまい》で呆気《あっけ》なく夭死《ようし》した。すると先の義弟がまたしても泉右衛門とおすまの第二子を養子に欲しがった。

おすまは必死に、泣いて反対した。泉右衛門もいたく彼女に同情した。しかし武家社会のこの理不尽極まる後継ぎ制度には泉右衛門とて抗《あらが》うことはできない。実相寺家のお家断絶は避けねばならないからだ。

こうして、おすまは二人目の実子まで本家に取られてしまう深傷《ふかで》を負った。普通の女性ならその悲劇に耐えられず狂乱、狂死してもおかしくないショックであろうと思われる。

五、しかし気丈なおすまは狂乱も悶死もしなかった。浪人してでも一緒に生きて行くと言ってくれた夫泉右衛門に励まされて、ついに屋敷を出た。彼女にとって二度も非道な仕打ちをした武家社会など何の未練もなかった。愛想が尽きたのである。

以後二人は、浪々の身となり、安息の地を求めて流浪した。やっと見つけた落ち着き先が、この甚助店であった。注目は、武家社会に絶望したおすまの、世間を見る眼が一変したことであった。

以下は私の推測となる。無慈悲で薄情な世の中に、彼女は一切の希望や期待、幻想すら持たない女に変わってしまった。そんな非情な世間に取り入る必要など毫《ごう》もない。ここから相手に全く媚《こ》びない、愛想も追従《ついしょう》も一切口にしない、周囲から見れば無愛想で「可愛くない」、実に付き合いにくい変人おすまが誕生した。

しかし、周囲が何と言おうと、これが深傷《ふかで》を負ったおすまのこの世を生きのびる、精いっぱいの意地であり知恵であった。


〈おすまの想像を絶する不幸に女房達は感涙し、ついに和解がなった〉


大家の幸右衛門の話は、女房達に大きな衝撃を与えた。それでなくとも女性は同性の不幸には敏感で同情が早い。一番反感を持っていたお紺が真っ先に謝った。

「おすまさん、堪忍《かんにん》して、あたしったら何も知らないで……」と、おすまの腕に縋《すが》って悲鳴のような声で詫《わ》びた。

「うちのお花、うんと叱っていいから。ううん、ひっぱたいても構わない」

すると今度はおときが、「うちのけいさもそうですよ。ばんばん怒鳴って下さいな」と、眼を赤くして言った。

「おときさん……」と、おすまは言ったきり、後が言えず喉《のど》を詰まらせた。おすまがこの作品で初めて見せた、女房達への言葉にならない感激と和解の一瞬であった。おすまは自分に一番優しくしてくれたこのおときに、自分が秘めていた苦衷《くちゅう》を聞いてもらってよかったと、心底嬉しかったのだ。

これをきっかけにおすまは、今やっと心の中に一つの窓が開いた気がして、裏店の女房達との新しい付き合いをしようと心に誓った、と私は推測した。このおすまと裏店の女房達の和解を暗示して、この作品の物語は実質終了する。


〈作品の最後を飾る、作者の傑作なダジャレ〉


先の餅つきが終わり、大晦日《おおみそか》を迎えたその日。居酒屋「おかめ」では甚助店《だな》の男達が集まる、恒例の無礼講の忘年会だ。

その賑《にぎ》やかで騒がしい宴席で、初五郎が実相寺に訊いた。

「殿さん、本当のところ、おすまさんをどう思っているんですか？」

「おすまですか？　おすまは……」と、実相寺は少し思案する顔になった。だが、一気に言った。

「概《おおむ》ね、よい女房でござる」と。

それを聞いていた例の留吉が、

「え？　大胸《おおむね》？　おっぱいがでかいの？」と無邪気に訊いた。この男のいつもの軽口である。

実相寺は憮然《ぶぜん》として一瞬黙った。しかし、自棄《やけ》のように声を張り上げてもう一度言った。

「おすまは概ね、よい女房でござる」

これがこの作品の最後の一文である。そしてお気付きのように作品の表題《タイトル》もまた、この秀逸なダジャレであった。

④『深川にゃんにゃん横丁』（新潮文庫）より……

第一話『ちゃん』

〈猫の登場が、作品に終始花を添える異色の長編時代小説〉

これがこの一冊に通底する最大の特徴、そして魅力である。

「にゃんにゃん横丁」という表題《タイトル》が象徴するように、この連作短編集（全六話）は猫（野良猫）の占める比重が大きい。彼らは最初、人間のドラマに花を添える程度の脇役的存在にすぎない。が、最後には裏店の住人をアッと言わせる主役級のドラマを演じて見せる。これこそこの作品の最高の見せ場、クライマックスである。

紙数の制約もあり全六話の紹介は不可能。そこで私は三編（第一、二、六話）を選んで紹介したい。それら三話で、この長編（連作短編集）の持つ主要な主題や魅力（面白さ）はほぼ代表できると考えたからである。

まず第一話『ちゃん』から。「ちゃん」とは、子供が父親を呼ぶ愛称で、この第一話の物語の後半にそれが登場する。

さて、第一話の主題と魅力である。ここでは、宇江佐作品が好んで描く、幼なじみ三人（年齢も同じ五十五歳）の、お互いを思いやり助け合う友情の美しさが中心をなす。

就中《なかんずく》、三人の中の紅一点おふよの気っ風《きっぷ》のいい人柄、難しく言えば彼女の男勝《まさ》りの快気《かいき》炎《えん》——威勢がよく、胸のすくような弁舌——こそがこの第一話の最大の魅力、と言って過言ではない。

ところで一言余談を挟めば、このおふよのような女傑（女丈夫《じょじょうふ》）は宇江佐作品の常連である。度胸と男気《おとこぎ》（義侠心）に富み、一方で世話好きで涙もろい。私はこのような女主人公に出会うたびに、これは作者宇江佐氏の自画像、つまり分身ではないかといつも思ってしまう。

いずれにしても作者はこの第一話では、作者の理想とする女性像を、おふよという女性に託して描かれたと、私は強く思った。

物語は、そのおふよの胸のすくような快気炎を二つ描く。

〈徳兵衛《とくべえ》は、おふよの強引な説得に負けて大家《おおや》を引き受けた〉

これが最初の物語で、話は五年前に遡《さかのぼ》る。

江戸は深川にある喜兵衛店《きへえだな》と呼ばれる裏店《うらだな》が、この作品の舞台である。ちなみに言えば、その裏店の近くに、猫の通り道にもなっている狭い小路があって、いつしか住人達はその小路を「にゃんにゃん横丁」と呼ぶようになった。つまり「深川にゃんにゃん横丁」（表題）は、この作品の舞台をなす喜兵衛店の住人と、そこに住みつく猫達との交流を暗示しているのだ。

さて物語は、その喜兵衛店の先の大家《おおや》が、ぽっくり亡くなって、家主はその後釜を探さねばならなくなったことから始まる。その時、徳兵衛の幼なじみの富蔵が、親切心から自分の信頼する徳兵衛を推薦して家主を喜ばせた。

ところがこれが裏目に出た。徳兵衛は家主の話を聞いていやだと、頑として断った。彼にしてみれば五十歳になってやっと隠居の身（今風に言えば定年退職）になれて、これから好きなことでもしてのんびり暮らせると思っていた矢先の話である。今さら何が哀しくて大家の仕事など……と、彼は富蔵の親切を余計なお節介をしやがってと、腹を立てていた。

困ったのは家主よりも富蔵だった。彼は徳兵衛を推した手前、その面目が立たなかったこともあるが、それ以上に大家不在で放置される裏店のことが気になった。彼は真面目で責任感が強いらしく、家主に任せて放っておけばいいのにそれができない。頭を抱えた彼はその苦境を三人目の幼なじみ、紅一点のおふよに話し、泣きついた。

おふよは幼なじみのよしみで放っておけず、二つ返事で引き受けた。もともと世話好きで、他人《ひと》の難儀を傍観できぬ、彼女の美質が早速発揮された物語である。

おふよは富蔵と一緒に旧知の徳兵衛の家に押しかけ、得意の弁舌と啖呵《たんか》で、いやだと頑強に拒否する彼を、なんと見事に説き伏せ翻意《ほんい》させたのだ。これが結論だった。

この時のおふよの、徳兵衛を根負けさせた、その立て板に水の弁舌や、遠慮のない脅迫まがいの長く執拗な説得は略す。ただ一点、おふよの情理を尽くした弁説の一端だけは紹介しておこう。

「あんたは真面目に働いてきた。それはようくわかっておりますよ。ねえ、いやな客にもお愛想して、旦那やお内儀《かみ》さんにもへこへこして、それで四人の子供を大きくした。本当にあんたは偉かった。お店を退いて、これからのんびり暮らしたいという気持ちもわかりますよ。でもね、あんたはまだ五十だ。手前《てめ》ェから老《ふ》け込んで、埒《らち》もない盆栽をいじることはありませんよ。そんなこたァ、この先、幾らでもできる。それよりも、あんたの人柄を見込んで大家になってほしいと、誰しも思っているんだ。求められている内が華《はな》さね。あと十年も経ってごらんよ。誰も声なんざ掛けるものか。人助けと思って、ここは決心を固めておくれよ」

いかがであろうか。なかなかの説得、弁説だと私は感心した。

こうしておふよは、一方で富蔵の面目失墜の顔を立ててやり、また一方で徳兵衛の余生にふさわしい働き場を見つけてやった。つまり、二人の幼なじみをおふよは見事に救ってやったのである。

さて、その徳兵衛が渋々喜兵衛店の大家を引き受けて、五年の歳月が過ぎた。今や彼は、押しも押されぬ立派な大家さんとなった。かつておふよが見込んだ通り、彼は一旦引き受ければ真面目に努力する責任感の強い男だった。こまめに住人の面倒を見るため、今やなくてはならぬ大家さんと慕われ人望も厚かった。

ところが、そんな徳兵衛に突然、降って湧いたような店子《たなこ》の不祥事が勃発した。この作品（第一話）唯一の事件の発生である。


〈店子《たなこ》の若者泰蔵《たいぞう》が、かどわかし（誘拐）の罪で岡っ引きに捕まった〉


徳兵衛の管理する裏店（喜兵衛店）から咎人《とがにん》（罪人）が出たのだ。真面目な彼は自分の責任もあるかと動揺した。

そんな時、かつて徳兵衛に大家を押しつけたあの幼なじみのおふよが、今度はその借りを返すかのように親身になって徳兵衛に力を貸し、一肌脱いだ。そこにはおふよの、同じ裏店に住む隣人泰蔵（彼女は泰ちゃんと呼ぶ）への日頃の信頼と同情、そして何より彼女の持ち前の義侠心があった。

結論を先に言えば、おふよはこの時も例の勇気ある弁説と鋭い直感力を発揮して、泰蔵の釈放に成功したのである。このおふよの胸のすくような快挙こそが、この唯一の事件の見所であった。以下、私はそのおふよの快挙に重点を置いて、このかどわかし（誘拐）事件の概略を要約、紹介する。

まずは、徳兵衛や富蔵が「あれがかどわかしになるのか」と疑問を隠さぬ、何とも腑に落ちぬ事件の経緯から。

捕まった泰蔵は、材木問屋「相模屋《さがみや》」に奉公する若者（二十五歳）。実は彼は女房が娘を連れて別の男の許《もと》に走ったため、彼女と離縁していた。

ところがある日、その生き別れになった娘と偶然再会した。娘が彼の顔を覚えていて、「ちゃん！」と叫んで懐かしそうに縋《すが》りついて来たのだ。泰蔵は久しぶりの父娘《おやこ》の対面に感激した。とりあえずその日は近くの店で駄菓子やおもちゃを買ってやって娘を帰した。だが今度晦日《みそか》に給金を貰ったら、着物でも簪《かんざし》でも買ってやると約束することを忘れなかった。

当日、娘は嬉しそうに現れ、二人はその日、父娘水いらずの幸福な一時を久しぶりに愉しんだ。娘の欲しがるものは何でも買ってやる、娘に蕎麦《そば》を食べさせ自分は酒を飲む、見世物小屋が見たいと言えば連れて行ってやった。絵に描いたような父娘の幸せな団欒《だんらん》の一日だった。

あまりの幸せに泰蔵はつい、時間の経つのを忘れた。気がつくと外はどっぷり暮れていた。問題は娘が母親には黙って出て来たことだった。案の定その頃、元の女房が娘がいなくなったと近くの自身番《じしんばん》に訴えていた。すわ、かどわかしかと、海辺大工町の岡っ引きと子分が娘の行方を捜しにかかる大騒ぎとなった。

そんな所へ、何も知らない泰蔵が娘の手を引いて呑気に戻って来た。これではたまらない。泰蔵はその場でたちまち岡っ引きに捕まった。

彼は、かどわかしではない、実の娘なんだと必死に訴えたが信用されず、気の毒にも川向こうの大番屋へ送られてしまった。これが徳兵衛と富蔵を悩ませた「何とも腑に落ちぬ」かどわかし事件のあらましだった。

〈女（元の女房）が嘘をついている！……おふよが事件の真相を見抜く〉

さて、徳兵衛と富蔵が頭を抱える自身番《じしんばん》に、噂を聞きつけたおふよが飛び込んで来た。ちなみにここで自身番について一言。江戸時代、各町内の警備のために設けられた詰《つ》め所《しょ》（番所）のことで、普段は大家（徳兵衛）と書役《かきやく》（一種の書記で、ここでは富蔵）が常駐するが、時に岡っ引きも顔を出す。

さておふよは、徳兵衛や富蔵から事情を聞いた。問題は泰蔵の元の女房が、何故か頑《がん》として、泰蔵がその娘の父親であることを言わないこと、また娘も口止めされているらしくそれが言えないことにあるらしい。

おふよは弁が立つだけでなく、頭の回転が速く勘も鋭い。男達の話を聞いてズバリ言った。

「その女は薄情な女だ。仮にも一度は惚れ合って子供まで作った亭主じゃないか。別れた途端 掌《てのひら》を返したように邪険にする。これはあれかえ？　泰ちゃん（泰蔵）が裁《さば》きを受けることを望んでいるんじゃないのかえ」

さあ、と首を傾げる徳兵衛と富蔵に、おふよは焦《じ》れったそうにさらに助言した。

「女房と娘が喋らなくても、泰ちゃんの親がいるじゃないか。そっちに問い合わせたら、すぐにわかるだろうに」

「なるほど。さすがにおふよだ。そこまで頭が回らなかったよ」と徳兵衛。

「しっかりしておくれよ。惚《ぼ》けるのはまだ早い」

おふよは女の直感で今回の事件の原因は、泰蔵の別れた元の女房が嘘をついていると目星をつけていた。こうなると彼女の行動は素早い。おふよは徳兵衛に同行を頼んで、まず泰蔵を捕まえた岡っ引きが居そうな、彼の縄張りの海辺大工町の自身番に乗り込んだ。

〈岡っ引きの無知を諭《さと》す、おふよの快気炎〉

案の定、その土地を縄張りとする岡っ引きの伊助《いすけ》と、おふよらの地元山本町を縄張りとする旧知の岡っ引き岩蔵《いわぞう》が、顔をつき合わせて話し込んでいた。

これなら話が早いと、おふよはここでも物怖《ものお》じせず単刀直入に言った。

「泰ちゃんがどんな男か、こちとらいやというほど知っているよ。かどわかしなんかできる男じゃない」と無実を訴えた。

すると伊助が、

「だけど、おかみさん。娘の母親は泰蔵なんて知らないと言ってるんだぜ」と舌打ちして返して来た。

「それは嘘をついているのさ。岡っ引きのくせにそんなこともわからないのかえ。まだまだ修業が足らないよ」

「何を！」と伊助は、おふよの嫌みに気色ばんだ。徳兵衛がまあまあと伊助を宥《なだ》めた。

「嘘か嘘でないか、ここではっきりさせようじゃないか。浅草には泰ちゃんの親と姉《あね》さんが住んでいる。親は具合を悪くしているが、姉さんから話は訊ける。元の女房と面通しさせたら、すぐにわかるというものだ。え？　そうじゃないのかえ」

岩蔵が感心して、

「なるほど。それなら白黒はつくはずだ」と同意した。ここでおふよがひとつ注文をつけた。

「その前に、ちょいと元の女房と話をさせておくれな。がつんと言ってやることがある」と。すかさず、おふよの気性を知る徳兵衛が、

「おふよ。乱暴はいけないよ」と制した。

「そうだね。腹を立てて手が出るかもしれないから、徳さん、その時は止《と》めておくれな」。おふよは悪戯《いたずら》っぽく笑った。

こうして岩蔵親分に案内されて、ついにおふよと徳兵衛は問題の女の家に乗り込んだ。この第一話のクライマックス、二人の女の対決の物語が始まる。

〈平然と白《しら》を切る元女房の、性悪《しょうわる》と薄情〉


訪れたおふよら三人に、相手の元女房は迷惑そうな表情を隠さず開口一番言った。

「またいらしたんですか。もうお話しをすることはありませんよ」

そんなことに怯《ひる》むおふよではなかった。おふよは単刀直入に言う。

「はい、ごめんなさいよ。あたしは泰ちゃんと同じ裏店に住むふよってもんです。泰ちゃんは無実の罪で大番屋の牢屋《ろうや》に入っているんですよ。元の亭主を助けると思って、ここは口添えしていただきたくってね」

すると相手はしゃらりと言ったではないか。

「何を言っているのか、さっぱりあたしにはわかりませんよ。あの男は見たことも聞いたこともない赤の他人ですよ。うちの大事な娘をかどわかした罪人だ。お裁きを受けるのは当然じゃないですか」

聞きしにまさる性悪女だ。それを見抜くと、おふよはこの女に、泰蔵の元女房であったことを証言させることは容易なわざではないと見抜《ぬ》いた。

おふよは機転を利《き》かして相手の女——名前は岩蔵が教えてくれておよねと言うらしい——に決定的なパンチを見舞った。

「あんたは泰ちゃんと一緒だったことを隠したい様子だが、そうは問屋が卸《おろ》さないよ。浅草に泰ちゃんの親と姉がいる。あんたの娘と泰ちゃんの血がつながっているかどうかは、すぐに知れるというものだ。そうさせて貰《もら》おうじゃないか」

おふよの言葉に、およねは途端に慌て出した。

「何もそこまでしなくても……」

「おや、勢いがなくなったじゃないか。ははん、図星だね」

およねは応えない。しばらくしてついにポツンと本音を洩らした。

「うちの人、あの人のことを口にすると不機嫌になるんですよ。あの人がいなくなれば、うちは丸く収まるんです」

「それで邪魔な泰ちゃんを見殺しにしようという魂胆《こんたん》かえ」

「あんたに関係ないじゃない。何よ、人の家のことに首を突っ込んで」

およねは眼を吊りあげて反撃に出た。この女はまだこたえていない。おふよはまた機転を利かせて二つ目のパンチを放った。


〈およねは旧悪を暴《あば》かれてついに降参　岩蔵親分に従った〉

おふよは責め方を変えた。およねの触れられたくないそれまでの旧悪を暴き出したのだ。

「この人は泰ちゃんと所帯を持っていた頃、勤めていた居酒屋に来た客といい仲になった。その客が今のご亭主だそうだね。つまり間男《まおとこ》したってことだ。泰ちゃんは今のご亭主から首代《くびだい》（慰謝料）を取る権利があるはずだ。首代って、幾らだっけ、親分」

おふよは傍に居る岡っ引き岩蔵を振り返り、助言を請う。岡っ引きの権威を利用するこのおふよのしたたかさは、役者物である。

「そのう、七両と二分だが……」と岩蔵。

「へえ。泰ちゃんは、その七両二分を受け取ったのかえ」

「冗談言わないで。うちの人がそんな大金払える訳ないじゃないですか」と、およねが慌てて自分達の非を認めた。それを待っていたかのように、おふよが決めのセリフを言った。

「そいじゃ、泰ちゃんは只《ただ》で女房を寝取られ、挙句の果てに実の娘なのに、かどわかしの罪でしょっ引かれたってことかえ。こんな気の毒な話はないよ。それを平気で見ているあんたの気が知れない」

おふよはぎらりとおよねを睨《にら》んだ。およねは言い返すことができず、唇《くちびる》をかんだ。後世の言葉で言う姦通《かんつう》の罪や慰謝料の件まで持ち出して追及されてはたまらない。グウの音も出なくなったおよねに、岩蔵が潮時とばかり、ついに言った。

「およねさん、どうだろう。ちょいと八丁堀の旦那に口添えしてくれねェかな」

「親分がそこまでおっしゃるなら、言う通りにしますけどね」

およねが観念して、ふて腐《くさ》れたように言った。

嘘をつき通して来た性悪女が、おふよの容赦のない糾弾についに屈し、兜《かぶと》を脱《ぬ》いだ瞬間だった。

しかしおふよは、およねのその言い種《ぐさ》が気に入らない。一言くらい詫びの言葉があって当然ではないかと思ったのだ。

しかしここでも徳兵衛が、おふよの袖を引いて制した。勝負はついたのだ。せっかく奉行所に出頭することに同意したおよねに、これ以上何か言って、またつむじを曲げられたら元も子もない。後は岩蔵親分に任せたらいいと、暗におふよの不満を諭《さと》した。このあたり幼なじみの二人の息はピタリと合う。

案の定、岩蔵はおよねの同意に気を良くして、

「これで泰蔵も解《と》き放《はな》ち（釈放）になる。恩に着るよう」とおよねに礼を言った。そして次に一番の功労者であるおふよにも、礼を言うことを忘れない。

「おふよさん。心配かけたが、これでどうやら丸く収まったぜ。ありがとよ」と。

おふよは、およねの態度に不満は残ったが、これで泰蔵が晴れて自由の身になると思うと、岩蔵の礼に素直に肯《うなず》いた。

かくて岡っ引きの親分さえ解決できなかったこの事件は、おふよのあっぱれな活躍で見事に一件落着した。

さて、泰蔵である。解き放ちになった彼は、その後自身番にやって来て、迷惑をかけたと徳兵衛に礼を言い、深々と頭を下げた。

私は推測する。徳兵衛は内心で、いやいや礼を言うならおふよさんに言ってくれと独《ひと》り言《ご》ちたのではなかったかと。何故なら、今回の事件解決の功績は、ひとえにおふよの舌鋒《ぜっぽう》鋭い弁説と男気（義侠心）の賜物《たまもの》であったからだ。泰蔵の冤罪《えんざい》を晴らし、大家徳兵衛の不安を解消したのは、あっぱれな女おふよの快挙であったからだ。

以上で私の作品紹介は終わる。

ちなみに作品はこの後、泰蔵の先の娘――名はおるりと言った――が一人で自身番に現れ、ちゃん（父親）に別れの挨拶をしたいと徳兵衛に頼むエピソードを描く。

徳兵衛はそのおるりの健気な願いにほだされて、父娘《おやこ》の別れの場を設定してやる。そこには、今回の事件で、およねと亭主が泰蔵の近くのこの深川に住むのはまずいと考え、引っ越しを決めたという事情があった。おるりはそのため、今度は母親の許可を得て、殊勝にも一人で泰蔵（ちゃん）に別れの挨拶に来たのだ。

その二人の別れの愁嘆場はあまりにお涙頂戴式の紋切り型で、私は感動を覚えない。省略させてもらったことを付記して、筆を擱《お》く。

⑤『深川にゃんにゃん横丁』より……第二話『恩返し』

〈全六話の中で私が一番感銘を受けた傑作〉

まず私事から述べることをお許しいただきたい。

私が宇江佐作品から感銘を受けた作品はもちろん多い。しかし、不覚にも涙を抑えることができなかったのは、後にも先にもこの『深川にゃんにゃん横丁』の第二話『恩返し』のみである。氏の他の作品を含めても涙腺がゆるんで困ったのは、この作品しかない。原稿を何度か書き直すたびに、その箇所に来るといつも決まって涙が出て来て視界がかすむ。その箇所については、後の物語紹介で触れる。

さて、本論に移る。この第二話は作者宇江佐氏の日頃のユニークな子育て論を、まるで絵に描いたような力作で、実に面白く愉しい。その子育て論とは、繰り返せば「子供が真っ当に育つためには、近所の大人達の声掛けが欠かせない」（『ウエザ・リポート』）、これである。

母親のいない父子家庭の少年の、その不遇と孤独の寂しさを、裏店の大人達が何かと声をかけたり、面倒を見て、真っ当に育つよう力を合わせて支えて行く。現代では考えられない夢のような物語だが、だからこそ私達読者の心を打つと私は考えたい。物語に移る。

〈母親のいない男所帯の三男坊音吉《おときち》（十歳）の孤独と反抗〉

これが物語の始まりである。音吉の父親巳之吉《みのきち》は、喜兵衛店の店子《たなこ》で、木場《きば》の川並鳶《かわなみとび》をしている三十七歳の男だ。女房はおらず（生き別れ）、男手ひとつで三人の息子を育てている、今で言う父子家庭である。

ちなみに木場とは材木の貯木場のことで、川並鳶とはそこの材木屋に奉公する職人のことらしい。職人が人一倍お好きで関心の強いらしい作者は（ご亭主は大工職と公表）、ここでも読者のための親切な職人の仕事の紹介を欠かさない。これも宇江佐作品の隠し味である。

例えば……。日本の各地から船で運び込まれる丸太は、御台場《おだいば》の佃島《つくだじま》辺りに下ろされる。川並鳶はそれらを筏《いかだ》に組んで木場へ運ぶ。木場へ着くと、長い棒の先に爪《つめ》のついた手鉤《てかぎ》と呼ばれる道具を使って丸太を貯木場に収める。水に浮かんだ丸太の上を器用に飛び移るのも年季のいる仕事である……云々《うんぬん》。

さて、巳之吉の女房は、貧乏暮らしに耐え切れず家を出て行った生き別れであった。川並鳶は仕事がきつい割に実入りが少ない仕事だったからだ。巳之吉は後を追わなかった。

子供を三人も捨てて出て行くような女房には未練はないと、啖呵《たんか》を切ったらしい。

問題は残された子供の末っ子、三男の音吉《おときち》（十歳）だった。巳之吉は長男（十六）と次男（十五）には川並鳶の仕事を仕込むため、連日二人を仕事場に連れて行く。三男の音吉だけは家で留守番をさせた。その上、米を研《と》いでおけ、汁を拵《こしら》えろ、家の中を片づけろと、家事のすべてを父親や上の二人の兄達から命ぜられたのだから、音吉はたまらない。

まだ十歳の子供に家事全般は無理である。面白くない音吉は素直に言うことを聞かなくなり、当然のように荒れ出した。父親や兄達の眼が届かないのを幸いに、木戸番小屋の店から駄菓子をくすねる、野良猫を棒で叩いて苛《いじ》める、女湯は覗くなど、その手に負えない悪さに、近所から苦情が続出した。

巳之吉は、そのたびに音吉の不始末を、殊勝に頭を下げて近所に謝りに回った。しかし、その後が大変で、音吉への折檻《せっかん》は修羅場と化した。手前ェのような半端者は出て行けの、殺してやるのと、決まって大騒ぎとなった。女親のいない家では音吉を庇《かば》う者もいない。

ここで同じ裏店に住む（先の第一話でもお馴染みの）おふよ小母《おば》さんが登場する。彼女は同じ店子《たなこ》の音吉が折檻《せっかん》されるのを黙って見ていられない。

「あの騒ぎが始まると、あたしゃ、心の臓がおかしくなってしまうのさ」と愚痴をこぼす。が、おふよが偉いのは、愚痴だけにとどまらず、陰《かげ》になり日向《ひなた》になって音吉を庇《かば》い、助けてやることだった。

巳之吉の怒りが静まった頃に、音吉と一緒に行って謝ってやったり、普段、音吉の手に余る家事を何かと手伝ってやったりと、まるで一家の母親代わりのように面倒を見てやった。当然、音吉はこのおふよの言うことだけはよく聞いた。彼にとって、父親巳之吉に叱られて泣きながら頼って行けるのは、このおふよ小母さん以外になかったからだ。

〈材木問屋の相模屋《さがみや》が、隠居《いんきょ》の無聊《ぶりょう》を慰めるため、町内の子供相撲を主催する〉

ここからこの第二話の中心の物語が始まる。

岡っ引きの岩蔵がその日、自身番の徳兵衛と富蔵のところへ、右の表題に書いた耳寄りな話を持って、協力を頼みに来た。岩蔵の話によれば、

「相模屋の隠居は足が悪くて今年の花見はできなかった。それを気に病《や》んで、おれはもう駄目だ、お迎えがくると塞《ふさ》ぎ込んでしまった」らしい。それを聞いた倅《せがれ》の若旦那弘右衛門《こうえもん》が、孝行心を起こし、何とか父親を慰める方法はないかと使用人達に相談した。その時一人が、隠居は相撲《すもう》見物が好きな人だから、隠居部屋の前の広い庭に土俵を拵《こしら》えて素人相撲をやったらどうかと提案した。

弘右衛門は膝を打ち飛びついた。しかし肝腎の力士が集まらない。職人達は怪我《けが》を恐れる。そこで急遽、子供相撲に切り換えた。

岩蔵の徳兵衛への頼みとは「その相撲に出る餓鬼《がき》を集めてほしい」、これだった。徳兵衛はそれくらいならと気軽に引き受けた。

心当たりのある子供の顔が、先の音吉を筆頭に何人か即座に思い浮かんだ。三十人ほど集めれば十五の取組ができ、その後は勝ち抜き戦で優勝を決めるらしい。この後、徳兵衛は岩蔵と手分けして子供達を集めに回った。

ちなみに言えば、三つから七つぐらいの子供が幕下で、幕内はその上から十二くらいまでの子供が対象だ。しかもそれぞれの優勝力士には、相模屋が賞品を出すという。中でも幕内優勝者のそれは、反物一反と米一俵という豪勢なものだ。

徳兵衛はそれを聞いて、米一俵なら、子供より親の方が夢中になりそうな気がした。

〈ヤル気満々だった音吉が、土壇場で出たくないと尻込みした〉

相模屋は子供相撲とは言え、張り切っていた。子供達が当日締《し》めるまわしの準備や、材木置き場の一部を土俵に充《あ》てるため、わざわざ相撲の勧進元から職人を呼んで土俵作りを着々と進めるなど、その準備に抜かりはない。

しかし、世の中大人の思惑通りにはなかなか進まない。子供達には子供達なりの事情があった。子供相撲がいよいよ三日後に迫った日の午前中、おふよが自身番の徳兵衛に泣きついて来た。

「徳さん。困ったよ。音吉、相撲に出たくないと駄々を捏《こ》ねているんだよ」

「何を言ってる、優勝候補が」。徳兵衛は思惑が外れ、愕然とした。音吉は徳兵衛に、

「大家さん、おいら出るぜ。優勝して米を貰ったら長屋中の人に分けてやるんだ」と張り切っていた。それどころか優勝に向け、毎晩、父親や二人の兄を相手に稽古にも励んでいたのだ。

一体どうなっているんだ？　徳兵衛はおふよの話から、大体音吉の「駄々」の原因を察していた。が念のため二人で説得に出かけた。

音吉は案の定、言った。

「ああ、あいつが出るんじゃ勝ち目はねェわな」と。

「そうかい。負けるのがいやなんだね」と徳兵衛。「そうだよ。おいらが負けて、弁天湯のデブが得意になった面《つら》は見たかねェ」と音吉。

どうやら音吉は「弁天湯のデブ」という強敵の存在を知って、怖じ気づいたらしい。町内（山本町）にある「弁天湯」の主《あるじ》が、川向こうに住む孫の勇助《ゆうすけ》を呼び寄せたらしい。なんでもその孫はでっぷりと太っていて、そのまま相撲取りで通用するほどの体格の持ち主、つまり大男であるらしい。音吉が怯《ひる》んだのも無理はない。

しかし徳兵衛は諦めない。年の功を発揮して幼い音吉を諄々《じゅんじゅん》と説得した。

「音吉、負けてもいいんだよ。お前がどれほど弁天湯の孫に喰らいついていけるか、わしはそれが見たい。黙って勝たせるものかと男気を出しておくれ。お前が出れば皆んなが喜ぶ。お前の悪さにさんざん往生した人も、今までのことを水に流してくれるよ。恩返しだよ、音吉」

「恩返し？」と音吉が徳兵衛の言葉を繰り返した。

「ああ、そうだ。この小母ちゃんにも世話になっただろ？　これからも世話になるはずだ。たまには喜ばしてやりな」と、徳兵衛は一緒に来たおふよの日頃の恩を指摘することも忘れなかった。

音吉はさすがに黙ってしまった。何やら思案する顔になった。しかし、子供相撲に出るとはついに言わなかった。しかし徳兵衛は、自分の説得が効《き》いたという感触を得た。

何故ならその後、音吉は当日、結局は子供相撲に出場したからだ。しかしそこには、徳兵衛の知らない別の住人（おふよの亭主粂次郎《くめじろう》）の陰の貢献（助言）があった（後述）。

〈当日の子供相撲の盛況……作者の筆致が冴《さ》え、この作品一番の面白さ〉

さて、この第二話のクライマックスである。その日の子供相撲の活気や盛り上がりを活写する作者の腕は、堂に入っていてなかなかのものである。ちなみに私は作者の他の作品でも作者の試合描写の巧さ（剣術の試合）を知っている。この子供相撲でもその手腕は見事に発揮されていて、実に愉快で読者を魅了する。その面白さや愉しさを、以下三点に絞って紹介する。

その一。相撲開始前のその儀式の荘厳《そうごん》さである。素人相撲とは言え、相撲は神事に由来するらしく、その古式に則《のっと》った儀式の立派さは、さすが江戸時代にはまだ健在だった。材木置場に土を盛り上げて作られた土俵には、御幣《ごへい》が立てられていた。その御幣が外されると、紺の法被《はっぴ》姿の川並鳶が六人上がり、子供相撲の無事を祈って木場の「木遣《きや》り念仏」と呼ばれる一節を唸《うな》り出す。朗々とした声が木場の外まで流れてゆく。

見物人はおよそ二百人。座席に入り切れず、木場に舟を浮かべて、そこから見物する者もいたという盛況だ。砂かぶりの一番いい席には、相模屋の隠居が厚い座布団を敷いて座っていた。傍に世話をする女達も座っている。

行司は相模屋の主《あるじ》の弘右衛門で、彼はこの日のためにどこからか行司の衣裳を調達して来た。そして式守伊之助《しきもりいのすけ》ならぬ式守イモリノ助と自らくだけて名乗り、周囲の観客を沸かせる配慮も忘れない。

その二。出場する豆力士達の、そのあどけない可愛《かわい》らしさである。彼ら三歳から七歳の幕下組はそれぞれ西と東に分かれて座っていた。その幕下から取組が始まった。彼らは力士とはいえ、尻の青痣《あおあざ》が取れない者もいて、勝負よりもただ見ているだけで可愛らしかった。

負けると、痛さと悔しさで顔をくしゃくしゃにしておいおい泣いた。作者のまねをすれば、これもまた「可愛らしかった」。

お気付きであろうか。子供達の力士姿を「可愛らしかった」と表現するこの作者の視点は、まぎれもなく、この作品が女性作家の、子供を慈しむ母親のそれだと私は微笑《ほほえ》ましく思った。

その三。幕内の優勝者は誰か？　これこそすべての見物人や読者の最大関心事であろう。作者も心得たもので、この点の描写に一番力が入る。

幕下が終わり幕内に入ると、予想通り二人の好敵手が勝ち進んで来た。弁天湯の孫勇助と、徳兵衛やおふよが応援する喜兵衛店の期待の星、音吉である。勇助の強さはさすがに圧倒的で、彼は身体《からだ》の重さにものを言わせ、相手をポンとひと突きするだけで勝ち進んだ。

一方、音吉の方は四つに組んで投げを打ったり、土俵際でねばってうっちゃりをかましたりして、見物人をハラハラさせながらも、それでも勝ち進んで来た。

結びの一番の決勝戦は予想通り勇助と音吉の対戦となった。音吉は土俵に上がると勇助を睨《にら》みつけ、闘志をむき出しにした。ここまで来ると体力差よりも気力の差が大きいとはよく言われる。

軍配が返ると、案の定、勇助の突きに音吉の身体《からだ》が後《あと》ずさった。そのままぐいぐいと押し詰められる。音吉は無我夢中で勇助の首に腕を掛け、前に引いた。それがうまく行って勇助の身体が地響きを立てて前に倒れた。

しかし、その瞬間、音吉の足も土俵から出ていた。軍配は音吉に挙がったが、弁天湯の主《あるじ》は目の色を変えて「行司、差し違いだ」と喚《わめ》いた。弁天湯の親戚も「そうだ、そうだ」と相槌《あいづち》を打つ。見物人の意見も二つに分かれた。行司の弘右衛門は困り果てて隠居を見た。

「同体だ。もう一番」

隠居は咳《せ》き込みながら応えた。誰しもほっと胸を撫《な》で下ろした妥当な判断だった。

かくて優勝決定戦の取り直しとなった。このあたり、作者の物語展開は堂に入って巧い。

〈音吉は、ついに奇手（猫《ねこ》だまし）を使って、勇助を押し出し優勝した〉

さて、もうひと勝負（取り直し）と決まると、勇助の顔から笑みが消えた。それもそのはず、彼はそれまでの楽勝続きから、今初めて同体とはいえ土俵の上に匍《は》わされてしまったのだ。その衝撃《ショック》は尾を引き、少なからず動揺もあったはずだ。これが意表を突く音吉の奇手に幸いした。さてその取り直しの一番である。

まず見物していた徳兵衛は、相手勇助の初めて見せるその真剣な表情が無気味に思えた。周囲の女達も「今度は負けるね」と音吉の劣勢を予測して不安顔に言った。

その時だった。おふよの夫の粂次郎《くめじろう》が、「さあて、例の手を遣《つか》うかな」と謎掛けのように呟いた。

「何だよ、お前さん。例の手って」とおふよが訊く。

「いや、こっちのことだ」

そう言った粂次郎は立ち上がると、口許に両手をあてがって、

「音吉、百文《もん》、百文！」と怒鳴った。

百文という技があるのだろうか。徳兵衛にはさっぱりわからない。ところが音吉は粂次郎の声が聞こえたようで、拳《こぶし》を突き上げた。

「やるな、あいつ」

粂次郎は嬉しそうに笑った。

こうしてこの作品一番のクライマックス、音吉と勇助の取り直しが始まった。

音吉の間合いは長かった。勇助は少しいらいらしているように見える。軍配が返った刹《せつ》那《な》、音吉は、すっと顔を上げ、勇助の顔の前で、ひとつパチンと掌《て》を打った。勇助は虚を衝《つ》かれ、眼をぱちくりさせた。音吉はすかさず勇助の背後に回り、厚い身体《からだ》を押しにかかった。

勇助は体勢を元に戻そうともがくが、音吉はそうはさせない。幾ら勇助でも後ろ向きでは分が悪い。とうとう土俵の外に押し出されてしまった。

場内に怒涛《どとう》のような歓声が上がり、座布団が宙を舞った。勇助は悔しさのあまり、おんおんと声を上げて泣いた。そのみっともなさと言ったらなかった。

「ありゃ、何という技だ？」

徳兵衛の近くにいた男が不思議そうに連れに訊いた。

「猫だましよ。音吉、にゃんにゃん横丁に住んでいるそうだから、猫にあやかったのかも知れねェなあ」

「なある」

呑気な解釈だ。

実は音吉は勇助との勝負に備え、色々と策を練ったのだ。相手の目の前でパチンと掌《てのひら》を打って意表を衝《つ》く猫だましもその一つだった。

行司から勝ち名乗りを受けると、音吉はやっと緊張が解けたのか、安心した笑顔を見せた。そしてその後、見物人をゆっくりと見回し「どんなもんじゃい！」と吼《ほ》えたという。

それを見ておふよは、手拭いを眼に押し当て、嬉し涙にくれていた。


〈音吉優勝の陰の功労者粂次郎が、初めてその真相を明かした〉

物語はいよいよ最後、大団円を迎える。

その夜、一膳めし屋「こだるま」（居酒屋も兼ねる）に、音吉の優勝を喜ぶ近所の男達が集まった。この日は珍しくおふよの亭主粂次郎も顔を出した。彼も音吉の優勝がことのほか嬉しかったらしく、ついに今まで黙っていた音吉とのひそかな約束について、一同に明かした。

ちなみに言えば、この店はおふよが夜だけ手伝って客の相手をする。そのため粂次郎は普段は女房の働くこの店にめったに現れない。逆に、おふよの幼なじみの徳兵衛や富蔵はしょっちゅう、一杯飲みに現れる常連客である。

その徳兵衛や富蔵ら常連の客を驚かせ、思わず唸《うな》らせ、感心させた粂次郎の手柄話とは？

これも実は結構長い。私は要点を絞って手短に紹介したい。

一、粂次郎は、音吉が相撲出場を渋る理由を女房のおふよから聞いて、一肌脱ぐ決心をした。しかしまともに説得してもこの少年はつむじを曲げるだけだと見抜くと、年の功で徹底して相手の裏をかく老獪《ろうかい》な作戦に出た。

その結果、音吉は「上等だ。やってやろうじゃねェか！」と、なかばやけくそ気味に、あれほど渋っていた相撲出場を一転して引き受けたのだ。

二、その作戦とは？　粂次郎は音吉の弱気の底に潜む、この少年の負けず嫌い、つまり自尊心に火をつけた。「あのデブには勝てねェ」という音吉の弱さや非力を粂次郎は、「おうよ。組んだら終わりだ」と容赦なく認め、肯定した。しかし、「だが秘策は色々あるぜ」と、落ち込む音吉に水を向けることは忘れない。

押しの一手しかない相手が向かって来たら、体を躱《かわ》して横に飛び退《の》く。あるいは後ろへ回って背中から押す猫だましなどを教えた。音吉は案の定、

「どうでも背中から押し出さなきゃ勝ち目はねェってことけェ」と、このプライドの高い少年は不満顔だ。

「おうよ。組んだら終わりだ」と、また粂次郎は音吉の非力、弱さに念を押した。

三、粂次郎はここで二つ目の手を使った。

「おれと賭《か》けをしねェか？」と挑発の手に出たのだ。

「お前《め》ェが相撲で勝ったら、おれが百文出す。負けたらお前ェが出す」

「冗談きついぜ、小父ちゃん」と音吉は一蹴した。「おいらが文なしってことはわかっているくせに」

少年のこの反応も粂次郎には計算のうちだ。

彼は言った。音吉が親父や兄貴達のような川並鳶になって稼《かせ》げるまで待ってやると安心させ、さらに、

「踏み倒しはいけねェ。きっちり払って貰う」と念まで押した。

すると音吉の負けず嫌いにさらに火がついた。

「小父ちゃんはずるいよ。最初《はな》っから、おいらが負けると決めて言ってやがら。そんな賭《か》け、おいら、まっぴらだ」と断って来た。

ここで、粂次郎が準備していた決めのセリフをついに出した。

「そうけェ、やめるのけェ。お前がそこまで意気地《いくじ》なしとは思わなかった。今の話は忘れてくれ」と粂次郎はあっさり退《ひ》いて、踵《きびす》を返した。

すると意気地なしと決めつけられた音吉のプライドが黙っていない。音吉が追いかけて来て、

「小父ちゃん、一回勝つのはどうだ？　それなら賭けてもいいいぜ」と未練がましく話をむし返して来た。

「駄目だ。そんなのはおもしろくも何ともねェや。ささ、尻尾《しっぽ》を巻いて引けな」と、粂次郎は、先の言葉よりさらに音吉を見下げて愚弄する悪態を放った。

その粂次郎の捨てゼリフに、ついに音吉の我慢が切れ、怒りをあらわにした。憤然と言ったではないか。

「上等だ。やってやろうじゃねェか？」

音吉は、まんまと粂次郎の挑発に嵌《はま》ったのである。粂次郎の表情が初めて和《なご》んだ。

「そう来なくっちゃ。よし決まりだな。百文だぜ。男と男の約束だ。お前《め》ェから百文いただくのを楽しみにしているよ」

　粂次郎はにっこりと笑って去って行った。

　だが音吉は必死だった。優勝できなければ何も貰えない上、百文取られるのだから。これがあの取り直しの優勝戦の時、粂次郎が音吉に叫んだ百文の意味であり、また音吉が捨て身で放った奇手猫だましの真相であった。

　粂次郎は少年の自尊心をズタズタに引き裂くことで相手を激怒させ、そのやけくそ気味の怒りで少年が自分の弱気を克服する一種の蛮勇を持つ、その人間の不思議な心の矛盾を見抜いていた。その見事な人心操縦に私は脱帽した。


〈粂次郎の話を聞いて、徳兵衛は兜《かぶと》を脱いだ〉


　こだるまの客達は、そういうことだったのかと、粂次郎の話に改めて衝撃と感銘を受けていた。一同を代表するように徳兵衛がしみじみと言った。

「こいつは粂次郎さんの作戦勝ちってことですね」

　皆んなも肯《うなず》いていた。

　実は徳兵衛は、音吉は自分の説得で改心して相撲に出たとうぬぼれていた。しかし上には上があったのである。粂次郎は徳兵衛より八歳も年上の六十三歳である。亀の甲より年の功か。徳兵衛は内心、自分のことが何だか恥ずかしかった。彼がすっかり兜《かぶと》を脱いだ、その年上の粂次郎は、気を利かせるかのように、やがて一足先に帰って行った。

しかし、その夜残った客達はその後も音吉優勝の余韻と興奮が覚《さ》めやらず、話は尽きなかった。おふよが徳兵衛や富蔵に酌《しゃく》をしながらしみじみと言った。

「だけど、子供相撲はおもしろかったねえ。あたしゃ、あんなに胸がすっとしたことはないよ」

すると富蔵も思い出して言った。

「巳之吉と、上の兄貴達は男泣きしていたな。あいつ等《ら》、今まで結構、辛い思いをしていたから、よほど嬉しかったんだろう」

この富蔵の言葉に、おふよや店の客は皆ぐっと来ていた。母親のいない男所帯で、一番厄介者扱いされていた音吉が、巳之吉や兄達に久々に生きる歓びと倖せをもたらしたのだ。彼らの感激、嬉しさは察してあまりある。

実は私も、この時の富蔵の言葉にぐっと来ていた一人だった。そして先の冒頭で書いた「涙が出て来て視界がかすむ」という箇所が、実はこの時の富蔵の言葉であった。

何故だかよくわからない。しかし想うに、宇江佐文学が主題とする「人としての優しさや思いやりの心」が、この富蔵の言葉に端的に凝縮されていたからではなかったか。そういう意味で宇江佐文学の魅力、つまり人情の温かさが一番私の心の琴線《きんせん》に触れた箇所が、実はこの「巳之吉と上の兄貴達は男泣きしていたな。あいつ等、今まで結構辛い思いをしていたから、よほど嬉しかったんだろう」という富蔵の言葉であった。

さて誰かが、「ところで賭《か》けの話はどうなった?」と話題を転じた。おふよが、粂次郎は音吉に約束通り百文払ってやったと明かした。すると徳兵衛が、その百文を音吉は健気にも大家の自分の所へ持って来たと言った。父親の巳之吉が店賃を三月《みつき》も払っていないことを音吉は知っていたらしい。その話を聞いたおふよがまた、ここでもぐすっと涙ぐんだ。彼女は気が強く世話好きだが、人一倍涙もろい女でもあった。

さて最後となった。子供相撲が終わってから、音吉の人気は大したもので、近所の人々の彼を見る眼は随分変わった。音吉が賞品の米を長屋の女房達に分けて配ったことも、彼の株が上がった一因だった。女房達は洗濯を手伝ってくれたり色々と親切になった。

徳兵衛が、それもこれも「お前が手柄を立てたからで、皆んな嬉しいのさ」と音吉に説明した。それが徳兵衛の言った恩返しであることを音吉は理解していたであろうか。

はっきりしていることは、粂次郎や徳兵衛、そしておふよらの近所の大人達の声掛けが、音吉を更正《こうせい》させたことであった。作者宇江佐氏の、先の子育て論の結実がここにあった。

⑥『深川にゃんにゃん横丁』より……第六話『そんな仕儀』

〈猫達が人間をあっと驚かせる結末の異変〉

この長編（連作短編集）の紹介も最後となった。この第六話の最大の魅力は、右の表題に書いた猫達の異変である。

さてこの『深川にゃんにゃん横丁』は先の冒頭（第一話）でも触れたように、全編に猫（野良猫）の話が登場し、作品の目立たぬ傍流をなす。ところがこの第六話においてそれは一転して主流と化す。そのためこれまであえて触れずに無視して来た猫の物語を、この第六話で一挙にまとめて紹介しようと思う。当然、これまで紹介しなかった猫の話（第一、三話など）が、いくつか復活して俎《そ》上《じょう》に載《の》ることをご了解いただきたい。

私がこの長編の猫の物語に興味を持ったのは、右の表題の奇想天外な結末の異変にあったことはもちろんである。しかし実はもう一つあった。それは私の知らなかった猫の習性について――その真偽は問わないとしても――私自身、大いに目を啓《ひら》かれたことであった。

そこでまず、私を驚かせた猫の奇妙な習性の物語（二つ）の紹介から始める。

〈猫がものを言う⁉　……住人おふよの証言（先の第一話より）〉

その日、この長編ではおなじみの紅一点、おふよ（小母さん）が、自身番に詰める幼なじみの徳兵衛と富蔵の所へやって来て、いきなり言った。彼女の住む裏店（喜兵衛店）の隣の住人泰蔵の飼う白猫るりが、「ちゃん！」とものを言ったと。

読者はご記憶にあろうか。泰蔵とはかつて無実のかどわかし（誘拐《ゆうかい》）事件で捕まり、おふよの奔走で助けてもらった（第一話）、今は一人暮らしの男やもめだ。

彼は実の娘おるりと離別する運命となったため、その寂しさと孤独を紛《まぎ》らわそうと一匹の白猫を飼い、その猫に娘と同じるりと名をつけた。そして別れた娘を懐かしむようにその白猫を可愛がっていた。自然とその隣に住むおふよも、泰蔵が仕事に出る昼間はるりの面倒を見ていた。そのおふよが言った。

「泰ちゃんが仕事から帰って来るだろ。すると、るりは屋根の上からじっと泰ちゃんを見ているのさ。嬉しさで飛びついたりしない。最初の内、知らん顔しているのさ。泰ちゃんが、るりやと呼ぶと、初めて気がついたような顔で泰ちゃんを見るんだ。それでね、鳴き声をちらっと洩《も》らすんだけど、その鳴き声がまるで人様が喋《しゃべ》っているように聞こえるのさ」

すかさず徳兵衛が訊く。「どんな風に聞こえるんだい？」

「ちゃんって」

徳兵衛は何も言わない。富蔵は噴き出すように笑って言った。

「そんな馬鹿なことがあるもんか。ちゃんだって？　ないない、そんなこと」と、一笑に付した。すると徳兵衛が、おふよを取りなすように言った。

「うちの猫は腹が空《す》くと、ごはんと言うけどね」

富蔵が驚いて「本当かい？」と訊く。

「ああ。女房が餌《えさ》をやる時、ごはんだよと、毎度言うもんだから、すっかりその言葉を覚えたらしい。はっきりとは言えないが、ごわんと言ってるよ」と徳兵衛。

するとおふよが安心したように笑って言う。

「ごはんが言えるのなら、ちゃんも言えるよね」

徳兵衛はこの時のおふよの言葉を本当だと信用した。何故なら後に彼は、泰蔵の家に用があって行った時、泰蔵とるりの、おふよが言った通りの光景を目撃したからだ。

しかし、そのおふよが、数日後、また二人に報告した話にはさすがに呆《あき》れてしまった。

泰蔵が貰い物の鮪《まぐろ》のアラをるりに餌《えさ》として与えた時、なんとるりは「うまい、うまい、鮪、うまい」と言って食ったと言う。

徳兵衛は「おふよ、話が大袈裟だよ。猫がうまいうまいと言うものか」とおふよを窘《たしな》めた（これは第三話『菩薩』の中の話）。

しかしおふよは、「うそだと思うだろ？　だけど」と、自分が泰蔵と一緒に目撃、確認した先の事実をムキになって主張し続けた。

こうなると話は平行線で、埒《らち》もない、とりとめのない話となる。

次に、私を驚かせた猫の二つ目の習性の物語へと移る。


〈猫が恩返しをする！　無類の猫好きおつがの話……先の第二話より〉


その日、一膳めし屋「こだるま」に、おつがという、四十過ぎの女性が早くから飲みに来ていた。おつがは富本節の女師匠だが、実は無類の猫好きで、にゃんにゃん横丁でそのことを知らない者はいない。

そのおつがは出かける時はいつも菰《こも》を持参し、野垂《のた》れ死にした猫を見つけると必ず菰に包んで持ち帰り、手厚く供養してやる。当時でも珍しい猫の愛護主義者である。そのため横丁の住人達は死んだ猫を見つけると、すぐおつがに知らせた。すると彼女はいつもいやな顔ひとつ見せず死骸の始末をしてくれた。大家の徳兵衛は、そんな彼女の奇特な心掛けにいつも感謝していた。

そのおつがが、今日も「こだるま」の手伝いをするおふよを相手に、得意の猫の「おもしろい話」を披露しながら、一人で飲んでいた。そこへ常連客の徳兵衛と富蔵が現れたから、猫談議は一気に盛り上がった。

おふよが早速、幼なじみの二人に、先ほどまでおっしょさん（おつが）から聞いた「おもしろい話」を得意になって披露した。それは、まだらと呼んでいる腹の大きかった猫——黒と白のまだら模様がある——が、おつがの家で五匹の仔《こ》を産んだ話だ。男達は興味を持って聞いた。

まだらはお産のための適当な場所が見つからず、おつがの家の前で奇妙な声で鳴いたらしい。おふよのその話の続きを、少し酔った当の本人おつがが引き取って話した。

「家の中は困るから、上がり框《かまち》の下の板を外して縁の下に入れてやったのさ。ああ、その前に菰《こも》も一枚入れてやった。地べたは冷たいからねえ。それから一刻《いっとき》（約二時間）もすると、お産が始まったのさ」

「苦しそうだったかい」と徳兵衛。

「ちっとも。にゃあとも鳴かなかった。偉いよ、猫は。人間様ほど大騒ぎして子供を産む生きものはいないね」と、おつがは皮肉な調子で応えた。

問題は産んだ後だった。まだらはしばらくの間、仔猫の傍につきっ切りだった。おつがが汁かけめしを差し入れてやると、縁の下から出て来た。板の戸を開けてやるとプイと出て行った。そしてまだらがなんと鼠《ねずみ》をくわえて戻って来たと言う。鼠嫌いのおつがは腰を抜かさんばかりに驚いて、

「後生だから、そんなもの、持って来ないどくれ」と悲鳴のように叫んだらしい。

「そうしたら、今度は鯵《あじ》の干物《ひもの》をくわえて来たんですよ」とおつが。

「どういうことなんだろうね、徳さん」と富蔵が徳兵衛に訊いた。

「わからん」と徳兵衛。

すると、おふよが血のめぐりの悪い二人の男に苛立《いらだ》って応えた。

「鈍いねえ、二人とも。無事に仔が生まれたお礼のつもりなんだよ」

「へえ！」。富蔵は素《す》っ頓狂《とんきょう》な声を上げた。

これがおつがの話す、猫の恩返しの物語の始まりだった。


〈女達の熱心な猫の恩返しの話に、男達は呆《あき》れて鼻白《はなじろ》む〉


仰天する男達を見て、まずおふよがおつがから聞いた受け売り話を得意げに話した。

「まだらは銭の入った紙入れもくわえて来たんだよ」

目を丸くする男達。するとおふよの応援に気をよくしたおつがが、空になったちろり（徳利のようなもの）を持ち上げて「もう一本つけておくれ」とお代わりを注文した。

おふよがその準備で席を外した。その隙《すき》に当のおつがが、さらに男達を驚かすとんでもない話を披露した。

「まだらはね。それからも色々な物を運んで来たのよ。塩鮭《しおざけ》でしょう？　イカでしょう？

富籤《とみくじ》もあったけど当たっていなかったな。仏壇に供える花、線香の箱、蠟燭《ろうそく》。傑作なのは数珠《じゅず》と経本よ。二つ一緒に持って来たの。あたしが毎朝、お仏壇の前でお経を唱えるものだから、まだらの奴、あたしが喜ぶと思ってくわえて来たのよ」

この時、富蔵がたまらず、顔の前で手を振っておつがの話を制した。

「数珠と経本は大袈裟《おおげさ》だ。ないないそんなこと」と、さも馬鹿らしいと言うように。

すると「本当だってば！」と、おつがとおふよの声が重なって叫んだ。おつがはともかく、おふよがいくらおつがの話に共感したとは言え、そこまで興奮することはない。

徳兵衛はさすがに冷静で、事を荒立てることを好まない。彼は独り言のように呟いた。

「猫の恩返しか……」

「そうなんだよ、徳さん。畜生でも、ちゃんと恩は忘れないのさ」

このおふよのいささか能天気な結論に、男達は鼻白《はなじろ》んだ。しかしそういうこともあるのかと黙っていた。これでこの日の猫談議は終わった。

私自身もおつがのそんな話はあまりにも荒唐無稽に思われ、男達同様信じかねた。ところが以下のクライマックスを読んで少し考え直した。

〈まだらが失踪《しっそう》した……この作品のクライマックスが始まる〉

物語は、いよいよ冒頭で予告したこの作品一番のクライマックスに入る。この作品の脇役にすぎなかった猫達が、一転して人間顔負けの主役級のドラマを演じるのだ。

それは、おつが可愛がっていた先の雌猫《めすねこ》、まだらが、突然、行方をくらましたことから始まる。

喜兵衛店の住人達は、このところとんと姿を見かけぬまだらのことを気にかけ出した。と言うのもまだらは、このにゃんにゃん横丁の猫達と多くの係累を持つ一番顔の広い猫であったからだ。先に紹介した五匹の仔《こ》を産んだ野良猫の母親であるばかりでなく、他にきょうだい猫もいる血縁の多いボス的存在であった。

中でも、まだらの面倒を人一倍見ていたおつがの心配や慌てようは尋常《じんじょう》ではなかった。彼女は連日、「まだら、まだら」と気がふれたように泣きながら、町内を捜し回っていた。

当然、こだるまに集まった客達の話題も、まだらのことを心配するものが多かった。

「やっぱりまだらは死んだのかねえ」と富蔵。

「近くをちょろちょろしている分には何んとも思わなかったが、いなくなると人でも猫でも寂しいものだねえ」と、これは徳兵衛。

また別の客は、「猫は死にざまを晒《さら》さないということだから、手前ェの死期を悟って、黙って身を隠したんだろうよ」と、訳知り顔に言った。

結局、富蔵が言った「おつがさん、今夜も泣きながら寝るんだろうなあ」の一言を潮に、客は引き揚げ、店はお開きとなった。

店を手伝うおふよも、「じゃあ、あたしも一緒に帰る」と、前垂れを外し、奥の店の主人に声をかけて、徳兵衛や富蔵と一緒に店を出た。幼なじみの三人のいつもの行動であった。

外は少し雨が降っていた。帰る方角の違う富蔵とは店先で別れ、おふよと徳兵衛は同じ方角の夜道を二人一緒に歩き始めた。ここから猫達の異変が始まった。いや、正確に言えば、おふよと徳兵衛が思わず息を呑んで目撃した、人間の見たことのない、猫達の前代未聞の異変が始まっていたのである。


〈おつがの家に向かって、町内の猫達があちこちにちょこんと端座《たんざ》していた〉


これが異変の予兆、始まりである。

おふよは、おつがの家の前を通りすぎようとした時、ぎょっとして足を止《と》めた。

「どうしたね？」と徳兵衛も足を止めて訊く。

「徳さん、見て」と、おふよが横丁の地面を促した。そして言った。

「猫たちがちょこんと座っているよ。あれ、あっちにも、こっちにも」

おふよが怪訝《けげん》そうに続けた。

徳兵衛が暗闇の中、目を凝《こ》らすと、なるほど猫達が路地の左右に等間隔で座っていた。

彼は「どういうことだろう。猫の寄合でもあるのだろうか」と呑気なことを言った。が、彼も異変に気付いた。猫達が皆、おつがの家の方向を向いて座っているのだ。

「徳さん、おっしょさんに何かあったのじゃないかえ」

勘の鋭いおふよが言った。

「おっしょさん、おっしょさん」と、おふよがおつがの家の前で必死に声をかけた。だが返事はない。雨戸を閉《た》てていたので、とうに寝ているのかも知れなかった。が、不安は募《つの》った。

ついにおふよは徳兵衛に頼んで、岡っ引きの岩蔵親分を呼んで来てもらうことにした。徳兵衛は合点して自身番へ向かった。

その途中でも徳兵衛は目を丸くした。表通りにも猫達が同じ仕種《しぐさ》で座っていたのだ。何十匹いるのか見当もつかない。町内の猫が一斉に出てきたような異常な光景が、夜の闇の中にあった。どういうことだ？

やがて岩蔵が駆けつけて来て、おつがの家の雨戸をこじ開《あ》けた。


〈おつがが、胸の中に死んだまだらを抱えて、息絶えていた〉

これこそ、おふよと徳兵衛が先に目撃した猫達の異変の真相だった。猫達は知っていたのだ。自分達の仲間であるまだらが死んだこと、そしてその遺骸をいつものようにおつがが見つけて引き取ってくれたこと、さらにはそのおつがもまだら捜しの奔走のため疲れ切って、ついに力尽きて死んでしまったことを。

にゃんにゃん横丁のこの猫達の、一瞬にしてすべてを察知したらしいこの信じられない彼らの霊力《れいりょく》こそ、この長編の白眉の魅力、作者渾身の創作の結実であったと私は脱帽した。ちなみに言えば、この第六話の表題『そんな仕儀』の内実も、実はこのおつがとまだらの死であった。

さて、物語は最後となる。おふよはおつがの死に泣き伏した。それでもその後の始末をきちんと調《ととの》える配慮や思いやりを忘れない。おつがの亡骸《なきがら》を蒲団に寝かせ、翌日の葬儀の段取りをつけると、やっと自宅に帰った。夜明け近くになっていたが、猫達の整然と座り続ける姿は微動だにしなかったという。

私には猫達の、その粛然《しゅくぜん》と端座し続ける姿は、彼らの生前世話になったおつがを見送る、威儀を正した感謝と哀悼の葬列のように映った。まさに人間顔負けの荘厳なドラマを脇役の猫達が演じていたのだ。

その私と同じような感慨を、岡っ引きの岩蔵親分と徳兵衛が口にして、この作品の幕が下《お》りる。

「猫どもにとっちゃ、おつがさんは、まるで神様のような人だったのよ。あの人に命を助けられた猫は数え切れねェ。きっと、あの世じゃ先に死んだ猫どもがおつがさんを優しく迎えてくれることだろうよ」

この岩蔵の言葉に徳兵衛が、「あやかりたいものですよ」と相槌を打つ。「だな」と岩蔵も頷《うなず》いた。これが実質、この作品の最後であった。私の紹介もここで終わる。

追記。作品のラスト、猫達が世話になった一人の女性を、彼らなりの流儀で葬送する。そんなあり得ないエピソードに、私は深く感動し、魅了された。

想えば猫がものを言う、あるいは恩返しをする。これも本当か嘘かは判らない。しかし、そんなあり得ないかも知れぬ物語がこの作品の主流をなす。それでも私は心打たれて満足、幸せであった。

ここに無から有を紡ぐフィクション（虚構）、つまり小説の魅力、醍醐味《だいごみ》があると私は信じる。作者宇江佐氏はこれだけの嘘、つまり架空の物語を創作して読者の私を少しも退屈させせない。ここに氏の作家としての才能や手腕の一流を私は見たと思った。

時代小説を書く女流作家の中で、私が氏を唯一敬愛、私淑する理由も、実はここにあったのである。小説の魅力や醍醐味は、まず何よりも虚構《フィクション》の面白さにある。これは宇江佐氏がお手本と仰《あお》がれた作家藤沢周平氏の言葉である。その虚構の天才、藤沢氏の感化が、ここに結実していると、私は嬉しくなったことを付記して、紹介を終える。

⑦『無事、これ名馬』（新潮文庫）より……
第一話『好きよ　たろちゃん』

〈エリートではない、ごく普通の子供の成長物語〉

この第二章「すべての子供を慈しむ宇江佐文学」の最後は、やはりこの力作長編『無事、これ名馬』（六話よりなる連作短編集）で締めくくるのがふさわしいと思った。異例のことだが、私はこの長編に限って初めて全六話を逐一、要約して紹介しようと思う。何故ならこの長編こそ、宇江佐文学の秘める究極の主題の一つ「すべての子供を慈しむ」が見事に集大成された一作だと思ったからだ。言葉を換えれば、作者の畢生《ひっせい》の願いがこめられた一種遺言のような作品だと私には映った。

巻末に作者自身による「文庫のためのあとがき」が添えられている。その中に「私の息子達が優秀であったなら『無事、これ名馬』の小説も書くことはなかっただろう」という一文がある。この作者の正直な告白が暗示するように、この作品は先の表題に掲げた、今風に言えば勉強も運動も格別優れた能力を持たぬ、エリートとは対極のごく普通の子供（この作品では武家の少年）の成長物語である。

早速、第一話『好きよ　たろちゃん』の要約紹介に移る。

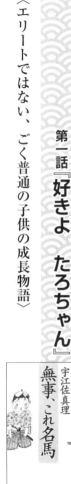

〈火消しの吉蔵《きちぞう》の家に、見慣れぬ武家の少年が「男にしてくれ」と現れた〉

これが物語の始まりである。

江戸は大伝馬町《おおでんまちょう》にある、鳶職《とびしょく》吉蔵の家がこの作品の舞台である。吉蔵は町火消し「は組」の頭取《かしらどり》をも務《つと》めている。

一家には女房のお春《はる》、一人娘のお栄《えい》、その婿《むこ》で火消しの纏持《まといも》ちをしている由五郎《ゆうごろう》、そして二人の間に生まれた幼女のおくみ（吉蔵の孫）が同居する。

ある日、その吉蔵の家に見知らぬ武家の少年が現れ、大人顔負けの立派な挨拶をした。その場に居た吉蔵や娘のお栄は面喰《く》らった。

「お忙しいところを恐縮至極にございまする。拙者《せっしゃ》、松島町の村椿太郎左衛門《むらつばきたろうざえもん》と申しまする。以後、お見知り置きを」

「あっしに何かご用ですかい」と吉蔵。

「昨夜、八兵衛長屋の火事で頭《かしら》のご尊顔を拝しました」

「それで？」

「頭、拙者を男にして下さい」

太郎左衛門は正座して、膝の上にきちんと両手をのせて、いきなり言った。藪《やぶ》から棒に何を言う。

「男にしてくれったって、お前さんはまだ子供だ。これから色々と修業を積めば、きっと一廉《ひとかど》の男になりまさあ。あせることはござんせんよ」

吉蔵は柔らかく無難に宥《なだ》めた。

「いや、拙者は臆病者で、母上は先が思いやられると嘆息されます。今からしっかりしなければ腑《ふ》抜《ぬ》けになると言われました」

その時、娘のお栄が盆の上に今夜月見をするために拵《こしら》えた団子《だんご》と茶をのせて挨拶に現れた。すると太郎左衛門が、

「おかみさん、雑作《ぞうさ》をおかけ致します」と言って、恐縮して頭を下げた。

これがお栄を感心させた。彼女はこんな年頃の子に大人顔負けの挨拶をされたのは初めてで、少し嬉しくなった。歳《とし》を訊《き》くと七歳だと言う。さらに聞きもしないのに言う。

「手習いと剣術の稽古をしておりますが、どちらも芳《かんば》しくはございませぬ」

いきなりの正直な告白にお栄は目を丸くした。気性の激しいお栄は自分を卑下する男を嫌う。

「あらまあ、ご自分からそうおっしゃっちゃ、身も蓋《ふた》もありませんよ」と窘《たしな》めた。しかし、相手は真剣で、少しも怯《ひる》むことなく言い返した。

「でも、本当のことです。このままでは拙者の家はまた小普《こぶ》請組《しんぐみ》に落とされるやも知れま

せぬ。そのようなことになったらご先祖様に申し訳が立ちませせぬ。それで頭《かしら》に男の道をご教示願いたく参上した次第にござりまする」

男の道ねえ……とお栄も黙ってしまった。

〈吉蔵は困惑したが、お栄は好感を持った〉

吉蔵は少年の唐突な願いに困惑し、手を焼いた。男の道なんざ、おれでもわからねェ。これが彼の正直な本音だった。

ここでお栄が父親を助けようと、

「どうして坊ちゃんは、男の道をうちのお父っつぁんに教わろうという気になったんですか」と訊いた。少年は即座に応えた。

「昨夜の火事で頭《かしら》が火消人足に指図する様子はご立派でした。母上が火消の頭は並の心持ちでは勤まらないから、あなたも頭の爪《つめ》の垢でも煎《せん》じてお飲みなさいと言われました」

彼は母親には断らず「拙者の一存で参りました」と言う。吉蔵に男の道を教わりたい彼の決心は固いらしい。

吉蔵とお栄の困惑は改めて深い。手を焼いた吉蔵が、試《ため》しに少年の言う男の道とはどういうものかと訊いた。

すると相手は天井を見上げて、一つ一つ思い出すように並べた。

「夜は一人で厠《かわや》（便所）に行けること、青菜を嫌がらずに食べること、道場の試合に負けても泣かないこと……」

吉蔵は思わず吹き出した。お栄がきゅっと睨《にら》んだ。ところがこの時、そのお栄の言った以下の一言が、少年の思いもせぬ反応をひき起こした。

「厠や青菜はともかく、やっとうの試合に負けて泣くのは困りますねえ。坊ちゃんは男の子なんですから」

すると少年の表情がにわかに曇り出し、早くも眼から涙があふれ出した。

「はい。それはよっくわかっております。しかし拙者、一生懸命我慢しても涙が勝手に出てしまうのです」と、涙目になって言った。

これにはお栄が衝撃を受けた。興味深いのはお栄自身も早くも貰い泣きし始めたことだ。お栄は気が強いが、一方で情にもろく、涙もろい。少年が自分の一番の欠点——剣術の試合に負けるといつも泣き出す——を、恥も外聞もなく泣きながら告白する、そのあまりの初心《うぶ》で素直な可憐《かれん》さに、お栄の母性本能が一度に目覚め、すっかり心を奪われてしまったらしい。

お栄は少年に同情し、一挙に味方になって吉蔵に哀願した。

「お父っつぁん、坊ちゃんのために何とかしてやって」

しかし吉蔵は男でお栄ほど情に流されない。彼はついに、自分の分を弁《わきま》えた大人の分別で、少年を冷静に諭《さと》した。彼は結論を言ったのだ。

「坊ちゃんに見込まれたのは心底、ありがてェと思いやす。ですがね、あっしは学問もねェし、坊ちゃんを男にして差し上げる器量はございません。火事場で組の者にあれこれ指図していたのは、ありゃあ、仕事の内ってもんです。坊ちゃんが火消しの仕事を覚えたところで仕方がねェでしょう」

これで相手も諦めて帰ってくれるものと信じた。


〈少年は意外に聡明《そうめい》で、吉蔵の分別に正論を返して引き下がらない〉


ところが吉蔵の思惑は外れた。少年太郎左衛門は、吉蔵の説得（正論である）に、思いもしない正論を返して来て、吉蔵を感心させた。吉蔵は少年を少し甘く見ていたらしい。

「そんなことはありません。父上は世の中のことに無駄なことはないから、どんなことでも覚えればためになると言われました」

「ほう、偉いお父上様でござんすね。松島町の村椿様というと……」

この時、忽然《こつぜん》として吉蔵の頭の中に旧知の武家の顔が浮かんだ。

「確か湯島の難しい試験を合格されて、今は千代田のお城でお役人を務められているという……」

「はい。父上は幕府の表御祐筆役《おもてごゆうひつやく》を仰せつかっております」

太郎左衛門は吉蔵の記憶に肯《うなず》いて、この時だけ少し誇らしげな表情で応えた。

そうか。この少年は吉蔵の想い出した旧知の武家、村椿五郎太《ごろうた》の息子だったのだ。

となると、この少年の願いもむげに断るという訳には行かない。

この時、咄嗟《とっさ》に吉蔵の頭にこの場を収める妙案が浮かんだ。

「それなら坊ちゃんにどんな風に男の道をお教えしたらいいのか、一つ、その偉いお父上様にご相談なさって下さいやし。話はそれからに致しやしょう」

これには太郎左衛門も、今度は物わかりよく、

「わかりました。今夜、父上と相談します」と従った。二人はやれやれと一息ついた。

ここで私も一息入れて一言余談を挟む。実は吉蔵が想い出した少年の父、村椿五郎太に関しては、彼を主人公にした既刊の宇江佐作品『春風ぞ吹く』（新潮文庫）がある。そういう意味ではこの『無事、これ名馬』は、その前作の姉妹編という性格を持つ。

ちなみにその前作も愉しい作品で、私は一読をお薦《すす》めする。

〈少年が帰り際に見せた優しい兄としての気遣い〉

さて、太郎左衛門も吉蔵との願いが叶えられそうになってほっとしたらしい。ここで初めて、先ほどお栄が出した団子を口にした。

「おいしいですね」と素直な感想を言って、さらに遠慮がちに意外なお願いを言った。

「恐縮でございますが、このお団子を妹と弟にも食べさせたいので、残りを包んでいただけませんか」と。

お栄はお易《やす》いことと竹の皮に包んでやった。少年は優しい兄らしい。

「はい。妹の雪乃《ゆきの》も弟の大次郎《だいじろう》も拙者を慕っております。このお団子をお土産にしたら、きっと、好きよたろちゃんと言って、拙者のほっぺにぷうをするでしょう」

「ぷう！」、吉蔵が思わず吹き出した。お栄も一瞬、呆気《あっけ》にとられた。

しかし、太郎左衛門は二人の呆《あき》れ顔など全く気にするふうもなく、

「頭《かしら》、お邪魔しました。また参ります」と、例によって礼儀正しく頭を下げると、満足げに帰って行った。

この時、少年の洩らした妹や弟の言葉、「好きよ　たろちゃん」がこの第一話の表題となっていること、読者はお気付きであろう。

注目は少年が帰った後の吉蔵父娘《おやこ》の反応だ。二人は思わず失笑しながら、この少年のあまりのあどけない人柄に、限りない好感を持った。中でもお栄のそれは尋常ではなかった。

「好きよたろちゃんと言われて、ほっぺにぷうをされて喜んでいるようじゃ先が思いやら

れるよ」と、お栄はいつもながらの皮肉を言った。が、その真意は逆だった。彼女は舌の根の乾《かわ》かぬうちに「あんな息子がほしいねえ」と、早くも少年にぞっこんの体を隠さなかった。泣き虫で意気地なしらしい少年が、家では優しい兄で妹や弟を大切にし、彼らから慕われている。いい話じゃないのと、お栄はすっかり太郎左衛門が気に入り、心酔していた。

〈吉蔵はついに根負けして少年太郎左衛門の願いを承諾した〉

これがこの第一話の最後、結末である。

翌日、太郎左衛門は約束通り、また吉蔵の家に現れ、父親から指示された内容を二つ、吉蔵に報告した。

「はい。まず町火消しのことです。町家に火事が起きた時、まっさきに駆けつけるのが町火消しですから、その役目を知ることが大切だと言われました。それから燃え盛《さか》る火の中に飛び込むのは勇気のいることなので、勇気を持つ心構えも教わるのがよろしいとも」

「お父上様はいいことをおっしゃるなあ。ようがす。まあ、お力になれるかどうかわかりやせんが、あっしが知っていることは坊ちゃんにお教え致しやしょう」

「頭、恩に着ます」と、太郎左衛門は嬉しそうに顔をほころばせた。少年の粘り強い一途《いちず》な願いがついに叶えられた一瞬であった。

こうして以後、親と孫ほど年の離れた、赤の他人の男同士の不思議な交流が始まった。そしてその交流は、吉蔵が息を引き取るまで、なんと三十年近くも続くのである。吉蔵だけではなかった。彼の娘お栄と少年の交流もこの後延々三十年続くのである。

そのお栄は、この日やって来た太郎左衛門に、早速その遠慮のない好感と好奇心を隠さない。

「坊ちゃん、昨日《きのう》は妹さんからぷうをされましたか」と冷やかす。

少年が「ええ、まあ」とさすがに恥ずかしそうに応えた。すると、

「可愛いなあ。ねえ、坊ちゃん。あたしもたろちゃんって呼んでいいですか」と甘えた。

吉蔵が慌てて叱った。

「お栄、何言いやがる。仮にもお武家の坊ちゃんに向かって」と。

ところが少年は、「拙者は構いません。近所の町家のおかみさんもそう呼んで下さいます。拙者、自分の名前は年寄りのようで、あまり好きではありませんので」と、あっさり許し、お栄を喜ばせた。

かくてこれ以後、吉蔵だけを除いてこの一家の女性達は太郎左衛門のことを、気易く「たろちゃん」と愛称で呼ぶ習慣となる。その女性達の融通無碍《ゆうずうむげ》に便乗して、私も時にたろちゃんを以後使用させてもらおうと思う。

⑧『無事、これ名馬』より……第二話『すべった転《ころ》んだ洟《はな》かんだ』

〈凝《こ》りすぎて奇抜、意味難解の表題〉

作品紹介に入る前に、ここでこの力作長編に関する、私の唯一の不満について一言述べさせて頂く。

右の第二話の表題「すべった転んだ洟かんだ」を、読者の皆様はどのようにお感じになったであろうか。私は何のことかさっぱりわからず困惑し途方に暮れた。

作品を読めば、それなりの意味を持つ老人の軽口であることはわかる。しかし、この第二話の物語の中身を代表、象徴する表題とはとても思われない。ふさわしくないのだ。

そこで、この表題に関しては一切説明を略したい。幸い、この第二話の内容の面白さがそれによって損《そこな》われることは全く無い。つまりその程度の比重しか持たぬ軽薄な表題だと私は考える。

実は、この力作長編には、これと同様の奇抜で意味難解の表題の作品が他にも複数ある。第三話「つねりゃ紫、喰いつきぁ紅よ」、第四話「ざまァ　かんかん」である。それらについても私は以後、一切説明は略したい。理由も先に述べたのと同じである。

私はこれら三つの表題の奇抜、難解さを、この長編傑作の持つ瑕瑾《かきん》（玉に瑕《きず》）だと考え、惜しむ。

ちなみに第一話「好きよ　たろちゃん」、第五話「雀放生《すずめほうじょう》」（難解だが懇切な説明があり納得）、第六話「無事、これ名馬」には何の不満もない。表題にふさわしいすべて適確《てきかく》で妥当なものだと思った。

以上で表題に関する不満を終え、早速第二話の物語の要約紹介に移る。

〈道場での紅白試合に、太郎左衛門が吉蔵の同行、観戦を頼みに来た〉

これがこの第二話の物語の始まりである。

第一話でも紹介したように、七歳の少年太郎左衛門（たろちゃん）は、「男の道」を教えてもらうため、このところ殊勝にも火消し吉蔵の家に頻繁に通って来る。

その日、彼は初めて吉蔵に「お願いがございます」と、右の表題の一件を訴えた。

「まことに恐縮ですが、拙者の道場の紅白試合に、おいでいただけないでしょうか」

「ほう、やっとうの試合があるのですかい。そいつァ、楽しみだ、行かせて貰いやすぜ」

と、吉蔵は気軽に承知した。しかし、その後の太郎左衛門の話を聞いて、彼はいささか気が重くなった。

普通なら自分の強いところを見せて褒《ほ》めてもらいたい、これが子供の望みだろう。しかし、太郎左衛門の場合はそうではなく、どうも逆らしい。

「拙者、試合に負けると、どうしても涙を堪《こら》えることができません。それで、頭に傍にいていただければ、我慢できるのではないかと思いました」

なんと、負け試合の無様《ぶざま》を傍で見ていてほしいと言うのだ。こんな覇気《はき》のない、情けない子供の頼みは初めてで、吉蔵は引き受けなければよかったと一瞬、後悔したほどだ。

しかし、ここで彼はふと考え直した。ここにこの子の欠点があると。太郎左衛門は行儀がよく頭もよさそうだが、本人も認めているように、すこぶるつきの意気地《いくじ》なしで泣き虫なのだ。

「あっしがついていれば泣かずにできやすかい」と吉蔵は念を押した。

しかし相手の返事は何とも心許《こころもと》ない。「多分」とか、「一応はがんばります」とか約束したが、「それでも泣いてしまったら情けない奴だと笑わないで下さい」と最初から予防線を張っている。

初めから負ける、泣き出すと決めているこの少年の弱気や意気地のなさは、いささか異常ではないか、と吉蔵は不安になった。

それでも太郎左衛門は、吉蔵が付き添うと約束したので安心したらしく、帰る時は台所のお春（吉蔵の女房）やお栄（同、娘）に、いつものように明るくきちんと挨拶を忘れずに帰って行った。

〈太郎左衛門の母親紀乃《きの》の異常……少年を畏縮させる教育ママのヒステリー〉

試合当日の朝となった。吉蔵は太郎左衛門を迎えに、初めて村椿家の武家屋敷を訪れた。彼はここで初めて、右の表題に書いた、今風に言う教育ママの異常、ヒステリーを目撃し、少年への同情と憐憫《れんびん》の思いを強くする。

訪《おとな》いを入れると祖母（大奥様）の里江《さとえ》が顔を出し、丁重な挨拶で吉蔵を迎えた。吉蔵が「坊ちゃんのお支度はできやしたんで？」と訊くと、

「は、はい。何んですか、朝になるとお腹《なか》が痛いと仮病を使いまして、嫁に叱られております。すぐに参りますので」と吉蔵は待たされた。

一言余談を挟む。里江の言った「お腹が痛い」は決して仮病ではない。現代の子供達が抱える一種の社会病「学校不登校」（学校恐怖症）の予兆である。私はかつて教職にあったためそのことは何度も体験し学んでいる。それにしても作者が、時代小説という形式を借りて現代の諸問題を描くという氏の信念がここにも垣間見えると、私は興味深く思った。

案の定、家の中から甲高《かん》い女の声がした。恐らく太郎左衛門の母親紀乃の声だろう。

「早く早く何度言ったらよろしいの？　それでもあなたは男ですか。しっかりなされませ。

あなたはこの村椿家の長男なのですよ。こういうことでは先が思いやられます。もう……わたくしは、いっそ、あなたなど産まなければよかった。それでしたら、これほど精を切らすこともなかったでしょうから」

聞いていた吉蔵は胸がひやりとした。言うに事欠いて産まなければよかったとは、何たる言い種《ぐさ》か。吉蔵は腹を立てていた。

するとと里江も同じことを感じたようで、

「これ紀乃さん、何ということを。太郎左衛門のやる気をなくすようなことはおっしゃいますな」と嫁を窘《たしな》めた。

「でもお母様……」

「でももへちまもありませぬ。ささ、太郎左衛門、は組の頭がお待ちですぞ。この祖母《ばば》は、そなたが試合に負けたとして責めは致しませぬ。ですから安心しておいでなされませ」

どうやらこの家では祖母の里江だけが、太郎左衛門の安心できる味方らしい。朝からあんなキンキン声で紀乃に叱られている太郎左衛門は可哀想だと、吉蔵は心底同情した。

やっと玄関に出て来た太郎左衛門の眼は涙で濡《ぬ》れていた。彼は吉蔵の傍に来て、吉蔵の半纏の袖をギュッと摑《つか》むと、

「頭、よろしくお願い致します」と、縋《すが》りつくように言った。

この時だった。吉蔵は、その涙の残る太郎左衛門の顔を見て、ひそかに心に誓ったのだ

った。この泣き虫で意気地なしの「坊ちゃん」が、他の少年に引けを取らない若者に成長するまで、自分がこれからじっと見守ってやろう！　と。

しかし、吉蔵のそのせっかくの誓いも長くは続かない。


〈紅白試合での、少年のあまりに無様な敗北に、吉蔵の怒りが爆発した〉


これがこの第二話の最大の事件である。

吉蔵のそれまでの不安が見事に的中した。七歳組の四番目に登場した太郎左衛門の相手は、道場主伊坂紋十郎の娘で、琴江《ことえ》という名の、道場でただ一人の女弟子だった。吉蔵はそのことは事前に太郎左衛門から聞かされていたので今さら驚かない。彼は、琴江さんは「背丈も高く、何しろ強いのです」とまた予防線を張っていたからだ。

吉蔵は「よりにもよって坊ちゃんの相手がおなごだとは」と内心で失望し、坊ちゃんの腕は吉蔵が考えているよりかなり落ちるらしいと覚悟はしていた。今、案の定その通りの、いやそれ以上の惨状が吉蔵の眼の前で起きた。

審判役の武士が「始め！」と声をかけた。琴江が勇ましい声で竹刀《しない》を突き出すと、太郎左衛門は早くもその気迫に押されたのか、竹刀をことりと床に落としてしまった。すかさず琴江は太郎左衛門の面を打った。その衝撃で彼は尻餅《しりもち》をついた。あっと言う間もない一

瞬の内に勝負がつき、

「紅《あか》、伊坂琴江殿」と、審判役が琴江の勝ちを宣言した。

太郎左衛門は起き上がる瞬間、「頭《かしら》、負けました」とこちらを向いて言った。

吉蔵は返答に窮して思わず俯《うつむ》いた。周りから失笑が起きた。来なければよかった。これが吉蔵の正直な思いだった。

それでも彼はこの後、坊ちゃんを村椿家に送り届けた。結果を聞く祖母の里江に、

「へい。坊ちゃんは、負けは致しましたが、ご立派に試合をなさいやした」と、まるで嘘の、苦しい世辞を言う配慮だけは何とか忘れなかった。

問題はその翌日、太郎左衛門が少しも悪びれたふうもなく、シャアシャアと吉蔵の家に現れたことだ。ここでついに吉蔵の堪忍袋の緒が切れた。彼は太郎左衛門に初めて、遠慮のない怒りの言葉をあびせた。

「結句《けっく》、あっしがいてもいなくても、同じことだったんじゃねェですか」

「…………」

「いってえ、坊ちゃんは真剣に、稽古をなすっているんですかい。あっしにはとてもそんなふうには見えやせんでしたぜ。坊ちゃんは、あの琴江というお師匠さんの娘と手合わせしても、何んにもしなかったじゃねェですか。あれは試合とは言えやせん」

吉蔵が、一気にまくし立てると、太郎左衛門はほろほろと泣き出した。

「またお父っつぁん。泣かせちゃ駄目じゃないか」と、お栄が太郎左衛門の肩を持った。

「うるせェ。おれはな、最初《はな》っから諦めて試合を投げているような坊ちゃんの了簡が気に入らねェんだ」。吉蔵のこの啖呵《たんか》は正しい。

「ごめんなさい、頭。ごめんなさい。拙者、お詫《わ》び申し上げます」

「おれに謝って貰《もら》ったって仕方がねェ」

吉蔵はぷいっと横を向いた。この時の吉蔵の怒りは尤《もっとも》で、さすがのお栄もそれ以上太郎左衛門の肩を持てない。太郎左衛門は泣き続けるしかなかった。


〈吉蔵の甥《おい》、金次郎《かねじろう》の登場……少年の窮地に同情し優しく助言する〉


その時、「おイ、叔父貴《おじき》、いたかい」と、声をかけて一人の若い男が、ずかずかと家の中へ上がりこんで来た。吉蔵の甥（姉の息子）の金次郎だった。この金次郎は三十五歳の男盛りで、実質、今や火消し「は組」の采配を任せられている男だ。

その金次郎が、泣いている太郎左衛門と、そっぽを向いている吉蔵を見て、

「どうしたい？」とお栄に訊いた。お栄から経緯《いきさつ》を聞くと、この男は呑《の》み込みが早く機転が利く。

彼は早速、泣いている太郎左衛門に同情して、

「ちょいと、おれの話を聞いておくんなせェ」と、少年の前に胡座《あぐら》をかいて、諄々《じゅんじゅん》と話し出した。

この時の金次郎の話が、この第二話の、先の太郎左衛門の惨敗に次ぐ、いやそれ以上に重要な意味を持つエピソードとなる。

「坊ちゃん、男にとって大事なことは何んだと思いやす？」

「強くなることですか」

「へへえ、わかっていなさるじゃねェですか。男はおなごより強くなけりゃいけやせん。なぜなら、男はおなごを守るさだめで生まれて来てるんですからね。ところが坊ちゃんは昨日の試合に負けてしまった。しかもおなごにね。さあ、そいつはいったい、どうした訳でござんしょう」

「拙者が弱いからです」

「いいや、そうじゃありゃせん。坊ちゃんには気力がねェからです。また負けるかも知れねェ、そう思って、試合をする前から及び腰になっていたからですぜ。坊ちゃんは試合をする前に、もはや負けていたんでさァ。こんな馬鹿なことがありやすかい。ちょっとでも打ち込んでやろうという気にならねェ限り、これからも勝つことはありやせん。さあ、この先、坊ちゃんはどうしなさいやす。負け続けやすかい」

「い、いやです」。太郎左衛門はその時だけ、きっぱりと応えた。

すると金次郎はこの後、自分も子供の頃、剣術の道場に通ったことがあると、以下のような話を披露した。

〈金次郎は太郎左衛門に二つのことを教えた〉

太郎左衛門が泣き止《や》んで、思わず聞き入った金次郎の話とは？　要約すると二点になる。

一は、太郎左衛門の欠点、気力の無さを奮い立たせるための、金次郎自身の少年時代の武勇伝である。

彼は道場の強い相手――お武家の兄《あに》弟子――にも敢然と掛かっていく無鉄砲な少年だった。そのため生意気だと、稽古の帰りにさんざん殴《なぐ》られた。それが悔《くや》しくて、彼は近所にいた北辰一刀流の免許皆伝の浪人に教えを請《こ》いに行き、ひと月徹底的に仕込んでもらった。顔も身体《からだ》も痣《あざ》だらけになったが、音《ね》を上げなかったのは、殴った奴等《やつら》を見返してやりたい意地があったからだ。

そしてついに道場の試合で、三つも年上の奴等をこてんぱにやっつけた。

「胸がすうっとしやしたぜ」と彼は言った。

「羨《うらや》ましい……」と、泣き止んだ太郎左衛門が眼を輝かせて言った。気力を持って闘うことの素晴らしさは通じたようだ。

二は、試合に負けないための最低限の秘策を教えてやったことだ。金次郎は言った。

「とにかく竹刀《しない》をしっかり握って持つこと。それから手前ェ《てめ》の眼を相手から逸《そ》らさねェこと。この二つを守れば、そこそこいけますぜ」と。

すると太郎左衛門が、感に堪《た》えないといった表情で、

「若頭《わかがしら》、ありがとうございます。拙者、少し勇気が出ました」と言った。

「そうですかい。そいつァ、話した甲斐があったというもんです」

金次郎は相好を崩して言った。

この時の金次郎の話は実は、二人の男の窮地を救っていた。

一人はもちろん太郎左衛門。この少年はこの時の金次郎の教訓を忠実に守って、以後剣術の修行に励み、後に見違える成長ぶりを示す（第五話）。そこには少年しか知らぬ金次郎の陰の美談も秘められていた。それらはすべて後の第五話で紹介する。

二人目は、お気付きであろう、金次郎の叔父の吉蔵である。彼は若い甥っ子の金次郎に、見事に一本取られたと苦笑していたのではなかったか。

先にも書いたが、私は吉蔵が太郎左衛門を厳しく叱ったことは正しいと思った。負け癖がついて、負けてもチャラチャラしているこの少年の能天気、一種の甘ったれは、誰かが一度ガツンと懲《こ》らしめてやる必要があったからだ。

ただ吉蔵には叱りつけた後のフォローが無い。これでは昨日彼が腹を立てた少年の母親

紀乃のヒステリーと変わらない。ガミガミ叱るだけでは子供は成長しない。吉蔵の短慮を、甥の金次郎がフォローして見事に救ってくれたのである。

⑨『無事、これ名馬』より……第三話『つねりゃ紫　喰いつきゃ紅よ』

〈正月恒例の出初式《でぞめしき》（梯子乗《はしご》り）を控え、町火消し「は組」で不祥事が勃発《ぼっぱつ》した〉

これがこの第三話の物語の核心である。

ところで、町火消しの出初式と言えば、私は子供の頃、映画（時代劇）で見た、あの梯子の天辺《てっぺん》で大胆な軽業《かるわざ》の妙技を披露する、かっこいい男達の勇姿を想い出す。しかし、その男達の華やかな舞台裏では、実は私達見物人には窺《うかが》い知れぬ彼らの厳しい訓練（稽古）があった。その点だけでも私は興味を持つ。

さて、右の表題に掲げた「は組」の不祥事とは？

今年の梯子乗りに決まっていたは組の代表、二十歳の若者鹿次《しかじ》が、なんと稽古の大詰めになって突如姿を消したのだ。梯子乗りが途中で役目を放り出して雲隠れ（とんずら）するなど、前代未聞の不祥事で外聞も悪い。

師走《しわす》（十二月）の半ば過ぎのことで、本番の正月四日まであと十日余りしかない。は組の頭を務める吉蔵は頭を抱え、来年の初出《はつで》（＝出初式）は、は組は駄目かと諦める覚悟をしていた。

しかし男気の強い、若い金次郎《かねじろう》（第二話の救世主）は承知しない。そんなことをした日には、は組の沽券《こけん》に関わると、彼は弟《おとうと》弟子の由五郎《ゆうごろう》（お栄の亭主）に、お前が代《か》わりをやれと命じた。

驚いたのは由五郎である。彼は一年前までやっていたとはいえ、今からでは稽古の時間があまりにも足りない。勘弁しておくんなさいと何度も畏敬する兄《あに》弟子に頭を下げた。しかし金次郎はうんと言わない。手前《め》ェ、おれの顔を潰《つぶ》す気かと息巻いた。火消しの男は気性が烈《はげ》しく一本気だ。一度言い出したら後へは引かない。まして相手は日頃世話になる兄弟子で、その命令は絶対だ。由五郎は従うしかなく、結局腹をくくった。

ここからである。彼は本業の鳶職《とび》の仕事もうっちゃって、文字通り死に物狂いになって、それこそ夜もろくに眠らず、梯子乗りの稽古に打ち込んだ。女房のお栄が見かねて、「お前さん、ちったァ、お休みよ」と口を挟んでも「うるせェ」と一蹴するだけで口も利かない。彼は真面目で責任感が強い。それだけに引き受けた以上、町内の人々の期待を裏切りたくない。その重圧とも彼は闘っていたのだ。

〈由五郎の、誰も恨まぬ潔い覚悟と出陣〉

さて、本番の正月四日が来た。出初式の梯子乗りに出陣する由五郎は、女房のお栄にしんみりと言った。

「おれがよう、足を踏み外して、まっ逆《さか》さまに落っこちてもよう、お栄、誰も恨《うら》むんじゃねェぞ」

それは行方をくらました鹿次や、無理矢理代役を命じた金次郎のことを指していたか、と私は推測した。いずれにしても誰にも責任転嫁せぬ由五郎の男らしい覚悟と出陣に私は胸を打たれた。またこの時の彼を見送る家族の、不安をおし隠した健気な勇気にも胸を衝《つ》かれた。

まずお栄だ。彼女は先の由五郎の言葉に、眼を赤くして「あいよ」と頷《うなず》くと、由五郎に景気よく切り火《きび》（清めの火）を打って、亭主の無事を祈った。娘のおくみ（四歳）は「お父っつあん、がんばって」と、さすがに正直に不安を隠さず、しかし健気に父親を励ました。

由五郎はたまらず「おくみ！」と言って娘を抱き締め、ほろほろと涙を流した。

火消しの男達は、火事の際の出動だけではない。年に一度のこの梯子乗りにも命懸《が》けなのだ。失敗すれば女房や子供とのこれが永遠《とわ》の別れになるかも知れない。彼らは常に死と隣り合わせの苛酷な日常を生きている。

一方、そんなことは先刻承知のお春（吉蔵の女房）は、さすがに余裕があり冷静だ。彼女は、由五郎から孫娘のおくみを引きはがすと気丈に言った。

「ささ、由《ゆう》さん。おめでたい日に涙は禁物だ。さすがは、は組の纏《まとい》持ちだってところを見せておくれな」と、由五郎の感傷を遮《さえぎ》った。

「へい。おっ姑《か》さん、そいじゃ、行って参じやす。頭《かしら》、お先に」

由五郎はこうして一足先に出て行った。


〈太郎左衛門が現れて、聞き捨てならぬ情報を伝えた〉


その由五郎が出て行った直後、今度は入れ違いに、おなじみのたろちゃんこと太郎左衛門が、今年初めて吉蔵の家に顔を出した。

「頭、おめでとうございます。おかみさん、大おかみさん（お春のこと）もおめでとうございます。本年も何卒《なにとぞ》よろしく……」と相変わらず立派な挨拶をした。

ちなみに言えば、この時少年の言った「大《おお》おかみさん」を、お春は「あたしゃ狼《おおかみ》さんと呼ばれているようで」と苦笑する。宇江佐作品のおなじみのダジャレがここでも健在である。

さて、吉蔵が笑顔で少年に言った。

「坊ちゃん、今日は、は組の初出だ。よろしかったら見てやっておくんなさい」

「もちろん、是非にも拝見させていただきます」と、太郎左衛門。

ところがこの後、彼は続けて異《い》なことを言った。

「でも、どうして由五郎さんが梯子乗りをするのですか。確か、稽古をしていたのは鹿次さんだったと思いますけど」

これには色々と事情があるんですよと、取り繕《つくろ》うお栄に、太郎左衛門は一気に言った。

暮《くれ》の三十日、彼は手習所の先生に年末の挨拶に伺った帰り、

「鹿次さんが女の人と歩いているのを見ました」と。

お栄の顔色が変わった。「たろちゃん、それ本当のことですか」

「ええ、本当ですよ」と太郎左衛門。

「野郎！」とお栄が男のように毒づいた。彼女は夫の由五郎に代役の苦労をさせた鹿次に、心底腹を立てていた。それを知る吉蔵がすかさず、

「お栄、初出が終わるまで、そのことは誰にも喋《しゃべ》るんじゃねェ」と釘を刺した。

〈由五郎は代役の梯子乗りを、何ひとつ失敗せず完璧に演じた〉

吉蔵やお栄、そして娘のおくみや太郎左衛門が見守る中、由五郎は何なく「一本遠見」、「逆さ大の字」などの梯子乗りの大技を次々に披露して、見物人からやんやの喝采《かっさい》をあびた。

問題は由五郎が演技の最中に、高い梯子の天辺から、はるか眼下の地上の見物人の中に、

目敏《めざと》く鹿次の姿を見つけていたことだ。大した余裕である。

それにしても、鹿次もまた間抜けな男である。自分は途中で雲隠れしたくせに、初出の様子が気になり、のこのこ出て来たらしい。見つかれば自分がどんな制裁を受けるかわかっているはずなのに。

案の定、地上に無難に降りた由五郎が、周りの火消し（平人《ひらびと》）に指示して、鹿次を引きずり出して来させた。鹿次は平人達に囲まれて、自身番の中へ連れ込まれて行った。

問題は、これを見ていた太郎左衛門だった。ここから少年の知らない、大人達の厳しい世界の話、すなわち制裁（＝私刑《リンチ》）の物語が始まる。少年は不安な面《おも》持ちで吉蔵に訊いた。

「頭、鹿次さんはどうなるのですか？」

「坊ちゃん。鹿次はヤキを入れられやす」

「そんな。鹿次さんが可哀想です」

吉蔵はここで厳しく「男の道」を説いた。

「いいですかい、坊ちゃん。男が一度引き受けたことは、死んでも果たさなけりゃならないんです。鹿次は、手前ェから梯子乗りがしてェと志願したんですぜ。それを反故《ほご》にするなんざ、筋《すじ》が通りやせん」

「筋ですか、男の道は」と太郎左衛門。

「へい、筋を通すのが大事です」と、吉蔵がきっぱりと言った。

梯子乗りが終わって、見物人が立ち去り、あたりは静かになった。すると自身番から、制裁を受ける鹿次の悲鳴が早くも大きくなってきた。吉蔵は、太郎左衛門を自身番に連れて行く訳にもいかず、お栄やおくみと一緒に先に帰らせた。

〈由五郎の男伊達《おとこだて》が、は組の窮地を救った〉


さてこの作品（第三話）一番の見せ場（クライマックス）となった。

吉蔵が自身番に様子を見に行くと、中では鹿次がすでにボコボコに殴《なぐ》られて人相もなかった。ここから制裁（私刑《リンチ》）を受ける鹿次の凄惨《せいさん》な物語が始まる。

「そのぐらいでやめておけ」と吉蔵が制した。しかし、は組の体面にこだわる金次郎は収《おさ》まらない。

「叔父貴《おじき》、こいつは女と逢引《あいびき》するために稽古をずるけ、ていたんだ。その内に体裁が悪くなって、トンズラしたって寸法よ。太《ふ》てェ野郎だ」

金次郎は不愉快そうに吐き捨てた。注目は由五郎だ。鹿次を一番怨《うら》んでいいはずの彼は、声を荒らげることもなく静観していた。今日の梯子乗りの完璧な成功で、責任を果たせた満足感と余裕があったのだろう。

その時、鹿次が自棄《やけ》になって吼《ほ》えた。「煮るなり焼くなり、好きにしろィ！」

金次郎の鉄拳《てっけん》が容赦もなく鹿次の顎《あご》に炸裂《さくれつ》し、彼は呻《うめ》いた。身体《からだ》が前のめりになる。それを平人二人がぐいっと持ち上げる。その時、吉蔵が訊いた。

「鹿次よう、お前ェ、その女と一緒になりてェのか」

鹿次がこくりと頷《うなず》いた。

「叔父貴、こいつがのぼせるようなことは訊かねェでくんな。相手は鹿次の女房になるような女じゃねェ。七つも年上で、しかも亭主を二人も換《か》えている女だ」

金次郎の語気は荒い。よほど腹に据《す》えかねている様子だ。

ここで鹿次が悲鳴のような声で反撃に出た。

「お職《しょく》（火消しの職階名で金次郎のこと）。お職がそんな口を利けるのけェ。お職は夫婦約束していたお栄さんを振って、今のおかみさんと一緒になった。おれは、そんな情《じょう》なしのお職から意見される覚えはねェ。七つ年上だろうが、亭主を二人も換えていようが、そんなこたァ、構わねェ。真実、惚《ほ》れちまったから、梯子乗りの稽古もうっちゃって、あいつの傍にいただけだ」

この時の鹿次の言い分、私には若い男の正直な雄叫《おたけ》びのように聞こえ、なぜか清々《すがすが》しく痛快に響《ひび》いた。

しかし金次郎は、自分の古傷に触れられたこともあり、さらに激昂《げっこう》した。素手では埒《らち》が明かないと思ったらしく、傍にあった刺又《さすまた》に手を伸ばした。危い！　鹿次が殺される！

この時、事態を静観していた由五郎が、ついに立ち上がった。この第三話の圧巻の見せ場（クライマックス）である。彼は兄弟子《あに》金次郎の前に立ちはだかると言った。

「兄ィ、もう勘弁してやってくれ」

「いいや勘弁ならねェ」と金次郎。

すると由五郎が伝家の宝刀を抜くように、胸のすくような啖呵《たんか》を切った。

「鹿次の始末をつけたのは、おれだぜ。おれがいいと言ってるんだから、もうそれでいいじゃねェか。これ以上、刻《とき》を喰えば、めでてェ酒の味がまずくならァ。どうだ、皆んな」

由五郎が周りの男達に相槌を求めると、彼らは金次郎の顔色を窺《うかが》いながら肯《うなず》いた。

「よし、これで決まりだ」と由五郎。金次郎もさすがに黙った。彼は今度の初出で由五郎に無理に代役を押し付けた借りがあった。さすがにそのことは忘れておらず、ここは弟《おとうと》弟子の顔を立ててやったのであろう。


〈鹿次を叱り、更生を誓わせて許す由五郎の度量の大きさ〉


この後、由五郎はこの日初めて鹿次に向き合い、おもむろに苦言を呈した。先の金次郎に放った彼の悪態をまず窘《たしな》めた。

「お前ェ、うちの奴のことで兄ィの弱みを衝《つ》いたつもりだろうが、そいつは、おれに対しても当てつけたことになるんだぜ。そいじゃ何かい、おれは兄ィが振った女と一緒になったってことかい？」

　鹿次は一瞬はっとして応えられず俯《うつむ》いた。

「済んだこたァ、四の五の言うもんじゃねェよ」

　由五郎は鷹揚《おうよう》に言い、それより肝心のことを忘れずに言った。「お前ェはおれに大きな借りをつくっちまった。さあ、この借りはいつ返してくれるのよ」。鹿次はすぐには応えられない。だが由五郎に厳しく急《せ》かされて、ついにボソボソと言った。

「来年の初出にゃ……立派に……梯子乗りをして見せやす」と。

　自身番にいた男達がまずほっとして一斉に吐息をついた。

「よく言った。その言葉を忘れんなよ。なら、明日から組に出て、遅れを取った仕事をしろィ！」

　こうして由五郎はこの日、は組を悩ませた一切のトラブルのケリをつけた。まさに千両役者を思わせる活躍、快挙であった。

　彼の許しが出ると、は組の若い者がすばやく鹿次の傷の手当てに掛かった。一番ほっとしたのは吉蔵であった。彼は今度の一件で内心、鹿次を組から放り出すのも仕方がないかと覚悟を決めていた。しかし先の由五郎が、鹿次の更生を約束させた言葉を聞いて、その必要もなくなったかと、救われた思いがしていた。

この後自身番は、鹿次の制裁の場から一転して、恒例の正月の初出の成功を祝う、めでたい賑やかな男達の酒宴の場へと移って行った。私の紹介も以上で終わろうと思う。

それにしても、男達の怒号や鉄拳の飛びかうこの凄惨な修羅場の紹介は、臨場感や迫力に充《み》ち、これが女性作家の手による描写かと、私は改めて感服し脱帽した。作者宇江佐氏が内に秘める持ち前の烈しい男気（俠気）の生んだ、作者会心の一作であったと私は感動した。

⑩『無事、これ名馬』より……第四話『ざまァ　かんかん』

〈由五郎とお栄の夫婦喧嘩を、太郎左衛門の「寝小便」癖が救う〉

これがこの第四話の物語の核心である。

は組の大人達に日頃何かと教えてもらう少年太郎左衛門が、今度は逆に、その素直で正直な人柄――彼が打ち明けた恥ずかしい寝小便の癖《くせ》――が、図らずも大人達（由五郎夫婦）の意地になった不和（喧嘩）の解消に一役貢献するという、子供の無邪気が大人の依怙地《いこじ》を救う物語である。

話は先の第三話で一躍男を上げた、は組の火消し由五郎の意外な欠点から始まる。

彼は火消しとして熱心なあまり、自分の考え方にこだわりすぎ、時に他人と意見衝突を招くことがしばしばあった。その日は女房のお栄との喧嘩になってしまった。

当時、町火消しの間では、火事場での縄張《なわば》り争いに端を発する小競《ぜ》り合い、つまりトラブルが跡を絶たなかった。とくに他の組との境界線に当たる町で火事が起きた場合にそれが激しかった。ここはおれ等《ら》でやる、お前《め》ェ達はすっこんでいろ、といった類の争いだ。

吉蔵は「は組」の頭として、どちらかというと穏健派で、無闇に意地を通さない。相手がどうでもここを収めると言えば譲ることの方が多かった。は組の面目よりも火事を消し止めることの方が先決だと考えるからだ。

そのため吉蔵は、組の連中に固く喧嘩を禁止していた。だが中にはそれを不満に思う者も少なくなかった。その血の気の多い連中の代表格が、娘婿の由五郎だった。彼は相手の理不尽な言い掛かりにはとことん我慢できない男で、この日もまた吉蔵に不満を訴えていた。

「親父《おやじ》、い組の纏《まとい》持ちは、この間の火事でおれ達が引き上げたことを、火消しの風上にも置けねェとほざいたぜ。おれァ、肝《きも》が焼けて仕方がなかった。堀留の兄ィ（吉蔵の甥の金次郎《かねじろう》）が傍にいなかったら殴り飛ばしてやるところだった」

「ほう、よく辛抱したな」と、晩酌中の吉蔵が徳利を突き出して由五郎にも勧めた。

しかし彼は徳利を邪険に払って、自分の憤懣《ふんまん》の続きをやめない。

「消口《けしぐち》を取らざァ、おれの男が立たねェ」と。

消口を取るとは、いの一番に火事場の屋根に上がり、纏《まとい》を立てて消火の権利を得ることだ。由五郎はちなみには組の纏持《まといも》ちを務めている。彼はは組が腰抜け呼ばわりされることが何より我慢ならない男だった。

その時、父親吉蔵の気持ちを理解するお栄が、たまらず口を挟んだ。これが喧嘩の始まりとなった。

「お前さん。喧嘩になって番所にしょっ引かれてもいいのかえ。下手すりゃ、両手が後ろに回り、小伝馬町の牢屋入りだ。は組から咎人《とがにん》を出したら事だ。お父っつぁんはそれを心配しているんだよ」

「女はすっこんでいろ！」

由五郎は却《かえ》って逆上して言った。孫のおくみが由五郎の剣幕に怯《おび》えて泣き出した。吉蔵の女房のお春が、「よしよし。心配しなくていいよ」と、おくみを手許に引き寄せ、抱いてあやした。いつもの光景である。問題は、すっこんでいろと言われたお栄の眼が、異様に光ったことだ。

お栄は、父親の吉蔵が常々、男に生まれて来たらよかったと嘆《なげ》く、気性が烈しく喧嘩好きの女である。その癖、情には人一倍脆《もろ》く、世話好きで、宇江佐作品ではお馴染みのタイプの女性だ。余談を言えば、私は作者もこのタイプの女性ではないかと常々思ってしまう。

さて、そのお栄が、すかさず亭主の喧嘩を買って反撃に出たからたまらない。

「そうかい、お前さんはそんなに喧嘩がしたいのかい。上等だ。やって貰おうじゃないか。ただし、ここであたしに三行《みくだ》り半を書き、は組の纏持ちの看板を下ろしておくれな。そうしたら、何をやっても構やしない。おう、おう、お前さんにその覚悟があるんならおやりよ。さあ、さあ」と、凄《すご》んだ。

「何んだとう、このあま！」

由五郎ががつんと一発お栄の顔を殴った。お栄は一瞬、よろけて畳に手をついた。唇が切れ、血も滲《にじ》んだ。だがお栄は、手の甲でゆっくり口を拭《ぬぐ》うと、

「あら嬉しや。い組の連中の代わりに殴られるなんざ、あたしも果報者だ」と、皮肉たっぷりの減らず口を叩《たた》いた。お栄は喧嘩となると決して譲らず手がつけられない。それを知る吉蔵が、たまらず声を荒らげて由五郎を叱った。

「由五郎、いい加減にしねェか。親の前で娘を殴るたァ、どういう了簡《りょうけん》だ」

由五郎はさすがに婿らしく「悪うござんした、真っ平、ご勘弁を」と謝まった。が、この後「くそおもしろくもねェ」と、家を飛び出して行った。

母親のお春が、「お前もどうして黙っていられないんだろうね。あんなこと言ったら、由《ゆう》さんが頭に血を昇らせるばかりなのに」と、泣いているおくみの背中をなでながら言った。

「だって、うちの人はお父っつぁんの気持ちをちっともわかっちゃいないのだもの。あたしは、それが悔しかったのさ。うちの人が勝手なことをすれば、組の若い者が真似《まね》をする。あたしは、この江戸に命知らずの若い者を増やしたくはないのさ」

しんみり言う娘の言葉に、吉蔵はほろっときていた。

〈翌日の夜、突然太郎左衛門が現れ、一家の重苦しい雰囲気を一掃する〉

　ここから物語は、冒頭で予告した核心に入る。

　さて、家を飛び出して行った由五郎は、その夜は帰らず、翌日の朝になって帰って来た。彼はどうせ、なじみの居酒屋でやけ酒でも呷《あお》っていたのだろう。帰るとそのまま二階の部屋に上がり、一人でふて寝を始めた。

　姑《しゅうとめ》のお春が年の功で機嫌を取ったため、晩飯には茶の間に下りて来て食事に加わった。だがお栄とは口を利かず、眼を合わせようともしない。

　二人がこのように気まずく険悪な状態に陥るのは、これまでにもよくあることだった。母親のお春は鷹揚《おうよう》に放《ほう》っておおきと、さほど気にしない。しかし父親の吉蔵は、二人が一緒になった事情の責任者であっただけに、お栄のことが不憫でハラハラして心休まる時がない。その事情は次の第五話で述べる。

　さてこの夜は、一家の晩飯時に、なんとあの太郎左衛門が何の予告もなく突然現れた。そのため吉蔵は結果的にこの少年に助けられたのである。

「お食事時に申し訳ありません」と、彼はいつものように礼儀正しく挨拶すると、いきなり要件を言って大人達を驚かせた。

「拙者、家出を致しました。どこへも行く所がありません。おかみさん、今晩泊《と》めて下さい」

いつもなら、このたろちゃんが可愛くて大好きなお栄が愛想よく応対に出る。しかしこの日は、彼女はまだ由五郎との喧嘩をひきずっていて、そんな気持ちの切り換えができない。代わって少年が「大おかみさん」と呼ぶお春が気を利かして、少年に晩ご飯を勧めてもてなした。ちなみに、先にも触れたが、お春は、少年が大おかみさんと呼ぶため「あたしは狼《おおかみ》かえ?」と冗談を忘れぬ女性だ。

さて、家出少年は案の定、空腹だったらしく、お春の準備した食事にパクつき、ご飯のお代わりまでした。この無邪気な遠慮の無さが一同を苦笑させ、これまで重苦しかった一家の空気が少しずつ和《なご》み出した。

その時だった。それまで不機嫌に黙り込んで一言も口を利かなかった由五郎が、少年の機嫌を取るように突然話しかけたではないか。実は彼は、じっと不機嫌に黙っていることに耐えられなかったのだ。この無邪気な少年にならと恰好の話し相手を見つけたらしい。

「坊ちゃん、おっ母さんに叱られたんですかい」と訊いた。

少年が「はい。その通りです」と正直に応えた。すると、

「理由は何んです?」と由五郎がさらに突っ込む。

「あのう、それはお食事中には申し上げられません」と少年は口を濁《にご》した。

キョトンとする大人達を尻目に、年の近い孫のおくみ(四歳)が、

「あたい、わかった。おねしょしたんだろう。それで叱られたんだ」と訳知り顔で言った。

すると少年は人差指を唇に押し当てて「しッ!」と制した。図星であったらしい。拍子抜けして失笑する大人達を代表して、由五郎がすかさず言った。

「何んでェ、そんなこと。家出するほどのことでもねェ。おれは十三まで寝小便していた」

「本当ですか、由五郎さん」と太郎左衛門が安心したのか、眼を輝かせて話に乗って来た。

ここからこの作品（第四話）一番の見どころが始まる。寝小便に一家言持つ由五郎の、そのユニークな寝小便論が一家の人々を驚かせる。中でも太郎左衛門が受けた感激は、彼を一度に由五郎を尊敬の眼で慕うファンにした。

もう一人、夫由五郎にわだかまりを隠さぬお栄がこの時、それを忘れて一挙に由五郎に同情の念を駆き立てる効果を持った。夫婦の確執の亀裂は、かくて由五郎の寝小便論で一挙に解消の方向に向かった。


〈寝小便は、いい子だと言われている子供が無理をする緊張から生じる〉

これが由五郎の言う持論の要旨だった。しかし彼はそれをすぐさま得意になってしゃべり出したのではない。それまでほとんど口を利かなかったお栄が、たろちゃんの寝小便癖《ぐせ》を聞き、その可愛いたろちゃんに同情して初めて話題に加わって来た。そしていつもの調子で自分の考えをはっきり口にした。それを尊重したのである。

「たろちゃん。気の持ちようですよ。絶対しないんだと心に決めたら、大丈夫ですよ」

世の多くの親が言いそうな精神論の類をお栄は口にした。

だが由五郎は一家言持つだけに、さすがにそんな安易な精神論に与《くみ》しない。彼はお栄にまず発言させておいて、その顔を立てることを忘れない。その後、おもむろに彼女の考えの未熟を窘《たしな》めるように言った。

「そんなこたァ、坊ちゃんだって先刻承知の助よ。それで寝小便が治るなら手間はいらねェや。な、坊ちゃん」

お栄はむっとしたが、たろちゃんが、

「おっしゃる通りです、由五郎さん」と、すかさず大きな声で相槌《あいづち》を打った。そのためお栄も黙ってここは夫由五郎の話を拝聴する形となった。由五郎のユニークな寝小便論が始まった。

「全体《ぜんて》ェ、寝小便をする餓鬼は世間にゃ、いい子と言われている奴《やつ》が多いもんだ。坊ちゃんも、いい子だから寝小便するんですよ」

「寝小便はな、心の奥底にある本心がさせるのよ。いい子ぶっているが、お前ェは、実は泣き虫の寂《さび》しがり屋だろうってな」

少年が、「確かに拙者は泣き虫の寂しがり屋です」と、俯《うつむ》きがちになって応えた。

すると由五郎はさらに言った。

「坊ちゃんは、おっ母様にもっと甘えたいんですよ。ところが坊ちゃんには妹も弟もいる。兄貴らしくしなきゃいけねェ。それでつい、気持ちが無理をしちまうんですよ」

この寝小便の先輩、由五郎の見解は、いたく少年の太郎左衛門を感動させた。

「そうなんですか」と、彼は感に堪えぬ表情で由五郎を仰ぎ見た。

いや、少年だけではない。私事を挟めば読者の私も、目から鱗《うろこ》が落ちる衝撃を受けた。実は私自身も小学校時代、寝小便を隠してひそかに悩む恥ずかしい少年であった。由五郎の言ったように、甘えたくても甘えられる大人や年上のきょうだいが一人もいず、いつも長男ゆえにいい子ぶって無理をする、そんな子供であった。由五郎のような助言をしてくれる大人に出会っていたら、もっと楽な気持ちになれたはずだと悔《くや》まれる。

〈由五郎はお栄の同情に促されて、自分の不幸な生い立ちを明かす〉

お栄は夫由五郎のユニークな寝小便論を聞いて感心した。察しの早い彼女は、由五郎の不幸な少年時代を思いやり、同情して即座に言った。

「お前さんもそうだったんですね。おっ母さんに甘えたくても、お前さんのおっ母さんは早くに亡くなってしまったから……」と。

するとこれを初めて知った太郎左衛門が驚いて、改めて由五郎に同情し彼を慰めて言った。

「由五郎さんのお母上は亡くなっているのですか。それはお気の毒です」と。

由五郎はここでついに自分の生い立ちを明かさざるを得なくなった。

「坊ちゃん、おれは母親だけでなく、てて親も兄弟もいねェんですよ。皆、火事で焼け死んじまったから。ですからね、おれのような餓鬼を増やさねェために、おれは火消しになったんでさァ」

この作品一番の重い感動的な言葉である。すかさず太郎左衛門が感激して讃《たた》えた。

「由五郎さん。ご立派な心掛けです。拙者、心底ご尊敬申し上げます」

大人でも容易に口にできぬ大層な賛辞を、少年は大真面目に贈った。

由五郎は照れたが、この子供の純真で素直な尊敬と賛嘆の言葉やその表情が嬉しくないはずがない。由五郎は相好を崩して嬉しくなった。すると昨夜のお栄との夫婦喧嘩以来のモヤモヤが、今この少年との対話ですっかり洗い流され、癒《い》やされていることに気付いた。それはお栄も同じだったらしい。

彼女は自分をぶった由五郎を恨んでいた。しかし彼が、彼女の大好きなたろちゃんに優しく心を開いて、少年の悩み解決に一肌脱いでくれたことに感謝し、改めて夫への好感を甦《よみがえ》らせていた。

こうして二人の夫婦喧嘩のしこりは、この少年太郎左衛門の出現で見事に拭《ぬぐ》い去られたのである。なんと少年の寝小便のお蔭であった。

この後少年は、お栄らの説得で家出を断念し屋敷に帰ることに同意した。するとと由五郎が「おれが送っていくよ」と気さくに同行を引き受けた。由五郎はこの少年がすっかり気に入り、仲良しになっていたのである。

さて、この一部始終を見ていて一番ほっとしたのは、父親の吉蔵であったろう。彼は太郎左衛門という坊ちゃんの存在を改めて見直し、感謝していた。彼が常に気に病んでいた娘夫婦の訳ありの確執が、大事にならず平穏に収まったからだ。男の道を学びに来たはずのこの少年は、今や逆に大人達を助ける福の神のような存在になっていた。

さて、太郎左衛門の寝小便癖のその後の按配《あんばい》である。由五郎の説得やお栄の奔走――彼女は知り合いの薬屋で寝小便に効く薬を探し、少年に都合してやった――のお蔭で、それはどうやら治ったらしい。少年は後に報告した。

「はい。ぴたりと止まりました」、「もう十日もしておりません」と笑顔千両の表情で嬉しそうに話したという。

以上で、この第四話の紹介を終える。他にも小さなエピソードはまだまだ続く。しかし、私が一番紹介したいと思った核心の物語は、少年の寝小便癖《へき》が、由五郎のユニークな寝小便論と彼の不幸な生い立ちの告白によって癒《い》やされたこと。同時にそれによってこの夫婦の確執もまた癒やされていたことにあったからである。

⑪『無事、これ名馬』より……第五話『雀放生《すずめほうじょう》』

〈表題《タイトル》『雀放生』が象徴する、この長編一番の悲しい物語〉

先に私はこの長編（全六話の連作短編集）の中の表題について、凝りすぎて難解、意味不明のものがいくつかあると苦言を述べた。

しかしこの第五話の『雀放生』は聞き慣れぬ難しい用語ではあるが、作品中に作者の懇切で丁寧な説明があり、なるほどそれならこの第五話の物語を象徴するにふさわしい表題だと感心した。

そこで物語の紹介に先立って、まずこの表題の意味を、作者の説明を借りて紹介する。

「雀放生」とは、籠《かご》の中から雀を放《はな》してやることで、別名「放し雀」とも言うらしい。

実はこれは江戸時代に実際に存在した一つの生業（職業）であったという。雀籠に雀を入れておいて、道行く人々に「お慈悲を、お慈悲を」と声を掛《か》けるらしい。捕《つか》まえた生き物を放してやるのは仏教の善行の一つで、雀の男はそれを逆手にとって商売にしているのだ。

尤《もっと》も籠の中の雀は餌付《えづ》けしているので、客がわずかな金を払って雀を籠の中から放してやっても、またいずれは飼い主の所へ戻ってくる。そういう仕掛けになっているらしい。

しかし客はそんなことは知らない。それでも自分の胸の中に抱えていた大きな不幸や悲しみを、雀を放してやる功徳《くどく》で一時《いっとき》忘れようと銭を払うらしい。

一種のインチキ商売である。それでもそんな商売がまかり通っていたという江戸時代の大らかさが何とも興味深く、愉しいと私は思わず苦笑した。江戸時代の、私の知らなかった一つの風俗に目を啓《ひら》かれたという点でも、私は作者に感謝したいと思った。

さて問題は、作品の中の主人公の一人お栄（吉蔵の娘）が、この放し雀の男に四十文という高直《こうじき》の銭を払っている物語が登場することだ。お栄をそこまで追い詰めた、彼女の抱える悲しみや不幸とは一体何なのか。これこそが先の冒頭に書いた、この長編の一番「悲しい物語」の核心をなす。物語の紹介に移る。

〈消火作業中の金次郎《かねじろう》が、崩れ落ちる屋根の下敷になって殉職《じゅんしょく》した〉

これが今のお栄の悲劇のすべてだった。どうして亭主でもない金次郎の死が悲劇に？　話はお栄の若かった娘時代に遡《さかのぼ》る。当時十七歳のお栄にとって、従兄《いとこ》（父親吉蔵の姉お富《とみ》の息子）の金次郎は、お栄が生まれて初めて一緒になりたいと心をときめかせた、生涯でただ一人の男性であった。お栄には父親の吉蔵も知らない、今も忘れられぬ秘めた思い出があった。

お栄が十七で金次郎が二十七の時、二人は湯島の白梅を見物に行った。日暮れて辺《あた》りの景色がぼんやりする頃、金次郎はそっとお栄の口を吸った。そして、「でェじょうぶだ、お栄。おれはお前ェを女房にする気でいるからよう。何も泣くこたァ、ねえんだぜ」と言って、優しくお栄を抱き締めてくれた。天にも昇る幸福感があった。しかし、兄《あに》さん（金次郎）はあたしに嘘をついた。あたしとの約束を守らなかった。これが悲劇の始まりだった。

何故なら、それから間もなく金次郎は、広小路の水茶屋に勤めていたおけいという女に手を出し、理《わり》ない仲となった。あろうことか子まで孕《はら》ませてしまったのだ。

ここから父親吉蔵の考えが一変した。それまで彼は、娘お栄と甥っ子の金次郎の仲を、いとこ同士とは言え、相惚《あいぼ》れになったのなら仕方がないと腹をくくっていた。ところが金次郎の先の若さゆえの不祥事を知って、その考え方を変えた。生まれてくる子のためには、その女と金次郎を一緒にするしかないと思ったのだ。

彼は娘のお栄に無理矢理金次郎のことを諦めさせた。生木《なまき》を裂くような父親の処置に、お栄は無論承知せず、半狂乱になって泣きに泣いて抵抗したという。ぷいと家を出たきり、ひと晩、帰って来ないお栄を、吉蔵はショックのあまり大川に身投げしたのではないかと心底恐れ、心配したほどだ。不憫ではあったが、仕方がなかった。これが今も吉蔵の胸から消えぬ、娘お栄への負い目であった。

しかし気丈なお栄は、その後、自分より一つ年下で金次郎の弟《おとうと》弟子の今の由五郎《ゆうごろう》と祝言を挙《あ》げた。そこには由五郎もまたお栄をひそかに慕っていたが、兄《あに》弟子の金次郎に遠慮して言い出せぬという事情があった。それを知る金次郎が、自分の不始末――お栄との約束を反故《ほご》にした――を弟《おとうと》弟子の由五郎に償わせるという、いささか思い上がった差し金があった。男の由五郎は単純に喜んだが、女のお栄は違った。

「うちの人に言い含めたんでしょう？　あたしと一緒になれって」と、金次郎の不実を詰《なじ》る一幕もあったという。女は、自分を無視したそのような男同士の勝手な工作（お節介）には、とんと心が動かされぬらしい。たとえそれが男同士の友情であるにせよ……。

それでも結局、金次郎とお栄は今や、それぞれ別の所帯を持って表向きは平穏に暮らしていた。由五郎と一緒になったお栄は、おくみも生まれ、今では世話女房ぶりも板につき、表向き二人は似合いの夫婦として暮らしている。しかし、先にも紹介したように（第四話）、二人の間にはいさかいが絶えない。それはまだお栄の心の中に今も金次郎がいるからだと、吉蔵は口にこそ出して言わないが、ひそかに案じていた。

さて、その金次郎が殉職したのだ。燃え盛る火事現場で、逃げ遅れた一人の老婆を救出しようと、彼は勇敢にも火の中へ飛び込み、崩れ落ちる天井の下敷きになって、名誉の殉職をとげた。老婆は幸い助かったが……。

お栄の衝撃と悲しみは察してあまりある。ところがそのお栄の悲しみに追い討ちをかけるかのように、これまで口を利いたこともない伏兵が現れた。

〈亡き金次郎の女房おけいの、筋違いの悋気《りんき》が、お栄を激怒させた〉

それは金次郎の焼死体《しょうしたい》——白い覆《おお》いが掛けられていた——に、お栄が初めて対面した時に起きた。その遺体の枕許で、背後からおけいが思いもせぬ悪態をお栄に投げつけて来た。

「これで、うちの人はようやくあたしのものになった。あたしだけのものになった」

さらに悪態の最後に言い放った。

「あんたの出番はないと了簡しておくれな。悪いが、お弔《とむら》いも遠慮してほしいものだ」と。

おけいはお栄に対する、それまでの積もり積もった悋気《りんき》（嫉妬）と恨みを、今爆発させたのだ。おけいは、金次郎の心の中にいつもお栄がいることを見抜いていたのだ。

お栄は耳を疑った。自分は確かに金次郎を恋い慕った。一緒になることも夢見た。しかし、お前（おけい）のせいで自分はその夢を潔く諦めたのだ。別に金次郎と深間に入った訳でもない。お前に今さら嫉妬や恨み事を言われる筋合《すじあい》は何もない。恨みを言いたいのはむしろこっちだ。お前のせいで、こっちは……。

しかしお栄は何も言わずに引き下がった。女同士の醜い泥試合など、お役目を立派に果たした枕許の金次郎が喜ぶはずがない。それに夫を失ったおけいの悲しみやショックにくらべれば、亭主が健在な自分のそれなど物の数ではない。おけいは金次郎と一子（金作《きんさく》）をもうけた紛れもない女房なのだ。この厳然たる事実をお栄は改めて思い知らされていた。

こうしてお栄はおけいのむごい仕打ちに耐えた。金次郎のお弔《とむら》い（通夜や葬儀）には一切参列せず、吉蔵夫婦や由五郎らにすべてをまかせて、自分は一人家に残った。ただ仲の良い太郎左衛門には、

「たろちゃん、あたしは行けないから、あたしの分まで兄《あに》さんを弔ってやっておくんなさいましね」と、そっと頼んだ。

そして、金次郎の野辺の送りの行列が近くを通る時、お栄は多くの町内の人々の人垣の後《うしろ》で、ひっそりと両手を合わせて見送った。これが、お栄が生涯でただ一人恋い慕った男、金次郎との今生《こんじょう》の別れであった。

〈お栄の姿が見えない⁉　……心配する一家を太郎左衛門が率先して探す〉

葬儀を終えて帰って来た吉蔵ら一行は、お栄が家に居ないことを知り、一様に不審を抱いた。由五郎だけは仲間との付き合いがあり、戻っていない。お栄は失踪したのではないか。一同の心に不安がよぎった。母親のお春など、お栄が金次郎の後を追ったのではないかと、真剣に心配し怯《おび》えた。

吉蔵は、そんなことはないとお栄を信じたが、彼とて内心の不安や動揺は隠せない。

するとすると太郎左衛門が気を利かせて言った。

「頭《かしら》、おかみさん（お栄）を探しに行きましょう」と、率先して吉蔵を促した。

この少年には、日頃自分に一番優しく親切にしてくれるお栄の悲しみや衝撃の痛手が、誰よりも身近に予感されたらしい。

吉蔵が「ありがてェな。坊ちゃんが一緒ならあっしも心強い」と感謝して、二人はこの後、お栄の行きそうな所をあちこち探し回った。しかしお栄の姿はどこにも見つからない。不吉な予感が二人の心に募《つの》った。

その時だった。少年が諦めかけた吉蔵に、「頭……」と、両国橋の方向に視線を向けて言った。なんと橋の真ん中辺りで、お栄が、しゃがみこんでいる男と何やら話をしている姿が見えたのである。


〈放し雀にすがろうとしていたお栄が、たろちゃんの姿を見て号泣した〉


ここで冒頭に紹介した雀放生のエピソードがついに登場する。

「おかみさん！」と太郎左衛門が叫んだ。お栄は気の抜けた表情でこちらを向いた。

「迎えに来たぜ」と吉蔵が言い添える。一瞬、笑ったお栄の表情が次の瞬間崩れ、彼女はその場所にへなへなとしゃがみ込み、泣き伏した。

「おかみさん、泣かないで下さい。がんばって下さい。拙者もがんばります」

太郎左衛門はお栄の背中を撫《な》でながら言った。

お栄の泣き声はますます高くなった。兄と慕い、一時は祝言を挙げられると狂喜し、生涯の夫婦を夢見た従兄の金次郎。しかし彼は死んでもはやいない。その痛恨の悲哀と絶望を、お栄は一時《いっとき》、この眼の前の放し雀の男の口車に乗って忘れ、癒《い》やしたかったのだ。

だがそんな功徳が一体何の救いや慰めになるか。お栄は今初めて悟った。それよりたろちゃんが、ここまで親身になって自分のことを心配して探しに来てくれた。その感激の方がはるかに嬉しく、ありがたかった。お栄は今初めて自分の悲しみを理解してくれる人間に出会ったのだ。それが自分の子供のような幼《おさな》いたろちゃんの前で、今恥も外聞も忘れて、背中を震わせながら泣き続けるお栄の、正直な感謝の姿であった。

こうしてお栄は、金次郎を喪《うしな》った心の深傷《ふかで》からやがて立ち直ることができた。太郎左衛門から生きる力、元気を貰ったからだった。


〈太郎左衛門が紅白試合で昨年の雪辱《せつじょく》を果たした……お栄の歓喜〉

さて、この物語（第五話）も、最後のエピソードとなった。作者の心憎い演出の巧さは、お栄の悲劇が中心でいささか湿っぽかったこの第五話を、明るい見事な大団円で締めくくる。

金次郎《かねじろう》の供養も滞《とどこお》りなく済んだ秋のある日。太郎左衛門の通う町道場で、恒例の秋の紅白試合が開かれた。

彼の意気込みには昨年とは違う、眼を瞠《みは》るものがあった。今にも泣き出しそうにオロオロしていた昨年とは雲泥の差で、彼は厳しい表情をしていた。吉蔵は思わず気合が入っていると瞠目した。

ところで、その試合の紹介は二度目となるので今回は割愛して、その結果のみ以下に記す。

太郎左衛門は昨年の惨敗に懲《こ》りたせいか、今年は見違えるような気力、闘志を示した。一つ勝つどころか、勢いに乗って勝ち進み、なんと大方の予想を裏切って八歳組で優勝したのである。

観戦に来た吉蔵やお栄、娘のおくみ、さらにはたろちゃんの祖母の里江（初めて孫の試合見物に現れた）らが、狂喜乱舞して溜飲を下げたことは想像に難《かた》くない。褒美《ほうび》を受ける太郎左衛門の顔はまさに笑顔千両のそれであった。

興奮の冷めぬお栄は、その嬉しさを口に出さずにはいられない。

「ああ、今日は何んていい日なんだ。こんなに嬉しい気持ちになるのは久しぶりだ。たろちゃん。あたしはねえ、たろちゃんのお蔭で元気をいただきましたよ」

すると太郎左衛門が意外なことを言った。この時、太郎左衛門が初めて明かした真実こそ、実は誰も知らなかった、この最後のエピソードの核心をなすものであった。

〈亡き金次郎《かねじろう》は、太郎左衛門の非力をひそかに鍛えていた〉


太郎左衛門は言った。

「拙者、とても疲れました。決勝戦は腕も上がらないほどでした。でも若頭《わかがしら》（金次郎のこと）が、がんばれ、がんばれとおっしゃっている声が聞こえたので、拙者、がんばりました」と。

「え？　兄《あに》さんが」と、お栄は怪訝《けげん》な顔になった。

太郎左衛門はここで初めて若頭、今は亡きあの金次郎のことを打ち明けた。

「実は、ずっと若頭に稽古をつけていただいていたのです」

「………」

「秋の紅白試合での一勝を誓って拙者は稽古に励みました。こんなことは、恐らく一生に一度でしょう。琴江さんが音曲のおさらい会で出席なさらなかったので、拙者は勝つことができました」

そういうことだったのかと、お栄は改めて死んだ金次郎の恩情を想った。兄《あに》さんはあたしの知らないところでひそかに、あたしの大好きなたろちゃんを応援してくれていたのだ。

それを思うと、お栄はまた涙が止まらない。

こうして太郎左衛門の予想外の優勝は、観戦に来た彼の縁ある人々に大きな倖せと生きる歓びを与えた。これがこの物語の大団円である。最後の一文は太郎左衛門の健気な言葉で終わる。周囲の人々の興奮の中で彼は言う。

「拙者はその前に若頭（金次郎）へ報告に参ります」

お栄がこの言葉に、さらに声を上げて泣いたのは言うまでもない。


紹介を終えて、以下は作品の書かない私の勝手な想像（創作）である。

金次郎の墓の前に額《ぬか》ずいて、感謝と勝利の報告をする太郎左衛門に、私はそれに応える金次郎の言葉が聞こえて来る気がしてならない。

「坊ちゃん、よくやりやしたね。おれはお役に立てて嬉しいですぜ。その意気でこれからもね。なに、もう大丈夫でさぁ。ついでと言っちゃなんだが、これからも叔父貴（吉蔵）とお栄のこと、よろしく頼みますぜ。おれはあの父娘《おやこ》には頭が上がらねェんです。坊ちゃんも気付いてるとは思いやすがねェ。そいじゃね」

こんな私の未練と感傷気味の蛇足を付記したのも、実はこの物語（第五話）の素晴らしさ、つまり感動と余韻の大きさに負うところが大きかったからだと思う。ご寛恕《かんじょ》を請う次第である。

⑫『無事、これ名馬』より……第六話『無事、これ名馬』

〈十年の歳月が過ぎた、吉蔵晩年の物語〉

小著が紹介する最後の宇江佐作品『無事、これ名馬』。この長編（連作短編集）の異例の全編紹介もいよいよ最後の一編（第六話）となった。

最大の特徴は、右の表題に書いたように、物語はこれまでの全五編より一挙に十年後のそれへと移行することである。すなわち作者は、吉蔵が還暦（六十歳）を迎えた彼の晩年の物語を描いて、この長編の完結とする。

当然、太郎左衛門も十六歳の元服（今で言う成人式）を迎え、今や彼は背丈《せたけ》も吉蔵を超えた精悍《せいかん》な若者に成長していた。

また、彼が親しく交流した周囲の大人達も、その多くが亡くなり鬼籍に入っていた。生前、たろちゃんから「狼さん」（実は「大おかみさん」）と呼ばれて困ると苦笑していた吉蔵の女房のお春。あるいは彼の姉で、先に名誉の殉職をした金次郎の母親だったお富。彼女のつれ合いで吉蔵の義兄に当たる金八。さらには太郎左衛門を一番理解し、可愛がった村椿家の祖母里江など……。いずれも櫛《くし》の歯が欠けるように亡くなっていた。

物語は、そんな親しかった知人を相次いで失った――とくに女房のお春に先立たれた――吉蔵の、急に身辺が寂しくなった晩年の孤独の述懐から始まる。

〈吉蔵が太郎左衛門から教えられたこと〉

さて、吉蔵の今や生きる唯一の張り合いや愉《たの》しみは、太郎左衛門が今日も彼の家に通って来ることだった。逞《たくま》しい若者に成長した彼は食欲も旺盛で、お栄が勧めたうどんを、昼食は済ませて来たと言いながら、ペロリと平らげた。

お栄は喜び、吉蔵は羨《うらや》ましいと思った。と言うのも吉蔵は最近とみに食欲がないからだ。

「大おかみさんが亡くなってから、頭《かしら》はめっきり食欲がなくなりましたね。長生きするためにはたくさん召し上がらなければいけません」

まるで亡き女房お春のように吉蔵の身体《からだ》を心配して、太郎左衛門は言う。

ありがたいのだが、吉蔵は、「長生きしても、どうなるもんでもなし……」と、つい弱音を吐く。

すると、その弱気を窘《たしな》めるように太郎左衛門が言った。

「頭は拙者が祝言《しゅうげん》を挙げるまで長生きするとおっしゃったではありませんか」

「まあ、それはそうですが、どうも近頃は自信がなくなりやしてね、勘弁しておくんなさ

い」と吉蔵。その吉蔵の気をひき立てるように、

「頭、お茶はどうです？」と太郎左衛門は慣れた手つきで急須に湯を注いだ。彼が吉蔵の家で茶を淹《い》れるのも今では珍しいことではない。そんな太郎左衛門を見ながら、ふと吉蔵は不思議な感慨にとらわれていた。

　太郎左衛門は自分の孫でも親戚の子でもない。れっきとした武家の息子とは言え、所詮は赤の他人の子である。それなのに吉蔵の家で当たり前のような顔をして寛《くつろ》いでいる。それが不思議だった。ここから吉蔵の回想が始まる。

　太郎左衛門が初めて吉蔵の家にやって来た時、七歳の彼は切羽詰まった顔で、男の道を教えてほしいと縋《すが》った。あれから十年近くが経った。太郎左衛門が男の道を少しでも身につけたかどうかはわからない。しかし、吉蔵にとってこの少年が律儀に自分の家に通って来てくれたことは、男の孫がいなかったこともあり、大きな楽しみ、喜びとなった。ありがたいことだったと吉蔵は感謝していた。

　その吉蔵がこの時、ふと洩《も》らした述懐の一語に、私は一種天啓のような衝撃を受けた。まずその述懐の一節をそのまま引用する。


………………

　太郎左衛門に男の道を指南するどころか、反対に吉蔵が教えられたことも一つや二つではなかった。それは人としての優しさ、思いやりの心だろうか。三年前、吉蔵の女房

のお春が死んだ時、太郎左衛門は、ふた廻り（二週間）も吉蔵の家に泊まり込み、意気消沈した吉蔵の傍にいてくれた。口先だけの悔やみより、吉蔵にはどれほどありがたかったことだろう。（傍点は奥井）

……………………

吉蔵は「人としての優しさ、思いやりの心」を教えられたと述懐している。この言葉こそ、私が宇江佐文学に発見した二つ目の主題であった。それは私が発見していた第一の主題「人間の驕慢を戒める」と、まさに対極の関係をなす、もう一つの重要な双璧の主題であった。

ちなみに言えば、作者宇江佐氏の作品は「市井人情小説」の名手として評価が高い（カバーのコピー）。この人情小説の人情という言葉こそ、先の吉蔵が口にした「人としての優しさ、思いやりの心」の同義語であろうかと思われる。

しかし作者自身は、その人情という表記は作品中で何故か一度も使用していない。興味深い問題だが、その詮索は措《お》く。物語紹介を続けたい。

〈太郎左衛門の父親村椿五郎太が語る、彼の息子への評価〉

さて、吉蔵の晩年の回想から始まったこの最終編（第六話）の最大のクライマックスは、右の表題に示したように、たろちゃんの父親が、初めて村椿家を訪れた吉蔵やお栄に告白した、彼のいささか親馬鹿気味の息子への賛辞である。

結論の一端を予告すれば、彼は出来の良くない不肖の息子を、それでも「無事、これ名馬」とほめ讃《たた》えたのである。つまり、この作品の表題でもある「無事、これ名馬」の意味が、この最終編で初めて明らかにされる、そういう構成になっている作品である。

しかし、それを紹介するためには、吉蔵の周辺で起きた、それまでの些細《ささい》な出来事についても一見せねばならない。

そんな訳で、以下、三つの小事件を簡潔に紹介したい。いずれも今の時代（現代）にも起こり得る、そういう意味で作者の本領が発揮されたエピソードばかりである。何故なら、作者が時代小説作家になられた理由は、現代の諸問題を描くには時代小説という形式を借りた方が描きやすいと、日頃公言されていたからだ（エッセイ集『ウエザ・リポート』）。


〈吉蔵は、年寄りの冷や水で足首を骨折し、絶対安静を命ぜられた〉


まずは今日でも多い老人問題である。

彼はその日、は組の縄張り内で発生した昼間の火事に、老骨に鞭《むち》打って勇躍、出動した。幸い火事は若い火消し達の活躍で消し止めた。

だがその後が悪かった。重い火消しの装束を脱ごうとして彼はよろけ、地面に転倒した。ぐきっといやな音がして激痛が走り、起き上がれなくなった。戸板に乗せられて家まで運ばれた。駆けつけた骨接《つ》ぎ医は、年寄りに典型的な骨折だと診断し、吉蔵に当分の間、絶対安静を命じた。

こうして吉蔵は、家から一歩も出られぬ、身動きさえままならぬ不自由な身の上となった。思わず苦笑してしまいそうな、今日の私達が日頃口を酸っぱくして注意される、典型的な老人問題である。

〈身持ちの悪い母親が男を作った……息子は反発し、自棄《やけ》になって殉職した〉

二つ目は、これも現代と重なる親子の確執が生んだ悲劇である。

先に火消しとして名誉の殉職をした、あの金次郎の息子金作《きんさく》（十四歳）が、なんと父親の後を追うように殉職した。

原因は、かつてお栄に筋違いの客気をしてお栄を憤慨させた、あの金次郎の女房おけいの身持ちの悪さである。

おけいは金次郎が死んで寡婦となった。孤閨《こけい》に耐えられぬ彼女は、生来の尻軽さもあって若い男に走った。しかもその間夫《まぶ》を家へ連れ込んだという。面白くない息子の金作が家を飛び出し、荒れ出したのは当然だったか。

幸い、死んだ金次郎の弟《おとうと》弟子の由五郎が間に立ち、金作を鹿次夫婦に預けて、金作も落ち着いたかに見えた。ちなみに鹿次夫婦と言えば、読者はご記憶にあろうか。正月の梯子乗りをすっぽかして女（今の女房）に走り、は組の火消し達から厳しい制裁を受けた男だ（第三話）。彼はその時、自分を許してくれた由五郎の恩義を忘れず、今、金作を快く預ることでその恩返しの一端を果たしたのである。

しかし、金作は周囲の火消し達の忠告を無視して無謀な消火活動で、あえなく殉職した。彼は父を失い、今また母に見捨てられた、その少年の孤独と悲しみを、自棄《やけ》になった無謀な消火作業で晴らした節があった。

お栄は、金次郎に次ぐ金作の死を人一倍不憫に思い、涙が止まらない。それだけに身持ちの悪い母親おけいは許せないとお栄はかんかんだ。

そのおけいはその後、吉蔵やお栄夫婦に何の挨拶もせず、ひっそりとどこかへ引っ越して行った。夫や息子を失ったおけいは哀れだったが、近所の人は誰も同情しなかった。すべて彼女の蒔《ま》いた種、自業自得だと言った。


〈エリートコースを焦《あせ》った、太郎左衛門の学友が自害した！〉

三つ目の事件もまた、現代の教育問題を彷彿《ほうふつ》させる悲劇である。

骨折で安静中の吉蔵の家に、その日、太郎左衛門が血相を変えて飛び込んで来て言った。

「頭《かしら》！　庄之介《しょうのすけ》が自害しました」

村井庄之介は、太郎左衛門の剣術や学問の仲間だった。

吉蔵はその少年には覚えがあった。先年の剣術試合で太郎左衛門に思いもせぬ敗北を喫《きっ》して、悔しさに大泣きした少年だったからだ。自害の理由は？　と吉蔵が訊くと、太郎左衛門は青い顔色のまま話した。

「それは学問吟味（＝試験）に合格しなかったからでしょう。庄之介の両親は大層期待しておりました。一発で合格すれば最年少記録になりますからね。すぐさまご公儀の役人に推挙され、出世の道が約束されるというものでした。ところがうまく行かなかった。庄之介は前途を悲観したのでしょう」

ここでも、親の欲や見栄の犠牲とされ、エリートコースを焦り挫折した、現代の子供達の悲劇が重なる。

庄之介は、意気地なしの太郎左衛門に先年、剣術の試合で負けたことが相当こたえたらしい。以後発奮して、それならと学問の分野で太郎左衛門の一歩先をゆく人生を決断したらしい。それが先日の湯島の学問吟味の受験であり、不合格であった。

太郎左衛門は庄之介の自害について、彼なりに深く考えるところがあったらしく、その疑問を吉蔵にぶつけて来た。

「頭。面目を果たさなければ男は死んでお詫《わ》びをしなければならないものでしょうか」

「さあ、時と場合によると思いやすよ」と、吉蔵は無難にかわした。

するとと太郎左衛門は自分の考えていたことを一気にしゃべった。

「昔はともかく、この泰平の世の中で死を以《もっ》て贖《あがな》わなければならないことなどあるのかと思います。人は与えられた寿命を全《まっと》うすることこそ本望ではないでしょうか。以前、お祖《ば》母様《ば》がおっしゃっておりました。自害した者は永遠に浮かばれず、冥府《めいふ》の道をさまようのだと。拙者、死んだ後まで、さまよいたくありません」

「その通りですよ」

吉蔵は自分の方が逆に教えられたと深く感じ入り、肯《うなず》いて言った。

太郎左衛門は決して無理をせぬ、万事鷹揚《おうよう》にかまえる、のんびりした性格らしい。吉蔵やお栄はかつてそれを男の子としていささか覇気《はき》に欠ける軟弱なものと不満に思ったが、今の彼の言葉を聞いて、それだけでもないようだと、この少年を見直していた。


〈太郎左衛門の父親と初めて対面する吉蔵とお栄〉

先に予告したこの作品（第六話）のクライマックスの幕がここから開《あ》く。

それは、足の骨折がようやく癒《い》えた吉蔵が娘のお栄に伴われて、村椿の家に快気祝いを届けに行く話から始まる。村椿家からは、吉蔵は安静中、過分な見舞いを頂戴《ちょうだい》していた。それよりお栄や吉蔵にとっては、あのたろちゃんの父上に初めて会うことが何よりの愉《たの》しみだった。

幸い、主《あるじ》の村椿五郎太はその日は非番で在宅していた。太郎左衛門や母親の紀乃《きの》は不在だった。ちなみに吉蔵が唯一顔なじみだった祖母の里江は、先にも書いたが、すでに他界して、いない。

五郎太は気軽に二人を、庭に立派な桜の樹の見える客間に招《しょう》じ入れた。まず吉蔵が話のきっかけを作ろうと、五郎太も知る村井庄之介（彼は五郎太の私塾の生徒でもあった）の、先日の不幸（自害）の悔《く》やみを口にした。

「村井様の坊ちゃんはお気の毒なことでしたね、旦那」。五郎太はすぐ乗って来た。

「ああ。全く、あんなことになるとは夢にも思わぬ。庄之介は倅《せがれ》と同じで、まだ十六歳ですぞ。たかが十六で前途を悲観して死を選ぶというのがわかりませぬ。時代は変わったのでしょうかな。どうもこの頃の若者は軟弱に見えてなりませぬ。これが倅だったらと考えると気も狂わんばかりの心地が致す。拙者、庄之介の野辺送りに参りましたが、あのように辛《つら》い野辺送りは初めてでござった」

するとお栄が「たろちゃんなら大丈夫ですよ」と、すかさず五郎太の心配を先取りして太鼓判を押した。吉蔵も応援して言う。

「坊ちゃんは、この泰平の世の中に死んでお詫びをしなければならないことなどあるのかと、あっしにおっしゃいやした」

五郎太は「ほう」と感心した表情になった。さらに吉蔵は言った。

「村井様の坊ちゃんはご両親の期待に応えなければならねェと無理をなさった」、「それが叶えられないとなると、ご自分の不甲斐なさを恥じてご自害なすった」。「だが、ここの坊ちゃんについては無理をしねェお人柄ですから、そのようなご心配は無用ですぜ」と。

この言葉に五郎太は低く唸《うな》った。そしてここからである。彼はおもむろに自分の息子についての日頃の思いを語り始めた。


〈五郎太は自分の息子の取り柄の無さを嘆き、最後に一点だけ褒《ほ》めた〉


以下は五郎太の語る太郎左衛門評である。

「庄之介のことがあってから、拙者、改めて自分の倅《せがれ》のことを考えるようになりました。剣術も学問も見るべきものはない。意地もない、おなごの気を惹《ひ》くような男前でもない。ないない尽くしでござる。ただ、人柄については誰からもお褒《ほ》めの言葉をいただきまする」

お栄がすかさず「それが一番肝腎なことですよ」と語気を強めて同調した。

「ありがとう存じまする」と五郎太は一礼した。

お栄の賛同に気を良くしたのか、彼はついに初めて一つの自慢話を披露した。

彼の母親里江が、臨終の際、太郎左衛門の名だけを呼び続け、太郎左衛門もお祖母《ばば》様と泣きながら里江に応え続けたという。つまり五郎太や彼の妻は全く出る幕がなかったのだ。

そのことを五郎太は自身、全く恥じるのではなく、むしろ誇りに思うと言った。

「母上は倖せな最期だったと思いまする。そして拙者は、そのような孫をもうけてやったことで、親孝行したとうぬぼれておりまする」と。

ここでもまたお栄は五郎太を、

「うぬぼれだなんて。村椿様、たろちゃんはその通り、ご隠居様にとって、優しいお孫さんでしたよ」と、相手を持ち上げ慰めることを忘れない。ちなみに、お栄は聞き上手な女である。そして聞き上手は宇江佐作品に登場する主人公の女性に共通する美質である。

五郎太はここで一息入れた。立ち上がって庭の桜にしばし視線を移した。お栄や吉蔵の褒め言葉や聞き上手にすっかり気を良くした彼は、ついに親馬鹿丸出しの本音を口にした。


〈五郎太が息子を褒め讃《たた》えた究極の賛辞……無事、これ名馬〉

五郎太が吉蔵とお栄を唖然とさせた、究極の賛辞とは？　それは作者が巻末の「文庫のためのあとがき」でいみじくも告白されているように、「私の本音が言わせたもの」であるらしい。以下の五郎太の言葉は、作者が自分の二人のご子息について述べられたものと理解していいらしい。

「親馬鹿と笑うて下され。倅は剣術も学問も芳《かんば》しくござらぬが、さしたる病もせず、また、人と喧嘩して傷を負うたこともござらぬ。弟や妹には優しい兄でござる。拙者は大層苦労して今の役目に就きましたが、拙者と同じ苦労を倅に味わわせようとは思いませぬ。いや、この先、倅が大きな失態を演じなければ、拙者の跡を継いで、しかるべき役職に就くはずでござる。恐らく倅は真面目《まじめ》にお務めを全《まっと》うし、平凡だが倖せな人生を送ることでござろう。倅を駄馬と悪口を言う御仁《ごじん》もおりまする。だが、拙者はそうは思いませぬ。無事、これ名馬のたとえもござる。倅は拙者にとってかけがえのない名馬でござる」（傍点は奥井）

こう言って五郎太はこの日の話を締めくくった。

お気付きであろう。この長編の表題『無事、これ名馬』こそ、父親の五郎太や作者宇江佐氏の太郎左衛門に対する評価であった。

さて、村椿家を辞した二人の感想は、微妙に違った。

吉蔵が苦笑いして、まず言った。

「無事、これ名馬ってか。ものは言いようだな」

するとお栄がムキになって言い返した。

「いい言葉だよ。本当の名馬ってのは早く走ることでも、姿が美しいことでもなく、長生きしてご主人のために働いてくれる馬のことを言うのさ。それに比べりゃ、兄《あに》さん（金次郎）も金作《きんさく》（金次郎の一人息子）も駄馬。村井様の坊ちゃんもついでに駄馬だ」

お栄は生き急《いそ》いで逝《い》った三人の男達の、それぞれの早すぎる死が惜しまれてならないのだった。

〈太郎左衛門の祝言を見届けて、吉蔵は静かに息を引き取った〉

この長編のいよいよフィナーレ（終幕）である。実の親子のように仲の良かった、吉蔵と太郎左衛門の、その二人の最後の別れ、つまり永別を紹介して作品は終わる。

まず太郎左衛門。彼は翌年の春、幕府の御祐筆《ごゆうひつ》見習いとして御番《ごばん》入り（役職に就《つ》くこと）した。吉蔵とお栄は、彼の就職（社会人としての出発）を祝福して張り切って祝いの品を届けた。

お役目に就いたたろちゃんはもう、以前のように吉蔵の家を訪れることはない。それでもお春（吉蔵の女房）の祥月《しょうつき》命日には、決まって花を届ける律儀さは忘れない。

そのたろちゃんは、弟が他家に養子に行き、妹が輿《こし》入れするのを待って、三十を過ぎた頃、あの母親紀乃にせっつかれて、やっとひと回りほど年下の小普請組の三女まき、を妻に迎えた。

しかし、吉蔵は彼の祝言には行けなかった。足腰が弱り、一町（約百メートル）歩くのも容易ではなかったからだ。

そんな吉蔵のため、太郎左衛門はわざわざ花嫁との祝言の行列を、吉蔵の家のある大伝馬町を廻って披露してくれた。は組の火消し達が揃いの半纏《はんてん》を羽織り、木遣《きや》りを唸《うな》って太郎左衛門の門出を祝ってくれた。笑顔千両の太郎左衛門は喜色満面、終始嬉しそうだった。

吉蔵はその行列に深々と頭を下げて、胸で呟《つぶや》いた。

（坊ちゃん、お約束は果たしやしたぜ）

太郎左衛門の祝言までは何としても生きていなければならぬ。その男同士の約束を今果たせたと、吉蔵は満足していた。

それにしても恰幅《かっぷく》のよい太郎左衛門は、実に立派に見えた。吉蔵はまた、「頭、拙者を男にして下さい」と切羽詰まった顔で初めて彼の家にやって来た七歳の少年の顔を想い出していた。あれから茫々《ぼうぼう》と何年が過ぎたか。

その時、吉蔵の回想を中断する声がした。「頭！」と、太郎左衛門が右手を高々と挙げて、吉蔵の見送りに応えたのだ。これが吉蔵の見た、たろちゃんこと太郎左衛門の最後の姿となった。そして作品は吉蔵の最期を以下のように記して終わる。

「吉蔵はその年の夏、江戸が盂蘭盆《うらぼん》を迎えた頃、眠るように息を引き取った。人々はその静かな最期を、さすが、は組の頭だと褒《ほ》めたたえたという」

付記。この長編には以前にも引用したように作者自身による「あとがき」が添えられている。その最後の一文は以下のようなものだ。

……………………

どの子も大人になれば社会の一員である。「は組」の吉蔵やお栄《えい》のように他人様《ひとさま》の子供にも暖かい眼を注《そそ》げる大人でありたいと、今は心底思っている。

……………………

私はここに、この作者の畢生《ひっせい》の悲願を見たと思った。そしてその悲願こそ宇江佐文学を根底で支える一番の主題であったと私は理解した。

それは私なりの表現で言えば、すべての子供を大人みんなで育《はぐく》め！という作者の遺言のように聞こえる。それを銘記して、宇江佐文学の私の紹介も終了としたい。

あとがき

お読みいただいてありがとうございました。

私にとって退職後の最後の自費出版となりました。あと一週間ほどで傘寿《さんじゅ》（八十歳）を迎えます。頭も眼も日々衰える老化現象が進む中で、何とか三年間がんばって脱稿できたこと、正直嬉しくほっとしています。

私は「現実世界の真実」よりも、それらを題材にした「虚構《フィクション》の世界の嘘」をこよなく愛する変人です。私の心を打つ感動の対象が、現実の世界よりも小説や映画といった虚構の世界の方にはるかに多かったからです。

そのため、生涯忘れられぬ大きな感動や思い出をいただいた作家や映画監督の方々を、私は生涯の恩師として慕い、尊敬して来ました。そして臆面も無くそれらの恩師の方々（多くは故人）に、一人のファンとしてオマージュ——尊敬と感謝の賛辞——の一書を捧げたいと、このような自費出版を退職後のライフワークとして続けて来ました。

と言えば聞こえはいいですが、内実は退職者の無聊《ぶりょう》を慰める趣味、一人の変人の物好きな道楽でありました。

私はそのようなオマージュはもうほとんど書き尽くしたと思っていたのですが、数年前

（二〇一六年）、思いもせぬ縁で、宇江佐真理さんという時代小説を書く女性作家を知り、異常なほどの衝撃と感銘を受けました。それが当時七十七歳の私に、またまたこのようなオマージュの一書を決断させる蛮勇を生んだのでした。蛮勇と言うのは、今回の出版には私自身一抹の不安、危惧があったからです。

宇江佐作品全体を紹介、論評する、文芸評論家など専門家諸氏の著作はまだ一冊も刊行されていない。この現実への不安でした。もし私が見落としていたのなら、その不明をお詫《わ》びしなければなりません。

ちなみに氏の作品を収録した文庫本の巻末には、それら専門家諸氏による短評が添えられています。もちろん私はそれらを参考にさせてもらいました。しかし宇江佐文学全体についてトータルに紹介、案内する著作はまだ一冊も刊行されていない。この現実に私は覚悟を決めました。

小著は素人の一ファンが綴《つづ》った、あくまでオマージュの一書にすぎません。それでも宇江佐文学全体を概観して、その魅力や衝撃を紹介した最初の一冊ではないかと思います。ここに先の蛮勇を決断した私の若干の不安と、実は密かな自負がありました。不安は先達者の宇江佐文学の全体評を学ぶ機会がまだ無かったこと。自負は専門家に先立ってこのような宇江佐文学の紹介の一書を、素人の読者の私が先陣を切って著《あらわ》したことでした。

ところでその私の自負には一つの後ろ楯がありました。私は、宇江佐文学の無名の読者

（ファン）の一人として、作家宇江佐真理氏の一つの「勲章《くんしょう》」になれたら嬉しいと思ったのでした。

勲章？　読者は怪訝《けげん》に思われるかも知れません。実はこの言葉は、私が若い頃から私淑していた日本の時代小説や歴史小説の大家、山本周五郎氏の今も忘れられぬ言葉です。氏は亡くなった今も多くの読者に慕われ愛読される、日本を代表する国民的作家です。同時に反骨の作家としても知られています。日本の文壇史上、直木賞などの通称専門家の設けた数々の賞を、一切固辞、拒否し続けた硬骨の作家でした。

その氏がどこかで書かれていた発言が私は今も忘れられません。正確な言葉は忘れましたが、その主旨は以下のようなものでした。

自分は専門家に誉《ほ》めてもらっても少しも嬉しくない。自分の全く知らない未知の読者、無名の読者が、面白い、愉快だと悦《よろこ》んでくれることが何より嬉しい。そんな専門家の賞より一番の勲章《くんしょう》（名誉、光栄）になる、と。

この周五郎氏の言葉に、無名の読者の私はいつも励まされて、一種のラブレターのようなこんなオマージュの一書をこれまで書き続けて来ました。尊敬する偉大な作家の勲章の一つになれたら嬉しいと。これがいささかおこがましい私の蛮勇を支える誇りでありました。

そして実は宇江佐氏は、この山本周五郎氏を、藤沢周平氏と並ぶ時代小説のお手本として崇拝、私淑されていた方でした（エッセイ集『ウエザ・リポート』）。お解《わか》りいただけるでしょうか。私が宇江佐文学の無名の読者の一人として、周五郎氏の先の言葉に便乗して、作家宇江佐真理さんの勲章になってあげられたら嬉しいという、このいささか僭越な自負の思いを。

そういう意味で小著は、山本周五郎氏の言葉に後押しされて書いた、宇江佐氏へのオマージュの一書でもありました。

以上、あとがきにしては異例の饒舌《じょうぜつ》な長文になりました。ご寛恕《かんじょ》を請う次第です。

最後に、小著の誕生にご協力いただいた方々に一言お礼を申し上げます。

まずは私の気ままな長時間の執筆活動に、終始理解を示し、いつも明るく見守り、協力を惜しまなかった妻基子への感謝です。彼女の私をしのぐ健康と快活な活力が無ければ、小著の完成はおぼつかなかったとつくづく思います。またこの場を借りて五十余年におよぶ、彼女の伴侶としての献身にも謝意を表します。

次に、いつもながらお世話になった文芸社のスタッフの方々に改めてお礼を申し上げます。思えば貴社の皆様とは、退職後の二十年間、九冊もの自費出版でお世話になりました。

大阪梅田の某ビルの一室で、私が初めて自費出版の相談を持ちかけた時、担当の坂場明雄氏が「大丈夫です」と勇気を与えていただいた、あの時の氏の温顔が今も想い出されます。あれから茫々《ぼうぼう》何年が経ったのでしょうか。それが貴社との長いお付き合いの始まりでした。

さて、私の生涯も終末に近づきました。晩年の余生をこのような執筆活動に専念することで、少しの退屈もなく過ごせたこと、ひとえに文芸社様のお蔭でした。このご恩は生涯忘れません。本当に永年のご支援とご交誼《こうぎ》、ありがとうございました。

奥井元生

二〇二二年（令和四年）十二月

著者プロフィール

奥井 元生（おくい もとお）

1943（昭和18）年、大阪府生まれ。
1966（昭和41）年、大阪大学文学部社会学科卒業。
2003（平成15）年、大阪府立高校教員を定年退職。
大阪府豊中市在住。

■著書

『感動ゼロの歴史教科書を活性化する――お世話になった名著100選〈古代・中世編〉』（文芸社、2006年11月）
『感動ゼロの歴史教科書を活性化する――お世話になった名著100選〈戦国・近世編・上〉』（文芸社、2009年10月）
『感動ゼロの歴史教科書を活性化する――お世話になった名著100選〈戦国・近世編・下〉』（文芸社、2010年７月）
『感動ゼロの歴史教科書を活性化する――お世話になった名著100選〈近代編〉』（文芸社、2012年６月）
『感動ゼロの歴史教科書を活性化する――お世話になった名著100選〈現代編〉』（文芸社、2014年８月）
『私の愛した日本映画 四人の名匠〈上巻〉――増村保造監督・成瀬巳喜男監督』（文芸社、2017年６月）
『私の愛した日本映画 四人の名匠〈下巻〉――小津安二郎監督・溝口健二監督』（文芸社、2018年２月）
『外国映画 私の愛した十三人の名匠』（文芸社、2020年８月）

人間の驕慢《きょうまん》を暴《あば》き戒《いまし》める宇江佐真理《うえざまり》さんの時代小説

2023年10月15日　初版第１刷発行

著　者　奥井 元生
発行者　瓜谷 綱延
発行所　株式会社文芸社
〒160-0022　東京都新宿区新宿1－10－1
電話　03-5369-3060（代表）
03-5369-2299（販売）

印刷所　株式会社フクイン

ISBN978-4-286-24421-1